最新版

シルマリルの物語

㊤

J.R.R.トールキン 作

クリストファー・トールキン 編

田中明子 訳

評論社

THE SILMARILLION

J.R.R. Tolkien
Edited by Christopher Tolkien

First published in Great Britain by George Allen & Unwin (Publishers) Ltd 1977,
and by HarperCollins Publishers 1992

This edition published by arrangement with HarperCollins Publishers Ltd., London,
through Tuttle-Mori Agency, Inc., Tokyo.

装画／橋 賢亀
装丁／川島 進

『最新版 シルマリルの物語』文庫出版に当たって

　このたび、田中明子先生の邦訳『最新版　シルマリルの物語』が文庫版として刊行されることとなった。原書の初版出版は一九七七年。邦訳『シルマリルの物語』は評論社から一九八二年三月に上・下巻として上梓された。その後、原書の第二版（一九九九年）で修正が加わり、「序文」にはミルトン・ウォルドマンに宛てた書簡も附いたことに合わせて、邦訳も『新版　シルマリルの物語』として二〇〇三年五月に出版された。「序文」には、編者であり、作者J・R・R・トールキンの三男であるクリストファーによる編纂（へんさん）方針や出版事情の説明がある。だが『シルマリルの物語』初版から第二版が出るまでの間に、クリストファーは『終わらざりし物語』（*Unfinished Tales*, 1980. 邦訳は河出書房新社刊）によって、『指輪物語』と『シルマリルの物語』の草稿には、出版された物語には記されていないエピソードがあることを示し、さらに全十二巻に及ぶ『中つ国（なかつくに）の歴史（*The History of Middle-earth*）』シリーズ（一九八三～一九九六年）によって、トールキンの草稿集を刊行し、作者トールキンの精神世界が如何に発展し広がり深まっていったかを、大パノラマとして世界に提示した。

二十一世紀に入ると、『指輪物語』刊行時には未知であったトールキンの創造言語（通称「エルフ語」）の言語的な構造や語彙、言語史の研究も深まっていった。このような現状を受けて、御自身の訳業を省みられて、よりよい翻訳を目指す田中明子先生の改訂作業に、エルフ語の仮名書きの改訂も含めることが求められ、『新版 シルマリルの物語』に反映されたが、その後の研究成果を示す『最新版 指輪物語』も文庫版として二〇二二～二三年に刊行された（同時期に出版された文庫版『終わらざりし物語』〈上・下巻、河出書房新社、二〇二二年〉にも、評論社刊の表記に合わせて改訂が施（ほどこ）されたことは心強いサポートだった）。これに併せて、『シルマリルの物語』も文庫版出版に際して修正箇所の洗い出しが試みられた。文庫版出版に先立つ電子版配信にあたり、エルフ語のカナ表記の原則を一部改めたことを附記として末尾に添える。

田中明子先生は御自身の刊本に多くの朱書きを施され、邦訳の更なる充実と完成を試みていらした。日本の出版状況に鑑み、単行書として版を重ねることが難しい状況であったため、先生の御存命中にその改訂を反映した新しい版を刊行することは叶わなかった。先生が最終確認のできない今、先生の御意向になるべく沿うように、文庫版として、電子版配信後も小さな誤字などを修正し、固有名詞表記を中心に、訂正のお手伝いをさせて戴(いただ)いた。修正にあたり、既に原作者トールキンの遺稿を三男のクリストファー氏が編纂出版した『ベレンとルーシエン』の翻訳者であり、トールキンの作品研究を発展させたジョン・ガースの『J・R・R・トールキンの世界——中つ国の生れた場所』の共訳者でもある沼田香穂里氏に協力をお願いし、伊藤は主に固有名詞の記述の統一を目指し、最終的に残った細かい部分についても沼田氏の助力を得ながら確認作業を行った。

田中明子先生には生前、沼田氏、伊藤はともに非常に多くのことを教わった。力の足りない者ではあったが、ここに謝意を表したい。

二〇二三年六月

伊藤 尽

附記

この度『シルマリルの物語』電子版刊行に併せてエルフ語の片仮名表記を、「新版」よりさらに一部改めた。また「新版」刊行時には『指輪物語』と固有名詞表記が異なるものが生じたが、『シルマリルの物語』電子版刊行以後、『指輪物語』最新版ならびに電子版のための改訂と軌を一にすることで、両者の不一致を可能な限りなくし、仮に一部に生じた場合も、電子版から修正し、刊本に反映させることで完成版としたい。

エルフ語の片仮名表記の追改訂は、「新版」刊行時の「エルフ語等の片仮名表記」への断り書き①〜⑦のうち、②、③、④、⑤、⑥に施され、さらに⑧が加わり、以下の原則を踏襲するものとなっている。

②語末が -ar, -or になる時、r 前の母音に一律に長音符を付けることを廃し、以下の場合によった。

⑴語源およびクウェンヤの影響から長音の要素を含むと考えられる場合。

例：アナール Anar 太陽（語源 nár）　ソロンドール Thorondor　フェアノール Fëanor

その他、クウェンヤ már「住まい」とクウェンヤ nóre「民」との混同から

(n)dórを語源に持つ国／土地名が多い。
例：アルノール Arnor　ヴァリノール Valinor　ゴンドール Gondor　モルドール Mordor など

(2)複数語尾は長音表記。イルーヴァタール Ilúvatar は唯一神だが複数形を持つ。
例：アヴァサール Avathar　アパノーナール Apanónar　ヴァンヤール Vanyar　ヴァラール Valar（ヴァリエールと比較せよ）　ウーマンヤール Úmanyar　シンダール Sindar　ノルドール Noldor　ダゴール dagor（戦。ダゴルラドは語中故に短音表記となる）

(3)ここからの類推として、「〜をなす人」など人を表す語尾（agent suffix）も長音記号を持つようにした。なお、ハドル Hador は異説が様々あり、ノルドール語として考案された「投げる者、撃つ者」という意味がシンダリンにも保持されているかは異論があり、固有名詞としては短音と解釈する。後述(5)を参照。
例：オホタール Ohtar（戦士「戦いをなす人」の意）（クルニール Curunír と比較せよ）（ニエノール Nienor も「涙を流す人」か？）

(4)動詞の三人称単数形語尾も、語尾であることを明確に示す為に長音付とした。そのような従属節を含む特殊な地名であるドル・フィルン＝イ＝グイナール Dor Firn-i-Guinar は、「生ける死者の土地」を意味し、ベレンとルーシエンが生きていることを示す動詞クイナ（cuina-）の三人称現在時制語尾(-ar) が付加されている。

(5)称号も含めた人名中にある第二音節の -or は単音、また一音節の -ar も単音とした。

例：ガルドル Galdor　ディオル Dior　ハドル Hador　ベオル Bëor　タル＝Tar-

③CH が軟口蓋摩擦音を表す場合、促音便の表記を廃した。これによりアナハ Anach、アムラハ Amlach がルールに則したものとなる。

例：ブラゴルラッハ→ブラゴッラハ Bragollach

④子音が重なる場合は、促音便で表記した。

例：エクカイア→エッカイア Ekkaia　エレスセア→エレッセア Eressëa
シルマリルリ→シルマリッリ Silmarilli

ただし、エルフ語（クウェンヤ、シンダリン）以外の言語の場合は、音便化しないように記した。

例：アカルラベース Akallabêth（アドゥーナイク〈ヌーメノール語〉）

⑤曖昧母音のように発音される場合も含めてeの仮名表記は「エ」とした。

例：ルーシアン→ルーシエン Lúthien　マイズロス→マエズロス Maedhros

⑥Ｒは基本的に巻き舌の音である。語末あるいは子音の前の -er・-ir・-ur の組み合わせに於てもＲはそのように発音される。

例：ヴァリエル Valier　トゥルゴン Turgon　カラキルヤ Calacirya

⑧Ｈが語中に存在するとき、気息音を伴う母音として、母音に合わせたハ・ヒ・フ・ヘ・ホを用いて片仮名表記される。

例：マハタン Mahtan　テヘタール tehtar（『指輪物語』最新版追補編E）、オホタール Ohtar

「新版」刊行に当たって

『シルマリルの物語』（原書名『シルマリッリオン』）の邦訳初版が出てから、二十一年になります。その間、小さな訂正はともかく、全般的に見直すということはありませんでした。気になるところがなかったからではなく、多すぎたからです。今回、「新版」という形で、気になっていた箇所に手を入れる機会が与えられたことを、たいへん有難く思っております。どのような観点で手を入れたかについて、以下に記しておきます。なお、エルフ語等の片仮名表記の原則については、「あとがき」でも述べるように伊藤尽氏に多くを負っています。

一、クリストファー・トールキン氏の編纂（へんさん）になる原書は、一九九九年に第二版が出ている（*The Silmarillion*：HarperCollins Publishers）。本書はこれを底本にした。従って、原書第二版に掲載されたトールキンの手紙を新たに収録し、クリストファー・トールキン氏による訂正箇所も直したつもりである。

一、エルフ語等の片仮名表記を一部、改めた。そのために、『指輪物語』と固有名詞の表記が異なるものが出てきたことをお断りしておきたい。エルフ語等の片仮名表記は非常に困難な作業である。原作者トールキン自身の録音したエルフ語朗読をはじめ、トールキンの言語学的・音声学的解説を踏まえて、できる限り響きの再現に努めたが、西欧アルファベットとは異なる仮名表記によって完全に元の音を表わすのは不可能である点は、御寛恕いただきたい。固有名詞が旧訳と異なる場合は、主に以下の原則に基づいている。

①長音符（仏語のアクサン・テギュやアクサン・シルコンフレックス）のついた母音、á・é・í・ú・ó・â・ê・î・û・ôは、すべて長音記号を入れた。厳密には、アクサン・シルコンフレックス（^）のつく母音は、より長い音を表わす。

例：ヌメノール人→ヌーメノール人 Númenóreans

ナズグル→ナズグール Nazgûl

②語末が-ar・-orとなる時は、rの前の母音は長音記号で表わした。
例：ヴァラアル→ヴァラール Valar　フェアノオル→フェアノール Fëanor
ただし、二音節の人名中にある第二音節の-orと、複合語を作る語末の-arは、強勢がないことをはっきりと示すため、従来通り短母音のように表わした。
例：ディオル Dior　トゥオル Tuor　タル＝カリオン Tar-Calion

③CHが軟口蓋摩擦音を表わす場合、促音便の表記を廃した。
例：ブラゴルラッハ→ブラゴルラハ Bragollach

④子音が重なる場合は、促音便で表記した。
例：エクカイア→エッカイア Ekkaia　エレスセア→エレッセア Eressëa
ただし、流音であるr・lが重なる場合は、「シルマリッリオン Silmarillion」のようにした。

⑤曖昧母音のように発音される場合も含めて、eの仮名表記は「エ」とした。

例：ルーシアン→ルーシエン Lúthien

ただし、二重母音では、ae・oe は日本語の「イ」に近い音とみなした。

例：マエズロス→マイズロス Maedhros

⑥Rは基本的に巻き舌の音であるが、語末あるいは子音の前の -er・-ir・-ur の組み合わせでは、従来通り半母音のように示した。

例：ヴァリエア Valier　トゥアゴン Turgon

ただし、カラキルヤ Calacirya（従来はカラキリヤ）のみ、資料に基づき、r を子音として「ル」と表記した。

⑦その他、日本語の発音のしやすさを考えて改めたものがある。

例：アンファウグリス→アンファウグリス Anfauglith

ドウォーフ→ドワーフ Dwarves

クウィヴィエーネン→クイヴィエーネン Cuiviénen

一、漢字の使い方、送り仮名のつけ方については、現代の読者に違和感を持たれないよう、一部を改めた。また、長い段落については、適当と思われるところで改行を施(ほどこ)した。

一、巻末の「語句解説及び索引」「クウェンヤ及びシンダリンの固有名詞を構成する主要部分」については、原書の記述に基づき、使いやすさを考慮して改良を加えた。

二〇〇三年五月

訳者／評論社編集部

最新版　シルマリルの物語　上　目次

初版序文

　著者の没後四年にしてここに出版されることになった『シルマリッリオン』〔邦訳名『シルマリルの物語』―訳者〕は、上古の代、即ち世界の第一紀の事蹟を記したものである。『指輪物語』〔邦訳は瀬田貞二・田中明子訳／評論社―訳者〕は第三紀末の大いなる出来事を語ったものであるが、『シルマリッリオン』に語られていることは、それを遥かに遡る昔、一代目の冥王モルゴスが中つ国に拠点を定め、上のエルフたちがシルマリルの奪回を図ってかれに戦いを挑んだ、遠い時代から伝えられてきた伝承なのである。

　しかし、『シルマリッリオン』は、そこに語られていることが『指輪物語』より遥か昔の話だというだけではない。構想の骨組みそのものが『指輪物語』よりずっと昔に出来上がっていた作品なのである。『シルマリッリオン』という題名こそ冠せられてはいなかったが、五十年前にすでに存在していたのである。一九一七年に遡る使い古しの雑記帳に、多くは鉛筆の走り書きであるが、この神話の中心をなすいくつかの話の最も早い形が書き留められているのを、今も読み取ることができる。この作品は、父の生前、ついに出版されることはなかったが（もっとも、その内容を暗示するくだりを『指輪物語』の中から拾い出すことはできる）、父はその長い生涯を通じ、決してこれを閑却することなく、最晩年においてさえ、これに手を入れることを怠らなかった。その間、『シルマリッリオン』は、物語的構成としてのみ見れば、根本的な変化を蒙ることはほとんどなく、早くから定着した伝説となり、あとの作品の背景となったのである。

しかし、定着したテキストとして確立されるには程遠く、その描く世界の特質についての根本的理念すら、変化しないままというわけではなかった。一方、同じ伝説が、時には長く、時には短い形で語り直され、文体もさまざまであった。年月の経過と共に、このような改変や異文は、細かく見た場合であれ、大きく見た場合であれ、非常に錯雑したものとなり、しかもそれが全体に及び、幾重にも重なり合う結果になったので、最終的な決定稿にはとうてい到達不可能に思われた。加えて、この昔の（遠い昔の第一紀に淵源しているというだけではなく、父の一生から見ても昔の）伝説は、父の最も深い内省を表現する媒体でもあり保管所でもあった。後になって書かれたものの中では、神話と詩は、父の心を占める神学や哲学の思念のかげに没し去り、そこから調子の不統一も生じることになった。

父の死により、この作品を何とか刊行可能な形に仕上げることが私の仕事になったのであるが、その過程で、『シルマリッリオン』が実は半世紀以上にもわたって継続され発展してきた創作であるということを示すために、互いに異なる種々の資料を一冊の本の形に収めて提示しようとする試みは、結局混乱を招き、本質的なものを見失わせる結果に導くのではないかという惧れがあることがはっきりした。そこで私は、私の目から見て最も筋の通った、矛盾撞着のない物語を作り出せると思われるやり方で、取捨選択と配列を行うことにより、一つのテキストを作り出すことに着手したのである。この仕事で、（トゥーリン・トゥランバールの死から始まる）終わりの数章は、特別厄介な問題を提起した。この部分はずっと改変されないでいたため、いくつかの点で、より発展した構想を持つほかの部分とくらべ、看過しがたい不調和を来していたからである。

完全なる一貫性は（『シルマリッリオン』自体の範囲であれ、すでに出版された作品との関係であれ）期待すべくもないことであり、たとえそれが得られたにしても、失うものは大きく、無益な犠牲を払って達成されるほかないのである。その上、父は、『シルマリッリオン』を、長い年月を通して伝承されてきた結果生き残ってきたさまざまな材料（詩、年代記、口承伝説など）が、後代に至って収集され、その内容が要約されて出来上がった物語として着想するに至ったのである。このような着想は、この本自身の歴史とも酷似している。なぜなら、それ以前に書かれた散文や詩の多くがこの本の土台になっているからである。それ故、ただ創作上の構想の上だけではなく、ある程度は事実においても、本書は要約して語られた物語の集成なのである。

ところによって、物語の速度、詳略の度合いが異なるということも、ここに原因が求められるのではなかろうか。一例を挙げれば、サンゴロドリムが破壊され、モルゴスが倒された第一紀の末を物語る、格調高い、縹渺（ひょうびょう）たる昔を描く記述にくらべ、トゥーリン・トゥランバールの伝説に見られる場所や動機の正確な記憶は対照的である。さらに、文章の調子及び表現の違い、若干の不明瞭な箇所、ここかしこに見られる首尾一貫性の欠如も、そのことに起因するであろう。

例えば「ヴァラクウェンタ」の場合であるが、そこには、ヴァリノールに移り住んだエルダールの最も早い時期に遡らねばならない材料も多く含まれているとはいえ、これはもっと後代に至って改作されたものであると臆測するほかないのである。そう臆測することによってのみ、神聖なる諸力、即ち神々が、時にはこの世界に現存し活動しているかの如く、時には記憶の中にのみ留められる、すでに消滅した存在であるかの如く見える文法上の時制と観点の絶えざる移動も説明がつくのである。

　本書の題名は『ザ・シルマリッリオン』に違いないが、「クウェンタ・シルマリッリオン」即ち「シルマリッリオン」そのものだけを収録しているのではない。他に四つの短い作品が含まれている。最初の「アイヌリンダレ」と「ヴァラクウェンタ」は「シルマリッリオン」と確かに密接なつながりがあるが、終わりに見える「アカルラベース」と「力の指輪と第三紀のこと」は、(強調しておかなければならないが)全く別の独立した作品である。これらが一括して含まれたのは、父の明白な意図による。これらが含まれることにより、創世のアイヌールの音楽から始まり、指輪の担い手たちがミスロンドの港から去ってゆく第三紀末に至る歴史の全容が示されるからである。

　本書に現われる固有名詞の数は厖大(ぼうだい)であるが、その完全な索引を用意した。しかし、第一紀の物語に登場し、重要な役割を演ずる人物の数は、(エルフであれ、人間であれ)ずっと少ない。系図にその全員の名を見出すことができよう。この二つに加えて、異なるエルフ族のかなり複雑な呼称を説明するための表と、エルフ名の発音上の注意と、エルフの名前に見出される主な要素のうちの一部を説明する表と、それに地図を一枚用意した。地図をご覧になれば、東の大きな山並エレド・ルイン、即ちエレド・リンドン、〈青の山脈〉が、『指輪物語』の地図では西の端に位置していることに気づかれよう。本文中にもこれより小さい地図を一枚収録した。ノルドール族の中つ国帰還後におけるエルフ諸王国の分布が一見して分かるようにするためである。それ以外には何ら説明や注釈を施(ほどこ)すことはしなかった。

本書のためにテキストを準備するという、困難かつ不安の多い仕事をなすに当たっては、一九七四年と七五年の両年、私と共に仕事をしてくれたガイ・ケイの助力に負うところが大きい。

クリストファー・トールキン

一九七七年

第二版序文

一九五一年の終わり頃だったろうか。『指輪物語』は完成していたのだが、出版するに当たって問題があった。父は当時、出版社コリンズの編集者をつとめていた友人のミルトン・ウォルドマンに長い手紙を書いた。父にこの手紙を書かせたきっかけとなった事情は、『シルマリッリオン』と『指輪物語』を、宝玉と指輪にまつわる一大長編サガとして、「互いに関連し、連続する」形で出版してほしいという父の主張に対し、なかなか同意が得られなかったことにある。

しかし、今ここで、この問題に立ち入る必要はない。ただ父が、自分の主張を正当化し説明しようとして書いたこの手紙は、第一紀、第二紀の世を父がどのように考えていたのかを鮮やかに解説するものとなっているのではなかろうか（この手紙の後半は、父自身が言っているように、『指輪物語』の「長くて味気ない梗概」に過ぎない）。このような理由で、私は『シルマリルの物語』に、この手紙を掲載する値打ちがあるのではないかと考え、この第二版に載せることにした。

手紙のオリジナルは残っていない。しかし、ミルトン・ウォルドマンがこれをタイプに打たせ、そのコピーが一部、父の許に送られてきていた。*The Letters of J.R.R. Tolkien*（Edited by Humphrey Carpenter, 一九八一年）№.１３１に収録（部分）されたのは、このコピーからである。

ここに掲載したものは、この書簡集の一四三ページから一五七ページに小さな訂正を加え、脚注のいくつかを省いて再録したものである。タイプで打ち直されたものには、とりわけ名前に誤りが多く、その大部分は父の手によって訂正されたのではあるが、その際、次のような文章は、父の目を逃れたようである。

There was nothing wrong essentially in their lingering against counsel, *still sadly with* the mortal lands of their old heroic deeds.〔訳文は五四ページ九〜一二行—訳者〕

タイプを打った者は、ここで、元の手紙の中の言葉をいくつか落としてしまったに違いない。その上、内容の読みも間違えたのではなかろうか。

今回、私は、本文及び索引中のいくつかの誤りを取り除いた。『シルマリルの物語』ハードカバー版（のみのことだが）で、今まで訂正から漏れていたのである。

その中の主なものは、ヌーメノール統治者の若干数が何代目に当たるかに関したものである。この間違いに関して、また、どうしてこのような間違いが起こったかについては、*Unfinished Tales*（一九八〇年）二二六ページ註11と、*The Peoples of Middle-earth*（一九九六年）一五四ページ三一節の説明を見られたい。〔以下の訳註を参照――訳者〕

一九九九年

クリストファー・トールキン

訳　註

Unfinished Tales（二〇〇三年十二月に河出書房新社より邦訳『終わらざりし物語 上・下』山下なるや訳が、二〇二二年には同社から文庫版が出版された）及び *The Peoples of Middle-earth* は、クリストファー・トールキン氏が、父君の厖大な遺稿を整理編纂し、多くの註を付して順次紹介された編書のうちの二冊です。「第二版序文」の終わりに記されている箇所を、参考までに訳してみました。文中「私」とあるのは、クリストファー・ト

ールキン氏。順序は右記と逆になります。

The Peoples of Middle-earth p.154, §.31

〔初版原書「アカルラベース」二六七～二七〇ページで—訳者〕私は「第二十代の王」アル＝アドゥーナホールを「第十九代」に、「第二十三代の王」アル＝ギミルゾールを「第二十二代」に変えた。また、アル＝ファラゾーンの前に「すでに二十四人の王、女王がヌーメノールを統治し」とあるのを「二十三人」に変えた。このような誤った変更（それは『指輪物語・追補篇』A〈Iの（イ）〉のヌーメノール歴代の統治者のリストから、一人脱け落ちていることからくるのだが）を行ったわけは、*Unfinished Tales*, 二二六ページ註11に詳しく記した。

Unfinished Tales p.226, note11

『指輪物語・追補篇』A〈Iの（イ）〉に記されたヌーメノールの王、女王のリストを見ると、タル＝カルマキル（第十八代）の次は、アル＝アドゥーナホール（第十九代）になっている。さらに、『追補篇』B〈代々記〉では、アル＝アドゥーナホールは二八九九年に即位したことになっている。これをもとに、ロバート・フォスター氏は、*The Complete*

Guide to Middle-earth で、タル＝カルマキルの没年を二八九九年とされた。ところが、『追補篇』Aの前記のリストのすぐあとのページで、アル＝アドゥーナホールは第二十代の王と呼ばれている。この点を質問してきた読者に、一九六四年、父は次のように手紙で答えている。「系譜で示されているところでは、かれ（アル＝アドゥーナホール）は第十六代の王で、第十九代の統治者と呼ばれるべきです。第十九代は、ひょっとすると第二十代かもしれません。場合によっては、名前が一つ脱け落ちている可能性もあるのです」。そして父は、この手紙を書いた時には手許に資料がなかったので確実なことは答えられなかった、と説明している。

「アカルラベース」を編纂するに当たって、私は「第二十代の王が父祖伝来の王笏を受け継いだ時、かれはアドゥーナホールの名称で……」を「第十九代の王が……」に、そして「二十四人」を「二十三人」に変更した。当時〔初版発行一九七七年―訳者〕は、「エルロスの家系」（『終わらざりし物語』第二部Ⅲ）〔この註はこれに付されたもの―訳者〕の中で、タル＝カルマキルの次の統治者が、アル＝アドゥーナホールではなく、タル＝アルダミンになっていることに気づいていなかったのである。しかし、この系譜の中で、タル＝アルダミンの没年が二八九九年になっていることだけ見ても、かれの名が『追補篇』Aのリストから脱け落ちていたことがはっきりしたと言える。

一方、（『追補篇』A、「アカルラベース」及び「エルロスの家系」に述べられているように）、アル＝アドゥーナホールがアドゥーナイクの名前で王位についた最初の王と伝えられているのは確かなことであろうが、タル＝アルダミンが『追補篇』Aのリストから落ちているのが、単なる見落としによるものと考えるならば、このリストの中で、王の呼称の変更を行ったのが、タル＝カルマキルのあとの最初の統治者とされているのは意外である。リストのあの一節には、間違いとか、見落としとかというだけではない、もっと複雑なテキスト上の事情があるのかもしれない。〔河出文庫『終わらざりし物語（上）』の五五〇頁―五五一頁を参照されたい―訳者〕

一九五一年、ミルトン・ウォルドマン宛、J・R・R・トールキンの手紙より

〈1〉～〈9〉は原註、〈a〉～〈q〉は訳註――編集部

親愛なるミルトン

君は、私の空想世界に関わりのある拙作について、簡単な梗概が欲しいと言われた。何事であれ、多弁を弄さずに言うことは難しい。ほんの数言ですますつもりが、口を開くとたちまち感興にのって、堰（せき）を切ったように言葉があふれてくる。自己中心で、かつ芸術家である者は、自作がいかにして育ち、どのような作品であり、それを通して自分が何を言わんとし、また言おうとつとめてきたか、己が思うところをすぐに言いたくなってしまうのだ。私もこういうふうに、君を困らせることになるだろうけれど、内容についてのただの梗概も書き添えておきます。（恐らく）君が欲しいのは、あるいは君の役に立ち、君の時間を取っても差し支えないのは、そちらの方だけかもしれないが。

いつ生まれ、どのように育ち、いかに構成されているかの順に話を進めるなら、わが拙作は私とともに始まったのです――もっとも、そんなことは、私以外の誰にもあまり興味はないでしょうが。つまり、今振り返ってみても、私は、これを作っていなかった時のことを思い出せないのです。空想上の言語を作ったり、作り始めたりする子供は大勢いますが、私は字が書けるようになって以来、今に至るまでずっと言葉作りに関わってきたのです。一度もやめたことがありません。もちろん今は言語の専門家ですし、（とりわけ、言葉の美的価値に関心を持つ者として）好みは変わってきており、理論的にも、また多分、技巧的にも進歩しています。

私の書いたいくつかの物語の背後には、互いに関連を持った複数の言語があるのです（もっとも、その多くは構造上の素案に過ぎませんが）。英語で言う「エルフ」を間違ったイメージで想像する人も多いのですが、私は、私が英語でエルフと呼ぶ者たちに、二つの言語を与えました。この二つは互いに関連を持ち、私が作ったほかの言語にくらべ、かなり完成していると言えます。その歴史も書きました。この二つの言語の音韻構造は（私自身の言語的嗜好の相異なる二面を表しているのですが）、共通の語源から科学的に導き出されたものです。私の伝説に出てくる名前のほとんどは、この二つの言語から作られたものので、このことが、名前のつけ方に、ある特徴（相互の関連性、言語様式の整合性、そして史実であるかのような錯覚）を与えている、と私はまあ思うわけです。これは、ほかの似たような作品には著しく欠けていることです。誰もが、私のようにこんなことを重要と思うわけではないでしょうから。因果なことに、私は、こういうことにひどく敏感なたちなのです。

ところで、言語と同じくらい、幼時から私を夢中にさせたのが、神話

（寓意物語(アレゴリー)ではありません！）と妖精物語、とりわけ英雄伝説でした。むかし噺(ばなし)と歴史とのはざまにある英雄伝説です。これがまた（私の目に触れる限りでは）あまりにも数が少なく、とても私の食欲を充たすには足りません。学部学生の頃、私はまだ考えも経験も不足していましたから——一方は科学、一方は中世英雄伝説という、いわば対極にある——この二つの関心事が、それぞれ異分野のものではなく、補完的な関係にあることに気がつかなかったのです。私は、神話とか妖精物語といった〝学問を修めた〈1〉〟わけではありません。というのも、こういったもの（私の知っている範囲のものですが）に私が求めてきたのは、素材(マテリアル)なのです。それも、一定の格調と雰囲気を持ったもののことで、単なる知識ではありません。

　そしてまた——滑稽(こっけい)に聞こえないといいのですが——ずっと昔から私は、わが愛する祖国の貧しさを嘆いてきました。わが国には、自分のものと言える（つまり英語という言葉と、イギリスという国土に結びついた）物語がありませんでした。少なくとも私が求めるような、そしてよその土地の伝説には（それを成り立たせている一つの要因として）見出されるような質を持ったものはなかったのです。

ギリシャやケルトやロマンス語〈a〉圏、そしてゲルマンやスカンジナビア、それからフィンランドのものがあります（フィンランドのものには大いに影響を受けました）。ところが、イギリスには何もないのです。お粗末なチャップ・ブック〈b〉の類を除いては。もちろん、アーサー王伝説〈c〉の世界はありました。今もあります。確かにこれは強力な存在ですが、完全にイギリスのものかというと、そうではありません。ブリテンの国土とは結びついていますが、英語とは結びついていません。イギリスに欠けていると私が感じていたものの代わりにはなりません。一つには、アーサー王伝説の〝フェアリー〟はやたらに出てきますし、それに空想的で、辻褄が合わず、反復的です。そしてもう一つ、もっと大事なことですが、アーサー王伝説にはキリスト教の影響が見られます。それも、はっきりと目に見える形で。

いちいち詳しく理由は述べませんが、私にとって、このことは致命的に思えるのです。神話にも妖精物語にも、すべての芸術がそうであるように、道徳的、宗教的真実（あるいは誤り）の各要素が渾然と溶け合った状態で反映されていなければなりませんが、あからさまな、つまり一次的な「現実」世界でよく知られた形ではいけないのです（私が言っているのは、もちろん私たちの今の状況についてであって、古代の異教時代、キリスト教以前のことではありません。それに、あなたもお読みになった私のエッセイ〈d〉で私が言おうとしたことを、ここでまた繰り返すつもりはありません)。

どうか笑わないでください! 昔(今はそんなに意気はあがりません。私のとさかはとっくに落ちています)、私は多少なりとも互いに関連のある話を集めた、伝説集成を作ってみようかと思ったことがあるのです。壮大な宇宙創造神話から、ロマンティックな妖精物語のレベルに至る——より大なるものは、大地と結びついたより小なるものに基づき、より小なるものは、広大な背景から光輝を引き出し——そのような伝説集成を、イギリスに、私の国に捧げることができたらと思っていたのでした。それは、私にとって望ましいと思える質と格調を備えていなければなりません。冷涼で澄明(ちょうめい)なもの、私たちの国の〝大気〟のかぐわしく匂うものでなければなりません(北西の気候風土のことです。ブリテン及びヨーロッパのこちらの方のことを言っているのであって、イタリアやエーゲ海地方、ましてや東方は入っていません)。(そしてまた、私にその力があるなら)それは、時にケルト的と呼ばれる、魅力的な、とらえがたい美(といっても、純粋な古代ケルトの事物には滅多に見出されないものではあるのですが）を所有すると同時に、粗野なものが取り除かれた〝格調高い〟ものでなければなりませんし、昔から長く詩の中に浸ってきた国の成熟した大人の心に合うものでなければなりません。いくつかの重要な話は、たっぷりと余すところなく書きましょう。それ以外の多くの話は、その概要を書くにとどめましょう。一群の史詩伝説は壮大なる全体に結びつくべきですが、私以外の心と手が、絵筆をふるい、音楽を作り、ドラマを作り上げる余地も残すべきでしょう。いやはや、途方もないことを言っていますね。

もちろん、こんな思い上がった目的が、急に生まれたわけではありません。私には物語群そのものが大事だったのです。これらは〝所与〟のものとして心に浮かんできました。それぞれの物語は別々に生まれてきて、そこにまたつながりができてきたのです。物語を書くことは、我を忘れるほど興味深い仕事ですが、絶えず中断させられます（生活していく上で已むを得ないことは別としても、心の翼がもう一方の極に飛んでいって、言語学に時を費消しようとするものですから）。ともあれ、常に私は、すでに〝そこに〟、つまりどこかにあるものを記録しているという感じを持っていました。自分で〝作り上げている〟という感じではなく。

もちろん、私はほかにもいろんなものを作り上げましたし、時には、書いたこともあります（特に自分の子供たちのために）。私の心を占めているテーマはやたらに枝を出して私を拘束しようとするのですが、時にそこから逃れて、究極的にも、本来的にも関係のないものも書きました。たとえば、『ニグルの葉』〈e〉と『農夫ジャイルズ』〈f〉。印刷されたのはこの二つだけです。『ホビットの冒険』〈g〉は、この伝説群のテーマの中に本質的な源泉をより多く負う物語ですが、全く別に思いついたものであって、書き始めた時には、このテーマに属しているものとは知りませんでした。ところが、これを書くことで全体の結末を発見するに至ったのです。大地へ降り立ち、歴史へ溶け込む方法が分かったのです。始まりの話は、調子の高い伝説群で、エルフたちの心を通して事物を見ていることになっています。真ん中の話『ホビットの冒険』は、事実上、人間の視点から見ており——そして最後の話は両者の視点が混ざったものです。

私は寓意物語——意識的、意図的に書かれた寓意物語のことです——がきらいです。しかし、神話や妖精噺の趣旨を説明しようとすれば、どうしても寓意物語的な言葉を使わざるを得ません（そして物語に命があるほど、容易に寓意物語的解釈を許してしまうのです。一方、よく考え抜かれた寓意物語ほど、ただのお話として受け止められやすいのです）。ともあれ、わが拙作たるこれらの伝説群〈2〉は、主として堕落と、有限の命、そして仕掛け（マシン）に関わっているのです。

堕落というのは避けがたいモチーフであり、形を変えて幾度か出てきます。有限の命について言えば、これはとりわけ、芸術、そして創造願望（むしろ準創造への願望と言ったらいいでしょうか）に作用するもので、その願望には生物学的な役割は全くないように見えますし、生物としてありきたりで平素な生活の満足とは別のものにも思われます。この世界では、芸術はむしろ絶えずそれと戦っているのですから。ところが、この創造願望は、同時に、実際に身を置く一次世界への熱烈な愛に結びついてしまいます。そこから有限の命という意識を抱き、そのことに不満を覚えるのです。

　創造願望から堕落に至るには、さまざまな機会があります。創造願望は、所有欲となり、自分の造った物への執着心となるのです。準創造者は私的創造物の主人、そして神となることを望み、やがては万物の主たる創造主の法に反旗を翻（ひるがえ）すでしょう——とりわけ有限の命という法に。この二つのうちどちらも

（単独で、あるいは一緒に）権力欲につながります。そうすれば、自分の意志が一層迅速に働くからです――こうして仕掛け（マシン）（あるいは魔法）を使うことになるのです。この最後のものによって私が意味するのは、生来の内なる能力や才能を伸ばす代わりに、外なる計画や仕組み（装置）を動員すること、場合によっては、その生来の能力をさえ、支配のための腐敗した動機で用いること、この現実世界をブルドーザーにかけ、あるいは人々の意志を無理に曲げようとすることです。仕掛け（マシン）とは、われわれの時代にあってより顕著な現代の姿ですが、普通思われているよりは、より密接に魔法に関係しているのです。

私は、〝魔法〟という言葉を首尾一貫した意味では使ってきませんでした。確かに、エルフの奥方ガラドリエルは、ホビットたちの用語の混乱をたしなめなければなりませんでした。ホビットたちは、敵なるサウロンの仕掛け（マシン）けや操作を、エルフのそれと同じ言葉を使って言い表したのです。私が首尾一貫していなかったのも、後者に当たる言葉がないからです（人間の物語はすべて同じ混乱を蒙（こうむ）ってきたのです）。しかし（私の話の中では）、エルフがいて、両者の違いを立証してくれます。エルフたちの〝魔法〟は芸術です。人間の持つさまざまな制約から解放され、よりたやすく、より速やかに生み出された、より完全な（産物であり、疵（きず）一つない調和（コレスポンデンス）において見ることができるものなのです）。その目的は芸術であって、権力ではなく、準創造であって、支配することでも創造物の非道な作り替えでもないのです。

〝エルフたち〟は〝不死〟です。少なくともこの世界が続く限りは。それ故、かれらの心にかかるのは、この無常迅速の世にあって、むしろ死なないことの重荷と苦痛であり、死ぬことではないのです。大敵は次々形こそ変われ、〝生来〟その関心は、常に全き支配に向けられています。魔法の、そして仕掛け（マシン）の主（ぬし）も然（しか）りです。しかし問題は、この恐るべき悪が、一見善（よ）い根と思われるもの、世のため人のためになりたいという願望から生じることがあり、事実生じてもいること〈3〉――そして、それは速やかにその者自身の計画に沿ったものになることとなのです。これが繰り返されるモチーフです。

私の一群の物語は、宇宙創成の神話から始まります。『アイヌールの音楽』〔『アイヌリンダレ』と同じ―訳者〕。神とヴァラール（〈諸力〉と言ってもいいでしょう。英語で言うgodsでも）の顕現。ヴァラールとは、天使的諸力とでもいうべき存在で、その職分は、自分たちに委任された天球内で、委任された権限を行使することです(統治し、支配する権限であって、創造すること、作ったり、作り直したりする権限ではないのです)。かれらは〝聖なる者〟たちです。つまり、もともと〝外なる〟存在であって、世界が創られる〝以前に〟すでに存在していたのです。かれらの力と知恵は、天地創造のドラマを知っていたということからきています。かれらは最初、それをドラマとして認識し(ちょうど私たちが、他人(ひと)の作った物語を目にするように)、後に〝事実〟として認識するのです。単に物語の仕組みという点から言うと、これはもちろん、より高度の神話大系における〝神々〟と同等の美、力、威厳を備えた存在、――包み隠さず言ってしまえば、聖なる三位(さんみ)一体〈h〉を信じる心にもやはり、受け入れられる存在を提供するつもりなのです。

話は速やかに、エルフの歴史、即(すなわ)ち『シルマリッリオン』本体へと移っていきます。半ば神話的方法で形が変えられているのは、私たちが今も目にしている世界です。ここで扱われているのは、われわれ自身とそうは違わない身の丈を持ち、理性と肉体を持った者たちなのです。天地創造のドラマの知識は完全には呈示されていません。〝神々〟一人一人の知識も不完全なら、神々全員の知識を一つに集めても不完全なのです。というのも(一つには叛逆者メルコールによる悪を正すため、一つには細部の処理に至るまで、この上ない精妙さで、すべてを完成させるため）、創造主はすべてを明かしてはおられなかった。神の子たちがどう造られ、どのような性質を備えているのか、それは二つの主たる秘密だったのです。神々に分かっているのは、かれらがいつか定められた時に到来するということだけです。こうして神の子たちは、原初の時から、すでに関連しあう、似通った存在でした。そして原初の時から、すでに異なってもいました。かれらはまた、神々にとって全くの〝他者〟で、神々はかれらの生成に何の役割も果たさなかったのです。それ故、かれらは、神々の特別な願望と愛の対象となった。かれらというのは最初に生まれた者たち、つまりエルフと、それに続く者たち、つまり人間のことです。エルフたちの定めは不死であること、この世の美を愛し、その美をかれらの繊細で完璧な天与の才を用いて、完全に開花させること、この世の続く限り生き続けること、たとえ〝殺され〟ようとこの世界を離れることなく、ただ戻っていくしかないこと――とは言え、後に続く者たちが来ると、エルフたちはかれらを教え道を譲り、かれら人間たちが成長し、両者共にそこから生じ出た生命の源を吸収する時、自らは〝衰微〟していくのです。人間の宿命（あるいは恵み）は、有限の命です。この世の循環からの解放です。この話全体がエルフの視点から見たものなので、有限の命は、神話的には説明されていません。それは神意の不思議であり、人間たちの悲しみと不死のエルフたちへの羨望の核心である〝神が人間のために意図されたことは隠されている〟ということ以上は分からないのです。

言うなれば、伝説集『シルマリッリオン』は特異なもので、人間中心ではないという点で、私の知る限り、ほかの類似した話とは異なっています。その視野と関心の中心になっているのは、人間ではなく、〝エルフたち〟です。それでも、人間の登場は避けがたいことです。結局著者は人間なのですし、その著者の話に耳を傾ける者がいるとすれば、かれらもまた人間でしょう。どうしても、人間は話の中に出てこなければならないのです。それも、人間として出てこなければならないのです。エルフやドワーフやホビットなどのような、姿形は異なっていても、部分的に人間を表している存在としてではなく。しかし人間たちは、あくまで周辺の存在です――遅く来た者であり、次第に重要な立場を占めるようになるとはいえ、主要な立場にはいないのです。

天地創造には、堕落がつきものです。天使たちの堕落と言ったらいいのでしょうか。もちろんキリスト教神話の堕天使〈i〉とは、形において全く異なりますが。私の書いた話は〝新しいもの〟です。ほかの神話や伝説に直接由来するものではありません。しかし、昔から広まっているモチーフや要素を多く含むことになるのは、どうしても避けがたいことです。つまり、伝説や神話というものは、たいてい〝真実〟からできていると思うからです。むしろ、このような形でのみ受け入れられる真実の姿を呈示していると言ったらいいでしょうか。昔々、この種の神話の持つ真実と、その形式が見出され、以後繰り返し現われることになったに違いありません。堕落がなければ、〝物語〟はあり得ません——すべての物語は、究極的には堕落について語るのです——少なくともわれわれが知っているような、そして持っているような、そのような人間の心にとって、堕落のない〝物語〟はないのです。

話を続けましょうか。エルフたちは堕落します。かれらの〝歴史〟が物語となって語られる以前のことです（人間の最初の堕落のことは、すでに説明した理由により、どこにも出てきません——人間たちは、エルフの堕落が遠い昔のこととなるまで登場しません。ただ、人間たちがしばらくの間、かの大敵の支配下に入ったこと、そしてそれを悔い改めた者たちがいたということが、噂として伝わってきただけです）。話の主要な部分は『シルマリッリオン』本体で、エルフの中でも最も才能に恵まれた種族の堕落が語られています。かれらは（神々のすむ一種の楽園である）極西の地ヴァリノールを自ら捨てて、追放の身となり、自分たちの誕生の地であり、久しくかの大敵の支配下にある中つ国(なかつくに)に戻り、かの敵と戦うのです。悪はまだ、肉体を持った、目に見える形として存在していたわけです。

　ところで、シルマリッリオンという名前ですが、これは、一連の出来事がすべて、シルマリルーリ（〈汚れなき光の輝き〉の意。語尾の「リ」は複数形語尾）、即ち太古の大宝玉の運命とその重要性をめぐって起こることに因(よ)っています。宝玉を作ることでまず象徴されるのは、エルフたちの準創造的働きです。しかしシルマリッリには、単なる美しさ以上のものがありました。光です。銀と金の二つの木によって見えるものとなったヴァリノールの光がこめられていたのです〈4〉。二つの木はかの大敵の悪意によって殺され、そのためヴァリノールは暗くなりました。ただ、二つの木が完全に枯死する前に、そこから太陽と月の光がとられました（ほかのほとんどの伝説との際立(きわだ)つ違いはここにあります。太陽は聖なるシンボルではなく、次善のものであり、〝太陽の光〟〔つまり太陽の下(もと)なる世界〕は、堕落した世界、どこか狂った不完全なヴィジョンを示す言葉となります）。

さて、エルフの中でも最も技と工夫にすぐれた者（フェアノール）は、二つの木が汚され、殺される前に、三個の比類なき宝玉シルマリッリの中に、ヴァリノールの光を閉じ込めていました。こうして二つの木の光は、以後、三つの宝玉の中にのみ生きることになったのです。エルフの堕落は、この三つの宝玉に対するフェアノールと七人の息子たちの所有欲から生ずることになります。宝玉はかの大敵に奪われ、鉄の王冠に嵌め込まれて、侵入不能の砦の中で守られています。フェアノールの息子たちは、シルマリッリに対して何らかの権利を敢えて主張しようとする者があれば、たとえそれが神々の一人であろうと、これを敵として復讐するという、身も凍る冒瀆的な誓言を立てます。かれらは、同族の大多数を同調させ、その結果、かれら一行は神々に反旗を翻し、楽園を去って、かの大敵に望みなき戦いを仕掛けに行くことになるのです。かれらの堕落の最初の果実は、楽園の中での戦い、エルフによるエルフの殺害でした。このことと、フェアノールの息子たちの恐るべき誓言とが、その後のかれらの英雄的行為にもついてまわり、裏切りを生じさせ、すべての勝利を空しくさせることになります。

『シルマリルの物語』は、かの大敵に対する流離（りゅうり）のエルフたちの戦いの歴史なのです。それはすべて、世界（つまり中つ国）の北西部で起こり、いくつかの勝利と悲劇が取り上げられています。しかし、最後は破壊的な大地変動で終わり、古（いにしえ）の代、即ち長い第一紀の世が過ぎ去っていくのです。（神々の最終的な介入により）宝玉は取り返されるものの、エルフたちにとっては結局、永遠に失われたものとなります。一つは海中に、一つは地の底深く、そして一つは天空の星として。この伝説集は、最終決戦のあとの終末的光景をもって幕を閉じます。世界の破壊と造り直し、そしてシルマリッリ、〃太陽以前の光〃の奪回で終わるのですが——その最後の戦いは、何よりも、ラグナロク〈j〉に現れる北方的ヴィジョンに負うところが大きいのではないかと思われます。もっとも、それほど似ていないかもしれませんが。

この物語集から次第に神話色がうすれ、より昔話的、中世英雄伝説的になるとともに、人間が織り込まれてきます。この人間たちは大体において〃よい人間〃です——かの大敵に仕えることを拒み、西方の神々と上（かみ）のエルフたちの噂を聞いて、西に逃れ、戦いのさなかにある流離のエルフたちと接触するに至った家系の者たちです。かれらは、主として人間たちの父祖である三つの家系に属する者たちで、その族長たちはエルフ諸侯の同盟者となります。人間とエルフのこの接触は、後代の歴史を予知させるものとなります。繰り返し現われるテーマは、（今あるような）人間には、元を辿ればエルフに行き着く〝血〟を受け継いだ者があるということ、そして人間の芸術と詩は、その血に大きく依(い)拠(きょ)しているか、それによって修正されているということです〈5〉。有限の命の人間とエルフとの間には、二組の結婚がありました。その双方の血を引く者が半エルフのエルロンドによって代表されるエアレンディルの子孫です。エルロンドはすべての物語に出てきます。『ホビットの冒険』の中にさえ。

『シルマリッリオン』の中でも最も主要な話として、たっぷりと描かれているのは、「ベレンとエルフの乙女ルーシエン」の物語です。ここでわれわれは、ほかのことはともあれ、（『ホビットの冒険』において顕著なものとなる）モチーフの最初の例に出会います。歴史を動かす原動力となる〝世界の歯車〟は、しばしば王侯や統治者たちによってではなく、神々たちによってでさえなく、外にはその存在さえ知られていない無名の力弱い者たちによって回されることがあるというモチーフです。これは創造の中に秘められた命のためであり、唯一なる方(かた)を除けば、いかなる知者にも知られていない役割のためであって、唯一なる方が、ドラマの中に神の子たちを登場させられたこととの中に、すでに存在していることなのです。無法者となった人間の子ベレンが（エルフ王家の姫とはいえ、一人の乙女に過ぎないルーシエンに助けられて）、全軍勢、全戦士が果たせなかったことをなしとげるのです。ベレンはかの大敵の砦に侵入し、鉄の冠からシルマリッリの一つをもぎ取ります。こうしてベレンは、ルーシエンとの結婚の約束をかちえ、ここに有限の命の者と不死の者との最初の結婚が成就するというわけです。

ベレンとルーシエンの物語はこのような話です。（なかなか美しくて、力のこもった）英雄譚且つ妖精譚だと思いますので、背景についてごく一般的な、おおまかな知識があれば、これだけでも楽しんでもらえるのではないでしょうか。しかしこの話は、伝説群という鎖の中で、非常に重要な一つの輪になっており、そこから取り出してしまえば、その全体の意義は失われるでしょう。というのも、シルマリルの奪回というこの上ない勝利が、大きな禍（わざわい）につながってゆくからです。フェアノールの息子たちの誓言が働き、そしてまた、シルマリルに対する抑えがたい欲望が、エルフたちの全王国を滅亡に導くのです。

同じようにたっぷりと書き込んだ物語は、ほかにもあります。やはり、独立した話としても読め、また歴史全般にもつながっているものです。たとえば「フーリンの子供たち」という、トゥーリン・トゥランバールとその妹ニーニエルの悲劇的な話。主人公のトゥーリンは、ヴォルスングのシグルズル〈k〉、オイディプス〈l〉、そしてフィンランドのクレルヴォ〈m〉などに見られる諸要素に由来する（と、あまり役に立つ見方とは思いませんが、この種のことが好きな人なら言うかもしれない）人物です。「ゴンドリンの陥落」という話もあります。ゴンドリンはエルフの主要な拠点です。それから、「漂流者エアレンディル」という話があります。かれは、『シルマリッリオン』の物語を終わらせる人物として重要であり、また、その子孫を通して、後代の物語につながる大事な鎖の輪と、その登場人物を供給することになります。かれの役目は、エルフと人間の二つの種族を代表する者として、神々の地へ戻る海の道を探しあて、使者として神々を説得することです。いま一度流謫者たちを思いやり、かれらを憐れみ、かの大敵から救い出し給えと。かれの妻エルウィングは、ルーシエンの子孫で、シルマリルの一つを今も肌身離さず持っています。しかし、呪いの力はいまだに働いており、エアレンディルの留守宅は、フェアノールの息子たちに破壊されてしまいます。

しかし、それによって事態は解決へと導かれるのです。エルウィングは海中に身を投じて宝玉を守りぬき、エアレンディルの船に辿り着きます。そして二人は、大宝玉の力によってついにヴァリノールの地へ導かれ、使命を果たすことになるのです——ただ、中つ国に戻ること、再びエルフや人間の間で暮らすことは許されませんでした。神々はここで再び動きます。西方からの大軍勢の到来により、かの大敵の城砦（じょうさい）は破壊され、大敵自身は世界の外なる虚空（こくう）に突き出され、そして、肉体を持った姿では二度とこの世界に現われることはないのです。残る二つのシルマリルは鉄の冠から奪い返されたものの——結局は失われることになります。フェアノールの息子たちの中で最後に残った二人が、自らの誓言に追い立てられ、二つのシルマリルを盗み出しますが、一人は海中に、一人は大地の深い穴に身を投じて、自らを滅ぼしてしまうからです。最後に一つ残ったシルマリルで飾られたエアレンディルの船は、最も明るく輝く星として天空に船出します。こうして、『シルマリッリオン』と第一紀の話は終わるのです。

次の伝説群は第二紀を扱っています（そのつもりです）。しかし、中つ国の第二紀は暗黒時代で、語るべき（あるいは語るに足る）歴史もあまりありません。初代の大敵との大決戦場となったため、土地は姿を変えるほどに荒廃し、中つ国の西の地には住む者もなくなります。聞くところでは、流謫のエルフたちは西方に戻ってかの地で安んじて暮らすよう、命令とは言わないまでも、厳しい勧告を受けたようです。かれらは、再びヴァリノールの地に暮らすことはかなわぬながら、その至福の地を目のあたりにする離れ島エレッセアに住まうことになっていました。三家の人間たちは、その剛勇と、信義ある同盟者であったことへの褒美として、有限の命の者に許される最も西の〝極西〟の地、大きな、いわば〝アトランティス〟〈n〉の島、ヌーメノーレに住むことを許されました。また、それが神から与えられた宿命であれ、贈り物であれ、有限の命を取り消すことは、神々にももちろん不可能なこと故、ヌーメノール人には並外れた長寿が与えられることになりました。かれらは中つ国を去って海を渡り、遥か遠くエレッセア（ヴァリノールではありません）を目にすることのできるこの島に、航海者たちの偉大な王国を創建します。

上のエルフたちも、そのほとんどが西方に戻っていきますが、全部ではありません。ヌーメノール人と血のつながる人間たちの中にも、大海の岸辺から程遠くないところに留まる者もおり、また、流謫のエルフたちの中にも戻ろうとしない者、あるいは戻ることを遅らせる者もいます（不死の者たちには西方への道は常に開かれており、灰色港では、かれらをいつでも運び去ってくれる船が待機しているのです）。また、初代の大敵によって造られたオーク（ゴブリン）やほかのモンスターたちも、完全には滅ぼされていません。それにサウロンがいます。『シルマリルの物語』の中、第一紀の物語では、サウロンはもともとヴァリノールの聖なる者たちの一員でありながら、誘惑されてかの大敵に仕え、筆頭軍師として召し使われたとあります。初代の大敵が完全に敗れ去った時、サウロンは恐れ入って前非を悔いますが、結局、命ぜられたように、西方に戻って神々の審判を受けることはせず、ぐずぐずと中つ国に留まります。そして、初めは〝神々に顧（かえり）みられない〟中つ国の廃墟の立て直しと修復という立派な動機から、やがて徐々に、かれは再び悪の化身たる完全なる権力の渇望者となり――（とりわけ神々とエルフに対して）いよいよ激しい憎悪に身を焦（こ）がすようになります。第二紀の薄明の中、中つ国の東で影は次第に育ち、人間への支配を強め、勢力を拡げてきました――人間はエルフの衰退と共に、その数を殖(ふ)やしていきます。

第二紀の三つの主要なテーマは、次のようなことです。中つ国を去りがたく、渡海を遅らせるエルフたち。サウロンが人間たちの支配者でもあり神でもある新たな冥王(めいおう)に育っていくこと。そして、ヌーメノールがアトランティスの運命を辿っていくこと。いずれも、「力の指輪」と「ヌーメノールの没落」という二つの話、あるいは記述の中で、年代記的に扱われています。この二つの話は、『ホビットの冒険』とその続編にとって、非常に重要な背景となるものです。

最初のテーマに見えるものは、エルフたちの二度目の堕落、少なくとも〝過(あやま)ち〟といっていいものです。かれらが勧告に従わずに——自分たちのかつての英雄的功業の地、有限の命の地に、今も悲しみをもって（第二版序文参照〈6〉）——去りがたく留まること自体には、基本的に何ら誤ったことはありません。かれらはケーキを食べずに味わいたいと思いました。つまりかれらは、〝西方〟の平和と至福と完全な思い出を欲していたのに、この見劣りする地に留まりたいと思いました。この地で、野のエルフたち、ドワーフたち、そして人間たちの上に立つ最高位の種族であるかれらの威信は、ヴァリノールのヒエラルキーで一番下にいるよりずっと大きくなるからです。こうしてかれらは、

〝衰退〟、つまり（太陽の下の世界の法則である）時による変化が、かれらに知覚される世界の形態であることに絶えず心をとらわれるようになります。エルフたちは悲しみを抱き、その芸術は（いわば）好古趣味に、その努力はすべて一種の防腐処置（エンバーミング）〈o〉になってしまうのです――とはいえ、かれらも、かれらの種族が昔から抱いている動機を、今も失ってはいません。大地を飾ること、そして大地の傷を癒すこと。われわれは、『シルマリッリオン』に語られている中つ国の古い土地の中で、大地変動を免れた極北西の地に、なんとか持ちこたえているギルガラド〔この手紙ではGilgalad、本文ではGil-galad―訳者〕の王国のことを聞いています。エルフたちの定住地は、ほかにもあります。エルロンドに関わりの深いイムラドリス（裂け谷）や、霧ふり山脈西麓のエレギオンにある大きな居住地、これは第二紀におけるドワーフの主要な王国、モリアの坑道にも接していました。（エルフとドワーフという）通常は反目し合う者たちの間に、最初にして最後の友情が育ち、かれらの金銀細工師としての技は最高の域に達しました。

しかし、多くのエルフたちがサウロンの言葉に耳を傾けました。この頃は、サウロンもまだ立派な容姿をしていたのです。かれの動機は、荒廃した土地を癒すというエルフたちの動機と重なるところがあるように見えました。サウロンはかれらの弱点を見抜き、こう提案しました。お互いに助け合って、中つ国の西の地をヴァリノールのように美しくしようと。これは実のところ、ヴェールで隠された神々への攻撃でした。独立した別の楽園を作ってみようではないかという煽動でした。ギルガラドも、そしてエルロンドも、こんな申し入れはすべて拒絶しました。しかしエレギオンでは、大きな仕事が始まっていました――エルフたちは、今や魔法と仕掛け（マシン）に屈しようとしていました。そしてかれらは、サウロンの知識に助けられ、力の指輪を作ったのです（〝力〟という言葉は、神々について用いられる場合を除けば、どの話の中でも禍を秘めた不吉な言葉なのです）。

（どの指輪にも共通する）主要な力。それは、衰えを防ぎ、あるいは遅らせ（〝変化〟というのは嘆かわしいことと思われていたのです）、そして、欲するもの、愛するもの、もしくはその外観を保持する力で――多かれ少なかれ、これがエルフたちの動機の一つでした。しかし指輪はまた、その所有者が本来持っている力を高めもしました――このようにして〝魔法〟、即ち容易に腐敗する動機、支配への渇望へと近づいていくのです。そして最後に、指輪には別の力もありました。(『ホビットの冒険』の中に、束の間、影と不吉な予兆を落とすが故に、〈死人占い師〉と呼ばれている) サウロンに直接由来する力。肉体を持った者を見えなくしたり、見えない世界のものを見えるようにしたりする力です。

エレギオンのエルフたちは、ほとんど自分たちの想像力だけで、三個のこの上なく美しい、力ある指輪を作り出しました。これらは、美の保存を目的としたもので、姿を見えなくするという性質は与えられていませんでした。ところがサウロンは、かれの本拠地、黒の国で、地中の火を用い、密かに一つの指輪を作っていたのです。それは、ほかの指輪の持つ力をすべて所有する、支配の指輪でした。ほかの指輪をコントロールし、その結果、一つの指輪を嵌める者は、より力の弱い指輪を使う者の思いを読み取ることも、かれらのなすことすべてを支配することも、そしてついには、かれらを完全に隷属させることもできるのです。しかしかれは、エルフの持つ知恵も、鋭敏な知覚力も見落としていました。かれが一つの指輪を身に帯びるや、エルフたちはこれに目を留め、その密かなる目的に気づいて、恐れを抱きました。三つの指輪はすぐに隠され、サウロンでさえ、その在処をつきとめることはできませんでした。三つの指輪は汚されることなく残ったのです。エルフたちは残りの指輪も破壊しようとしました。

それに続くサウロンとエルフたちの戦いで、中つ国、特にその西の地は、さらなる廃墟と化し、エレギオンは敵の手中に落ち、破壊されました。そしてサウロンは多くの力の指輪を没収し、(野心からであれ、貪欲からであれ)それを受け取ろうとする者たちに与え、かれらを究極の腐敗と隷従に置くのでした。ここに『指輪物語』のライトモチーフとなる〝古い〟脚韻詩を挙げておきます。

三つの指輪は、空の下なるエルフの王に
七つの指輪は、岩の館(やかた)のドワーフの君に
九つは、死すべき運命(さだめ)の人の子に
一つは、暗き御座(みくら)の冥王のため
影横たわるモルドールの国に。

サウロンはこうして、中つ国ではほとんど至高の存在となります。エルフたちは、(まだ敵に知られていない)秘密の場所で持ちこたえています。最後の

エルフの王国、ギルガラドの国は、西方への船出の港に近い、最果ての西の海辺にかろうじて存続しています。エアレンディルの息子、半エルフのエルロンドは、西の地の最東端、イムラドリス（裂け谷）に、エルフの力に守られた不可侵の地を維持しています〈7〉。しかしサウロンは、急速に数を殖やしつつあるすべての人間の上に君臨しています。この人間たちは、エルフと接触を持ったこともなければ、堕ちることのなかった真のヴァラール、神々についても、間接的で誤ったことしか知らされていないのです。サウロンは火の山に近い、モルドールの暗黒の塔バラド＝ドゥールから、一つの指輪を使い、拡がりゆく帝国を統治するのでした。

しかしサウロンは、このような野望をなしとげるためには、自分に本来備わった力の大部分を、一つの指輪に移入しなければなりませんでした（神話や妖精物語によく見られる重要なモチーフですが）。それを指に嵌めている限り、地上におけるかれの力はこの上なく増大するのですが、たとえそれを身に帯びていなくても、その力は存在し、かれ自身と〝感応して〟、かれの〝力が減じる〟ことはないのです。誰かほかの者がそれを取って、わがものとしない限り。そうなれば、新しい所有者は（もし充分な強さを持った、生来英雄的な人物であれば）サウロンに挑戦し、指輪が作られた時からサウロンが習得し、行ってきたことのすべてに精通し、その結果かれを打ち倒し、その地位を奪うことができるでしょう。このことはエルフたちを己の奴隷にしようとつとめ（たいていうまくいきません）、己が召使いたちの心と意志を支配する力を打ち立てたいとする状況で、サウロン自らが招き入れてしまった本質的な弱みでした。

もう一つ弱点があります。一つの指輪が、もし本当に無に帰せられ、消滅させられたら、その時は、指輪にこめられた力も失われるのです。サウロン自身の存在は、ほとんど消え失せるばかりとなり、いわば影のような、邪悪な意志の単なる記憶のようなものになってしまうでしょう。しかし、そんなことはかれの念頭にはなく、また心配もしていないのでした。

指輪は、かれより技倆（ぎりょう）の劣る者の手ではこわすことができず、それが作られた地中の不滅の火を用いない限り、どんな火中に投じようと、熔けもしないのです。その地中の火はモルドールにあり、誰にも近づくことはできません。また、指輪の持つ欲望の力は非常に強く、用いれば支配されるのは必至であり、これを傷つけたり、捨てたり、無視したりするなど、何人（なんぴと）の（たとえかれ自身であれ）意志の力をも越えることなのです。サウロンはそう考えました。ともあれ、指輪はかれの指に嵌まっていました。

こうして第二紀が経過してゆき、中つ国には強大なる王国と、邪悪な神権政治が育ちつつありました（サウロンはかれの奴隷たちにとっては神でもありましたから）。中つ国の西部には――実際には北西部だけが、一連の物語の中ではっきり見えているのです――危うく存立し得ているエルフたちの避難所がいくつかあります。またこの地域の人間は、たとえ無知ではあっても、大方が腐敗することなく暮らしています。人間の中でも比較的善良で高潔な者たちは、実はヌーメノールに去った者たちの血族なのですが、族長を戴いた、部族的生活の〝ホメロス風〟〈p〉状態に留まっています。

一方、ヌーメノールでは、エアレンディルの息子でありエルロンドの兄弟であるエルロス直系の子孫、長命で偉大な王たちの下に、富と知恵と栄光がいや増していきました。「ヌーメノールの没落」は、即ち人間の（長寿を与えられたとはいえ、依然として有限の命の人間の）二度目の堕落であり、破壊的な結末をもたらします。第二紀の結末というのみでなく、古い世界、伝説の太古の世（平らで、果てがあると考えられていた世界）の終わりでもあるのです。そのあとに第三紀が始まります。それは薄明の時代、中間の時代、破壊され変わってしまった世界の最初であり、目に見える生身のエルフたちが、去りがたく持ちこたえている支配圏の最後であり、また、悪が圧倒的恐怖の一個の化身となって顕（あらわ）れた最後の時代でもあるのです。

「ヌーメノールの没落」は、一つには人間の内なる弱さに起因するとも言えます――最初の堕落（この一群の話の中には記録されていません）の結果として生じたと言ってもいいでしょう。悔い改めはしたものの、完全に浄化されてはいなかったのです。人間にとって、この世での褒美は罰よりも危険です！　ヌーメノールの堕落は、人間のこの弱点につけこんだサウロンの狡猾さによってもたらされます。中心となるテーマは（人間の物語の中では避けがたいことと私には思われますが）禁制、即ち法度（はっと）です。

　ヌーメノール人たちは、〝不死〟の地の東端エレッセアを遥かに望み見ることのできる地に住んでおり、またかれらは（同盟の時代に習い覚えた）エルフ語を話せる唯一の人間でもあったので、旧（ふる）い友人であり同盟者でもあったエルフたちと絶えることのない交流が続いていました。エルフたちは、至福の地エレッセアに住む者もあれば、中つ国の岸辺に近いギルガラドの王国に住む者もいました。こうしてヌーメノール人たちは、外見も知力もほとんどエルフたちと見分けがたいほどになりました――しかし、有限の命の者であることに変わりはありません。たとえ並の人間の三倍、いやそれ以上の寿命を褒美として与えられていたとはいえ。そして、かれらに与えられたこの褒美が、かれらを破滅に導き――あるいは誘惑の手段となるのです。かれらの長命は、芸術、知恵においていて、より高く、より多く達成することを助けますが、同時に、それらのものへの所有欲や執着心をも育てます。そして、楽しむための〝時間〟がもっと欲しいという願いも芽生えてきます。

こういうことを幾分見越して、神々は最初からかれらに禁制を課したのです。ヌーメノール人はエレッセアに渡ってはならない、また、自分たちの国が見えなくなるほど西に船を進めてはならない、という禁制です。ほかの方角なら、どこへでも行きたいところに行くことができました。けれどかれらは、〝不死〟の地に足を印してはならないという禁制故に、(この世での) 不死の命に魅せられてしまいます。それは、人間の理に背くことです。死はイルーヴァタール(唯一なる神)の与え給うた特別な宿命であり、贈り物であるのに、人間たちの性はそれには耐えられなかったのです〈8〉。

かれらが恩寵に背くに至るには、三つの段階があります。最初は黙従。完全な理解は伴わないものの、自ら進んで従う。次に、長期にわたって、かれらはしぶしぶ従い、次第に不平を口にするようになる。そしてついに反逆に至り——王の側に立つ反逆者たちと、かれらによって迫害されたごく少数の節士派との間に、不和が生じます。

最初の段階では、かれらは平和の民として、その勇気はもっぱら航海に向けられます。エアレンディルの子孫であるかれらは、すぐれた航海者となり、西方へ向かうことは禁じられているので、北の果て、南の果て、東の果てまでも船を進めます。しかし、最も多く訪れるのは、中つ国の西岸でした。その地でかれらは、サウロンに敵対するエルフや人間たちに手をかし、サウロンのやむことのない憎しみを買うことになります。その頃、未開の人間たちの間を訪れ、技術と知識の贈り物をもたらし、再び去っていくヌーメノール人は、よきものを施し(ほどこ)に来る、ほとんど神のような存在だったのです——かれらは夕陽のかなたから現われ、王たちや神々たちのさまざまな伝説を残して去っていくのでした。

第二の段階では、得意と栄光の絶頂にあって、禁制を恨みに思う気持が芽生え、かれらは至福よりも富を求め始めます。死を逃れたいという願望が、死者をまつる祭祀(さいし)を生み、かれらは墓や記念物に惜しみなく富を費やし、技を尽くして飾るのでした。ヌーメノール人は今では中つ国西岸に居留地を持っていましたが、それはむしろ砦と呼ぶにふさわしく、富を求める諸侯の〝工場〟といってもいいものでした。ヌーメノール人は今や収税吏となり、その大きな船にますます多くの品物を積載し、持ち去っていくのでした。さらにかれらは、武器や機械の鋳造も始めました。

そして、エルロス直系第十三代〈9〉の王の王位継承と共に、最後の段階が始まります。歴代の王たちの中でも最も力があり高慢なタル＝カリオン黄金王の時代です。サウロンが王の中の王、世界の主と自ら称していることを聞き知ったタル＝カリオンは、この〝詐称者〟を力で押さえこもうと決意しました。かれは大軍勢を率い、威風堂々と中つ国に進軍していきます。その軍事力と、全盛期のヌーメノール人の恐るべき勢いに、召使いたちは刃向かうことすらせず、サウロンは恐れ入ってへりくだり、タル＝カリオンに臣従の礼をとり、人質、捕虜として、ヌーメノールに連れていかれます。しかしヌーメノールの地で、かれはその狡猾と知識により、たちまち召使いから王の顧問官へとのし上がり、虚言をもって、王を始めほとんどの貴族と国民をそそのかすに至ります。

かれは、唯一なる神の存在を否定しました。それは単に西方の妬み深いヴァラールの作り上げたもので、かれら自身の願望を神託として告げているに過ぎないのだと。神々の中の最高のお方は、今は虚空に住まう方で、最後にはその方が勝利をおさめられる。そして、その方にお仕えする者たちのために、虚空の中に果てしなく大きな王国を作って下さるのだ。禁制は、人間の王たちが尽きることのない命を得て、ヴァラールに匹敵する力を得ることがないよう、心配のあまり考え出された嘘に過ぎないと。

　サウロンの下、新しい宗教である暗黒の礼拝が、寺院の造営と共に起こります。節士派は迫害され、生贄にされます。ヌーメノール人たちは、中つ国にも悪風を持ち込み、かの地で黒呪術を行う残虐無道な領主となり、拷問や殺戮を繰り返します。そして古い伝説の上に、暗澹たる恐怖の話が重ねられるのです。しかし、中つ国の北西部には、こういうことは起こりません。というのも、かの地にはエルフの存在故に、今もエルフの友である節士派しか来ないからです。よきヌーメノール人の主な港は、大河アンドゥインの河口近くにあります。そこからは、いまだにヌーメノールの有益な影響力が大河を遡り、北方のギルガラドの王国の方まで拡がってゆき、共通語も育っていきます。

しかしついに、サウロンの目論見が実現することになります。老齢と忍び寄る死を感じていたタル＝カリオンは、サウロンがこの時とばかり焚きつけることに耳を傾けます。そして、かつてないほどの大艦隊を編制し、禁制を破って西方に航行するのです。かれは武力に訴え、〝この世の圏内にある不死の命〟を神々の手からもぎとろうとします。恐るべき愚挙と瀆神のこの反逆、さらには現実の危険（サウロンの指図を受けたヌーメノール人は、ヴァリノールそのものに破滅をもたらすこともあり得るので）にも直面し、ヴァラールはかれらに委任された力を一時措いて、神に訴え、この状況に対処する力と許しを得ます。古い世界は滅び、形が変わります。海が裂け、タル＝カリオンとその大艦隊を呑み込みます。また、ヌーメノール自体も裂け目の際に位置しているので、島ごと覆って、その栄華と共に深い海中に没し去ります。以後、この地上には、聖なる者、あるいは不死の命の者の住まう可視の場所はなくなるのです。ヴァリノール（パラダイス）も、そしてエレッセアまでも取り去られ、地上では記憶の中だけに留められることになります。人間は、今ではその気があれば、いくらでも西へ航行することができますが、ヴァリノールにも至福の地にも近づけるわけではなく、再び東に戻り、出掛けたところに帰ってくるだけのこと。なぜなら、世界は丸くなり、限りのあるものになり――死によるほかは――逃れがたい円球になったからです。ただ〝不死の者たち〟、今なお留まっているエルフたちだけが、この世界の閉じられた円球に倦み疲れた時、もし望むなら、船に乗り、〝まっすぐの道〟を探し、古の、即ち本当の西方に到り着いて、安らぐことができるのです。

こうして第二紀は破局的大激変をもって終わりに近づこうとしているのですが、完全に終わったわけではありません。地殻変動から生き残った者がいるのです。節士派の頭、正しき人エレンディル（名前は〈エルフの友〉を意味する）と、二人の息子イシルドゥルとアナリオン〔この手紙ではAnarion、本文ではAnárion―訳者〕です。エレンディルはノア〈q〉的な人物で、反乱から身を遠ざけ、ヌーメノールの東の沖合に待機させた何艘かの船に、手放せぬ品々と共に一族の者たちを乗り込ませておきます。かれらは西方の怒りの抗しがたい嵐から逃れ、中つ国の西域に破壊をもたらすほどの高波に運ばれて、一族郎党、亡国の民となって岸辺に打ち上げられます。その地に、かれらはヌーメノール人の二つの王国を創建します。一つはギルガラドの王国に近い北方にアルノールの国を、もう一つはずっと南のアンドゥインの河口のあたりにゴンドールの国を。サウロンは不死の存在なので、ヌーメノールの水没をからくも逃れ、モルドールに舞い戻ります。そしてしばらくすると、ヌーメノールの遺民たちに充分挑戦できる力を蓄えます。

第二紀は、（エルフと人間の）最後の同盟とモルドールの大攻囲戦によって幕を閉じます。サウロンが打ち倒され、第二の目に見える悪の化身が除かれたことで終わるのですが、それには代償が支払われました。また破壊的な過ちがおかされました。サウロンを倒す時に、ギルガラドとエレンディルも命を落とします。エレンディルの息子イシルドゥルが、サウロンの手から指輪の嵌まった指を切り取ります。サウロンの力は抜け、その霊魂は暗がりの中へと逃れます。しかし、悪はさっそく働き始めていたのです。イシルドゥルは、〝父の命の代価〟として指輪をわがものであると公言し、すぐ近くの火山の火に投ずることを拒みます。かれは進軍して去りますが、大河に呑まれ、指輪は失われ、そのことを知る者もいなくなります。けれど、指輪は無に帰したわけではなく、指輪の力で建てられた暗黒の塔は依然として立っており、無人ではあっても破壊されてはいません。こうして第二紀は、ヌーメノール人の王国が出現し、上(かみ)のエルフの最後の王権が去ることで終わります。

原註

〈1〉ただそれらについて、少なからず考えてはきました。

〈2〉これは根本的には、芸術（そして準創造）と一次的現実との関係という問題に関わっていると思うのです。

〈3〉悪の創始者には当てはまりません。かれの場合は準創造的堕落です。それだからこそ（とりわけ準創造の代表者といえる）エルフたちは、かれにとって特別な敵となり、もっぱらかれの欲望と憎しみを受け――かれの詐術、謀(たばか)りを招くことになります。エルフたちは堕落によって所有欲に屈し、（程度の差はあれ）芸術を権力に悪用することもあるのです。

〈4〉このことに関して言えば、象徴的、寓意的意味があります。光というのは、宇宙の自然の中で太古のシンボルですから、これを分析することはほとんどできません。ヴァリノールの光は（あらゆる堕落以前に存在した光より得られたもので）理性から分離していない芸術の光であり、事物を科学的にも（あるいは哲学的にも）、想像的にも

（あるいは準創造的にも）見て、よいと言い――美しいと言うのです。太陽の（あるいは月の）光は、悪によって汚されたあとの二つの木から生じたのです。

〈5〉もちろん実際には、これは次のことを意味しているに過ぎません。つまり、私の〝エルフたち〟は、人間の性質の一部の表現、あるいは理解に過ぎないということ。しかしそう言ってしまうのは、伝説の語り方ではありませんね。

〈6〉「タイピストがオリジナルの手紙のコピーを取る時、この文中の語をいくつか落としたようです」――クリストファー・トールキン氏によるコメント。

〈7〉エルロンドは全作品を通して、古の知恵を象徴しています。そしてかれの家は、伝承の学問を表しているのです――善なるもの、賢なるもの、美なるものに関して伝えられてきた記憶をすべて、敬意をもって大切に保存してきた場所です。そこは行動の場ではなく、内省の場です。こうしてこの地は、あらゆる功業、あるいは〝冒険〟への途次立ち寄る場所となります。それは（『ホビットの冒険』にあるように）旅の途上でまっすぐ向かう場所となるかもしれませんが、そこからは、全く予期しない道に踏み出すことになるのは避けがたいことかもしれません。それ故『指輪物語』では、主人公は、わが身にふりかかる差し迫った禍から、エルロンドのもとに逃れた後、全く新たな方向へ出発しなければなりません。悪の源に赴き、それに直面するために。

〈8〉各〝種族〟は、それぞれの生物学的、精神的素質と不可分の、生まれながらの寿命を持っているという観点に立っているのです（その考え方は、後に指輪をしばらく所持していたホビットたちの場合にも当てはまります)。与えられた寿命が、質的にも量的にも増すことはあり得ない。それ故、時間的に延びることは、ワイヤをますますぴんと引っ張ること、あるいは〝バターをより薄く拡げて塗る〟ようなことで、結局それは耐えがたい苦痛につながるのです。

〈9〉「この手紙が書かれた時、ヌーメノールの統治者たちについての歴史は、後のとは異なるものが用いられていて、それに従うと、タル=カリオン(即ちアル=ファラゾーン)は十三代であり、後のように二十五代ではない」——クリストファー・トールキン氏によるコメント。

訳註

〈a〉ロマンス語……俗ラテン語から発して、中世以降、いわゆるラテン語圏の各地で使われた諸言語。フランス語、スペイン語、イタリア語、プロヴァンス語、ルーマニア語など。

〈b〉チャップ・ブック……十八世紀のイギリスで、行商人が売り歩いた小冊子。民衆に喜ばれる物語や俗謡、伝説などが翻刻されている。

〈c〉アーサー王伝説……五世紀か六世紀頃のブリトン人の首長とされる伝説的英雄を主人公とした妖精譚的色彩の濃い物語。次第に円卓の騎士や、聖杯、サー・ガウェイン、トリスタンとイズーなどの話が加わり、広くヨーロッパで流布した。十五世紀に、サー・トマス・マロリーがフランス語などから編纂（へんさん）した。わが国では、ブルフィンチによる『中世騎士物語』（野上弥生子訳／岩波文庫）で親しまれた方が多いのではなかろうか。

〈d〉私のエッセイ……『木と木の葉』に『ニグルの葉』と共に収録されている『妖精物語について』というエッセイと思われる。一九三九年三月にセント・アンドルース大学で行った講演の内容が、一九四七年に出版されたチャールズ・ウィリアムズへの追悼論文集に掲載され、さらに改訂が施されて『木と木の葉』（一九六四年初版）に収録された。邦訳版は『ファンタジーの世界　妖精物語について』（猪熊葉子訳／福音館書店：後に評論社から復刊）。

〈e〉『ニグルの葉』……初出は「ダブリン・レビュー」誌一九四五年一月号。邦訳版は『農夫ジャイルズの冒険――トールキン小品集』（吉田新一・猪熊葉子・早乙女忠訳／評論社）に収録。

〈f〉『農夫ジャイルズ』……単行書はジョージ・アレン・アンド・アンウィン社刊（一九四九年初版）。邦訳版は吉田新一訳で一九七一年、都市出版社より出版されたが、その後、前記の『農夫ジャイルズの冒険――トールキン小品集』（吉田新一・猪熊葉子・早乙女忠訳／評論社）に収録される。

〈g〉『ホビットの冒険』……原題は『ホビット』。邦訳版は瀬田貞二訳、岩波書店刊。

〈h〉三位一体（さんみいったい）……キリスト教神学。父と子と聖霊、即ち父なる神と、神の子イエス・キリスト、そして聖霊。この三つの位格はすべて唯一の神の三つの姿であり、元来は一体であるとする。

〈i〉キリスト教神話の堕天使……大天使ルシファー。旧約聖書イザヤ書十四章。堕ちてサタンとなったとされる。

〈j〉ラグナロク……北欧神話。神々のたそがれの意。神々と魔物群が戦って、世界が終末を迎える。

〈k〉ヴォルスングのシグルズル……『ヴォルスンガ・サガ』の英雄。龍を退治し、その財宝を得る。ブリュンヒルドルと婚約しながら、忘れ薬を飲まされ、グズルーンと結婚する。後にブリュンヒルドルに殺され、ブリュンヒルドルも死ぬ。『ニーベルンゲンの歌』のジークフリート。

〈l〉オイディプス……ギリシャ悲劇。神託により嬰児(えいじ)の時に捨てられたテーバイ王の王子。長じて、知らずして父を殺し、母を娶(めと)る。事実を知ったあと、自ら盲目となり、王国をあとにする。

〈m〉フィンランドのクレルヴォ……フィンランドの民族叙事詩『カレワラ』は、若き日のトールキンに強い印象を与え、私製言語にも影響を及ぼしたという。その一部クレルヴォの悲劇は、話の運びが、トゥーリンとニーニエルの悲劇に非常に似通っている。

〈n〉アトランティス……プラトンの対話篇に見える伝説上の島。ジブラルタル海峡の西方、大西洋にあって、高度の文明を誇ったが、一夜にして海中に没したという。

〈o〉防腐処置（エンバーミング）……もともとは香料などを用いて死体に防腐処置を施すこと。転じて、忘れないように記憶に留めること。

〈p〉ホメロス風……ホメロスの作とされる『イーリアス』『オデュッセイア』に描かれているような、英雄的戦士の暮らし、青銅時代の暮らしを言うのであろうか。

〈q〉ノア……旧約聖書創世記六章～十章。堕落した地上の暮らしを見て、神は洪水を起こし、これを一掃しようとされるが、神に従う人ノアに命じて大きな箱舟を作らせ、かれの一家と鳥や獣を乗り込ませ、これを助けられたので、ノアは新しい人間の祖となる。

N
ファウグリス
(アルド=ガレン)
ロスラン
ラドロス
アエルイン
ウル=ヌ=フイン
(ドルソニオン)
ヒムリング
マエズロスの辺境国
アグロンの山道
レリル山
ドル・ディーネン
アロッシアハ
ヒムラド
ヤント・ヤウル
小ゲリオン川
大ゲリオン川
ヘレヴォルン湖
エレド・ルイン(エレド・リンドン)
サルゲリオン
ケロン川
メネグロス
ナン・エルモス
エストラド
レギオンの森
ベレリアンド
ゲリオン川
ドルメド山
ベレグオスト
ノグロド
ドワーフ道
アロス川
サルン・アスラド
アスカル川(ラスローリエル)
アンドラム
オッシリアンド
エレド・ルイン
サロス川
ラムダル
アモン・エレブ
レゴリン川
ブリルソール川
ドゥイルウェン川
トル・ガレン
アドゥラント川
ベレリアンドと
北方諸国の
地図
CJRT

ヒスルム
エレド・ローミン
エレド・ウェスリン
ランモス
キリス・ニンニアハ
ドレンギストの入江
エイセル・シリオン
ミスリム湖
セレヒの沼沢池
ミスリム山脈
ミスリム
ドル＝ローミン
トル・シリオン
ネヴラスト
リナエウェン
ネヴラストの沢池
エレド・ウェスリン
マルドゥイン川
イヴリン
ゴンドリン
クリッサエグリム
ヴィンヤマール
タラス山
テイグリン川
ブリシアハ
アモン・オベル
フレシルの森
ディンバール
テイグリンの渡り瀬
テイグリンの峡谷
ギングリス川
ナログ川
西ベレリアンド
タラス・ディルネン
トゥムハラド
ナルゴスロンドの王国
アモン・ルーズ
ネンニング川
ブリソン川
ファラス
ベレガエル
ブリソンバール
リングウィル川
ナルゴスロンド
シリオンの沼沢池
アエリン＝ウイアル
タウル＝エン＝ファロス
エグラレスト
シリオンの大瀑布
シリオンの門
バラド・ニムラス
ナログ川
メン＝ダスレン
シリオン川
アルヴェルニエン
かばの森
ニンブレシルの
シリオンの河口
バラル岬
バラル湾
バラル島

シルマリルの物語

アイヌリンダレ

アイヌールの音楽

唯一なる神、エルがおられた。アルダでイルーヴァタールと呼ばれる方である。エルは初めに、聖なる者たち、アイヌールを創り給うた。聖なる者たちは、エルの思いより生まれ、ほかのすべてのものが創られる以前に、エルと共にあった。エルは聖なる者たちに語り給い、音楽の主題をかれらに与え給うた。聖なる者たちはエルの御前で歌い、エルはこれを喜び給うた。

しかし、初めしばらくは、歌は一人ずつ、あるいは二人か三人のみで歌われた。あとの者はこれに耳を傾けていたのである。なぜなら、聖なる者たち一人一人の理解は、イルーヴァタールの御心（みこころ）のうち、各自の出（い）で来（きた）った部分にしか及ばず、同胞（はらから）を理解することは、遅々としてなされたに過ぎないからである。しかし、耳を傾けて聞くにつれ、聖なる者たちの理解は深まり、ユニゾンとハーモニーはいや増していった。

そこで、イルーヴァタールは、アイヌール全員を御許（みもと）に召して、力ある主題を明かし給うた。すでに明らかにし給うたよりさらに深遠な、さらに驚嘆すべきことどもを示し給うたのである。その始まりの栄光、その終わりの壮麗に、アイヌールはただ驚嘆して、イルーヴァタールの御前に黙然と頭を垂れた。

やがて、イルーヴァタールはかれらに言われた。「すでに汝らに明かせし主題により、われは汝らが調べを合わせ、大いなる音楽を作らんことを望む。われは汝らに不滅の炎を点じたり。故に、汝らそれぞれに、思いを尽くし、工夫を尽くし、持てる力を出し尽くしてこの主題を飾るべし。われはここに坐して聞き、汝らの力により、大いなる美が目覚めて歌となるを喜ばん」

かくて、アイヌールの歌声は、ハープの如く、リュートの如く、管の如く、トランペットの如く、ヴィオルの如く、オルガンの如く、無数のクワイアの歌うが如く、こもごも起こって、イルーヴァタールの主題を大いなる音楽として形をなし始めた。そして、無限に取り交わされるあまたの旋律は、妙なる諧調に織りなされ、一つの楽の音となって響きわたり、もはや耳にも達せぬ深きところ高きところまで届き、イルーヴァタールの宮居も溢れるほどにその響きに満たされ、溢れ出た楽の音と谺は外に流れて虚空に入り、虚空はもはや虚空ではなくなった。それより後、アイヌールは二度とこれに比すべき音楽を奏でたことはない。しかし、世の終わりのあと、これよりさらに大いなる音楽が、イルーヴァタールの御前で、アイヌール及びイルーヴァタールの子らのクワイアにより奏せられるであろうと言われている。その時には、イルーヴァタールの主題は正しく奏せられ、音となって発せられるや、直ちに存在となろう。なぜなら、その時には、すべての者が、それぞれの声部（パート）におけるイルーヴァタールの御意図を完全に理解し、各自が各自の理解するところを知り、イルーヴァタールは大いに喜ばれて、かれらの思いに神秘の火を与え給うであろうから。

イルーヴァタールは坐して聞き給うた。しばらくの間は、楽の音を快いものに聞き給うた。音楽には一点の瑕瑾（かきん）もなかったからである。しかし、主題が進むにつれ、メルコールは心のうちに、かれ自身の想像から生じ、イルーヴァタールの主題にはそぐわぬことを織り込んでみたいという考えを起こした。そうすることにより、かれは、自らに割り当てられた声部（パート）の力と栄光をさらに大ならしめたいと欲したのである。

全アイヌール中、メルコールには、力においても、知識においても、最もすぐれた資質が与えられていた。その上、同胞たちの持つ資質をもいくらかずつ与えられていた。かれは、不滅の炎を求めて、しばしば独りで虚空に入った。己自身のものを存在させたいという欲望が、次第にかれの心中に燃えさかってきたからである。かれには、イルーヴァタールが虚空のことを全く顧み給わないかのように思われ、虚空が空虚のままであることに耐えられなかったのである。しかし、かれは火を見出すことはできなかった。火はイルーヴァタールと共にあったからである。

しかし、独りいることにより、かれは同胞たちの考えとは異なる、かれ自身の考えを懐き始めていた。このような考えの一部を、かれは今、かれの音楽に織り込んだのである。すると、直ちにかれの周囲には不協和音が生じ、かれの近くで歌っていた多くの者は次第に気持が沈み、その思いはかき乱され、歌う声もくぐもりがちとなった。中には、最初自分が懐いていた考えより、むしろかれの考えに自分の音楽を合わせ始める者もいた。かくてメルコールの不協和音はさらに広がり、前に聞こえていた旋律は、荒れ騒ぐ音の海に没してしまった。

しかし、イルーヴァタールは坐し給うたまま、耳を傾けておられた。そしてついには、鎮まろうともせぬ果てなき怒りに駆られ、次々と戦いを挑む暗い波濤のように、猛り狂う嵐が御座のまわりを吹きすさぶかの如く思われた。

その時、イルーヴァタールは立ち給い、アイヌールはイルーヴァタールが微笑しておられるのを認めた。イルーヴァタールは左手を挙げ給うた。そして嵐のさなかに新たな主題が始まった。前の主題に似て、しかも異なるものであった。それは次第に力強さを加え、新たな美を有するに至った。しかし、メルコールの不協和音が騒然と起こり、これと競い合った。そしてまたもや、以前にも増して激しい音の戦いが起こって、ついにアイヌールの多くは茫然自失して、もはや歌わず、メルコールが勝ちを制した。

その時、再びイルーヴァタールが立ち給うた。アイヌールはみな、その御顔（おんかんばせ）の厳しさに気づいた。そして、イルーヴァタールが右手を挙げ給うと、見よ！　混乱の中より次第に三つ目の主題が現われ出てきたのである。これは前の二つの主題とは似ていなかった。初めは妙にやさしく、微妙な旋律を奏でながら漣（さざなみ）のように広がる静かな音の連なりとしか聞こえなかったのであるが、決してかき消されることなく、次第に力と深みを帯びていったからである。そしてついには、イルーヴァタールの御座の前に、全く相容れぬ二つの音楽が同時に進行する仕儀となったように思われた。

一つは深く、ゆったりとして、美しく、しかも緩やかで、測りがたい悲しみが混ざり合っていた。この音楽の美しさ自体が、何よりこの悲しみから生じていたのである。もう一つの音楽も、今ではそれなりのまとまりを見せていた。しかし、この音楽は騒がしく独りよがりで、果てしない繰り返しから成り、ハーモニーはほとんどなく、あるのは、数多くのトランペットが二つ三つの音符だけを吹き鳴らす時のような騒々しいユニゾンのみであった。これは、その声の暴力によってもう一つの音楽をかき消そうという試みだが、その最も勝ち誇った音さえも、もう一つの音楽に取り入れられ、その荘厳な文様の中に編み込まれてしまうかのように思われた。

　イルーヴァタールの宮居が揺れ、いまだ乱されたことのない静寂に震動が走るほどの戦いのさなか、イルーヴァタールは三度（みたび）立ち給うたが、その御顔は仰ぐだに恐ろしいものであった。イルーヴァタールは、両の手を挙げ給うた。そして、深淵よりも深く、天空よりも高く、イルーヴァタールの御目（おんめ）の光よりも鋭い、一つの和音をもって、音楽は終わった。

　そこで、イルーヴァタールは仰せられた。「げにアイヌールは力ある者なり。アイヌールのうちにありて、この上なき力を持つ者はメルコールなり。されど、メルコールは知るべし。すべてのアイヌールは知るべし。われはイルーヴァタールなり。汝らが歌いしことを汝らに示さん。汝らが自らなせしことを、自らの目にて見んためなり。汝メルコールよ、いかなる主題であれ、淵源（えんげん）はことごとくわがうちにあり。

何人もイルーヴァタールに挑戦して、その音楽を変え得ざることを知るべし。かかる試みをなす者は、かれ自身想像だに及ばぬ、さらに驚嘆すべきことを作り出すわが道具に過ぎざるべし」

この時、アイヌールはみな畏れ入ったが、今自分たちに言われたお言葉を理解してはいなかった。メルコールは恥じ入ると共に、密かな怒りを胸に懐いた。イルーヴァタールは光顔巍巍として立ち給い、アイヌールのために造り給うた麗しき城より出で立たれた。アイヌール一同はみあとに従った。

一同が虚空に入ると、イルーヴァタールは言われた。「汝らの音楽を見よ！」と。そして以前は聴力だけであったアイヌールに視力を与えて、一つの光景をかれらに示し給うた。そしてかれらは、可視のものとされた新しい世界を眼前に見たのである。新しい世界は、虚空に球体をなしていた。それは虚空の中に支えられていたが、虚空から作られたものではなかった。

アイヌール一同が感嘆して見守るうちに、この世界はそれ自身の歴史を繰り広げ始めた。それは生きて、育ってゆくように思われた。

アイヌールが言葉もなく、しばし見入っていると、イルーヴァタールは再び言われた。「汝らの音楽を見よ！　これは汝らの歌いし歌なり。汝らは自ら案出し、自ら付加せしと考えしならんも、その如く思われしものはすべて、これなるものの中、即ち、汝らの前に示せしわが構想のうちに含まれたることを、汝らは見出さん。また、汝メルコールは、心のうちに秘めたる考えをすべてここに見出し、それらが全体の一部たるに過ぎず、全体の栄光に従属するものなることを知るべし」

この時、イルーヴァタールは、ほかにも多くのことをアイヌールに告げ給うた。このお言葉の記憶と、それぞれが自ら作った音楽について持つ知識とにより、アイヌールは、すでにあったこと、今あること、これから起こることの多くを知っており、かれらに見えないものはほとんどないのである。しかし事によっては、単独であれ、智慧を寄せ合った上であれ、かれらに見えぬものもある。なんとなれば、イルーヴァタールは、御自身のほかには準備し給うたもののすべてを明かし給うわけではなく、どの時代にも、過去から継続しているわけではない新たな予測しがたい要素が出てくるからである。

こういうわけで、この世界の光景が眼前に繰り広げられると、そこに自分たちの考えもしなかったものが含まれていることにアイヌールは気づいた。かれらは驚嘆して、イルーヴァタールの子らが出現するのを見、かれらのために備えられた土地を見た。そしてアイヌールは、自分たちが一心に音楽を奏しているうちに、知らずして自らかれらの住処の準備に励んでいたにもかかわらず、そこに美しさ以外の目的があろうとは知らなかったことに気づいた。なぜなら、イルーヴァタールの子らは、イルーヴァタールの思し召しによってのみ生まれたものだからである。かれらは、第三の主題と共に現われたのであり、最初にイルーヴァタールが提示し給うた主題には存在せず、アイヌールは一人としてその形成に加わっていなかった。

それ故、アイヌールはかれらを目にすると、かれらが自分たちと異なった、見慣れぬ自由な存在であるため、一層かれらを愛した。かれらの中にアイヌールは、イルーヴァタールの御心が新たに反映しているのを見た。そして、イルーヴァタールのお智慧をさらにいくらか学び得たのである。そうでなければ、イルーヴァタールのお智慧は、アイヌールからさえも隠されていたであろう。

さて、イルーヴァタールの子らとは、エルフと人間、即ち最初に生まれた者と後に続く者である。そして、この世界のありとある壮麗、その広大なる数々の館、空間、回転する火の中にあって、イルーヴァタールは、時の深淵の中に、無数の星々の只中に、かれらの住まう場所を選び給うた。この住処は、アイヌールの威厳のみを考慮に入れ、かれらの恐るべき精密さを考えてみぬ者にとっては、ささやかな場所に見えるかもしれない。たとえばアルダの全土を一つの柱の土台と考え、柱の頭部の円錐が針よりも鋭くなるほど高く築き上げる者がアイヌールである。あるいはまた、アイヌールが今もなお形成することをやめぬこの世界の、測りがたい広大さのみを考える者は、その中にあるすべてのものを形造る時のかれらの細心な精密さに思い及ばぬ者たちである。

しかしながら、アイヌールは、幻の光景のうちにこの場所を見、イルーヴァタールの子らがその中に現われるのを見ると、かれらの中の最も力ある者の多くは、その思いのすべて、その願望のすべてをこの場所に傾注した。その中の最たる者がメルコールであった。音楽に加わったアイヌールの中で、初めはかれが最も偉大であったのと同じである。かれも最初は、自分がそこに行きたいのは、イルーヴァタールの子らのために準備を整え、もとはといえば、かれから生じた暑熱と寒気の混乱を統御するためであるという口実を、己自身にも言い聞かせていたのであるが、かれが欲していたのはむしろ、エルフと人間の双方を己の意志に従わせることであり、イルーヴァタールがかれらに与えることを約束し給うた賜物を妬んだのである。かれは、自分自身の臣下や召使いを持ち、主君と呼ばれ、他人の意志を支配する主人となりたかったのである。

しかし、残るアイヌールは、世界の広大な空間に置かれたこの住処、エルフたちがアルダと呼ぶ地球を眺めていると、心は光を喜び、さまざまな色を眺める目は嬉しさに満たされた。海鳴りを聞くと、心が騒ぐのを覚えた。またかれらは、風と空気、そしてアルダを造っている成分、鉄、石、銀、金、そしていろいろな物質を観察した。しかし、これらの中でかれらが最も愛(め)でたのは水である。水中には、地球上のどの物質にも増して、アイヌールの音楽の谺が今なお生きている、とエルダールは言っている。そして、イルーヴァタールの子らの多くは、今も飽きることなく海の声に聞き入っているのであるが、それが何故(なにゆえ)であるのかは知らないのである。

さて、エルフたちがウルモと呼ぶアイヌ（アイヌールの単数）は、その思いを水に傾けていた。すべてのアイヌールの中で、イルーヴァタールが最も深く音楽を教え込まれたのはウルモであった。

しかし、空気と風に最も心を配ったのはマンウェである。かれは、アイヌールの中で最も高貴な者である。

大地の構造のことはアウレが考えた。イルーヴァタールはかれに、メルコールにも劣らぬほどの技と知識を与え給うたが、アウレの喜びと誇りは、作るという行為と作られたもの自体にあるのであり、それを所有すること、支配することにはない。

それ故、かれは私蔵することなく与え、執着を知らず、常に新たな仕事に心を向けるのである。

　イルーヴァタールはウルモに向かって言われた。「汝は見ざるや、原初のこの小さき地にあって、汝が宰領すべき領域にメルコールが戦いを仕掛けしを。かの者の思いめぐらすは、寒気極まる酷寒なり。そのかれにても、汝の泉の美しさ、汝の清澄（せいちょう）なる池の美しさを損うこといまだ能（あた）わず。雪を見よ、霜の巧妙なる働きを見よ！　止めどなき熱と火とを作り出したるメルコールも、汝の望みを涸（か）らすこと能わず、海の音楽を全く静むること能わざるなり。汝はむしろ、高きところ、輝かしき雲の姿を眺めよ。絶え間なく移り変わる靄（もや）を見よ。また地上に雨の落つるを聞け！　汝はこの雲の中にありて、汝の愛する友マンウェに、より近く引き寄せられん」

　そこで、ウルモは答えた。「まことに、水はわたくしの心に想像したよりも美しくなりました。わたくしの密かな思いも雪片を思い描いたことはなく、わたくしの音楽のいずこにも雨の降る音は入っておりませぬ。わたくしはマンウェを求めましょう。いつまでも、あなたの喜びとなる旋律を二人で作ることができますように！」

　そして、マンウェとウルモは始まりから互いに力を合わせ、いかなることにおいても、最も忠実にイルーヴァタールの御心を身に体して仕えた。

しかし、ちょうどウルモが話している時、そしてまだアイヌールが見つめている間に、この幻の光景はかれらの眼前から取り除かれ、隠されてしまった。そしてその時、かれらはいまだ目にしない新しいもの、即ち暗闇を認めたように思った。それは、かれらが以前には考えの中でしか知らなかったものである。

しかしかれらは、かれらの見た光景の美しさに魅了され、そこに存在するに至った世界が次第に展開してゆく様に身も魂も奪われ、心はそのことだけでいっぱいだった。というのは、歴史がいまだ完結せず、時の循環が完全に回り終わっていない時に、その幻の光景が取り除かれたからである。この光景は、人間が支配を達成し、最初に生まれた者、即ちエルフたちが消滅してゆく以前で終わってしまった、とも伝えられている。そういうわけであるから、音楽には一切が含まれているものの、ヴァラールは、それよりあとの時代、あるいはまた世の終わりを、目の前の光景として見たことはないのである。

この時、アイヌールの間に動揺が起こった。しかし、イルーヴァタールはかれらに呼びかけて言われた。「汝らが今見しものを、ただ汝らの思いの中のみでなく、汝ら自身のある如く、しかも異なれる存在として、実際にこの世に在らしめんと欲せることをわれは知る。故にわれは言う。『エア！』と。『これなるものたちを在らしめん！』と。われは、虚空に不滅の炎を送り出さん。それなる炎を世界の核となし、世界を在らしめん。汝らのうち、望む者は世界に下ることを許されん」

するとアイヌールは、突然、遥か遠方に、一つの光を見た。燃える炎の生ける核を持った雲の如きものであった。そしてかれらは、これがただの幻ではなく、イルーヴァタールの新たな創造物、エア、即ち〈存在する〉世界であることを知った。

かくて、アイヌールのうちには、依然として世界の境界の外なるイルーヴァタールの御許に住まう者もいたが、イルーヴァタールにお暇を乞うて、世界に下る者もいた。最も偉大な、最も美しいアイヌールの多くが世界に下った。イルーヴァタールはかれらに次のような条件を課し給うたが、それは、かれらが懐く愛の当然の帰結でもあった。即ち、かれらの力は以後、世界の中にあって、その中だけに制限され、世界が終わる時まで、そこから出ないということである。かれらは世界の命であり、世界はかれらのものである。それ故かれらは、ヴァラール、つまり世界の〈諸力〉という名で呼ばれている。

しかし、ヴァラールはエアに入った時、最初は茫然としてなす術を知らなかった。なぜなら、かれらが幻に見たものは、何一つまだ作られていないも同然であり、すべてがまさに始まらんとしているところで、いまだ形をなさず、それに加え、世界は暗かったからである。というのも、大いなる音楽は、時なき館での思いが育ち、花開いたものに過ぎず、幻で見た光景は予兆に過ぎないからである。しかし今や、かれらは時の始まりに際会していたのである。そしてヴァラールは、世界はただ、あらかじめ形を描かれ、歌われただけに過ぎず、それを仕上げるのは自分たちの仕事であることに気づいた。

かくて、忘却のかなたにある、数えられたこともない遠い昔、いまだ広さも分からぬ未踏の荒野において、かれらの大事業が始まったのである。そしてついに、原初の時、エアの広大な館の只中に、イルーヴァタールの子らの住処を作るべき時が到来し、場所が造られたのである。その仕事の主要な部分は、マンウェとアウレとウルモがこれを引き受けた。しかし、メルコールも最初から、居合わせ、なされることすべてに介入し、できればそれを、かれ自身の欲望や目的に合うようにねじまげようとした。そしてかれは、各所に盛んに火を燃やした。地球はまだ若く、炎に満ちていたので、メルコールはそれをわがものにしたいと思い、ほかのヴァラ（ヴァラールの単数）たちに言った。「これを私自身の王国にする。これは私のものだ！」

しかし、イルーヴァタールの思し召しでは、マンウェはメルコールの兄弟であり、イルーヴァタールがメルコールの不協和音に抗して提示し給うた第二の主題の主要な奏者であった。かれは、わが許に、大なると小なるとを問わず多くの精霊を呼び出した。かれらはアルダの野に下り、かれらの働きの成就をメルコールがいつまでも妨げることがないよう、大地が花開かずしてしぼんでしまわぬよう、マンウェを助けて働いた。

マンウェはメルコールに言った。「あなたは、この王国を不当にわがものになさってはならない。ほかに多くの者が、あなたに劣らずこの地で働いてきたのですから」と。

そして、メルコールとほかのヴァラールとの間に衝突があった。この時は、メルコールが退散して、よその場所に立ち去り、そこで思い通りのことをした。しかしかれは、心底からアルダ王国の望みを捨て去ったわけではなかった。さてここで、ヴァラールは、地上の形と色を身に着けた。かれらは、かれらが望みをかけているイルーヴァタールの子らへの愛に引かれてこの世界に引き寄せられたのであるから、イルーヴァタールの子らの示された幻の中でかれらが見たイルーヴァタールの子らの形を真似たのである。ただ、かれらの威厳と燦たる輝きは、イルーヴァタールの子らの及ぶところではなかった。さらに、かれらの形は、世界そのものというより、むしろ、目に見える世界についてかれらが懐いている知識から出たものである。とはいえ、かれらは地上の形を必要としているのではない。われわれが衣服を用いるようなものである。しかし、裸でいてもわれわれの生身の体には何の支障もない如く、ヴァラールは、そうしたいと思えば、地上の形を取らないで歩くこともできる。その場合には、たとえエルダールであっても、そこにいるヴァラたちの姿を目にまざまざと認めることはできない。

しかし、ヴァラールは地上の形を取りたいと思う時には、ある者は男の、ある者は女の形を取る。この体質の違いは、かれらが初めから持っていたものであり、どちらかを選択することにより、それが形となって現われたに過ぎず、選択によってその違いが作られたわけではない。ちょうどわれわれが、衣服によって男女を示すことはあっても、衣服によってそうなるわけではないのと同じである。しかし、この偉大なる者たちが装う姿は、必ずしもイルーヴァタールの子らの王たち、王妃たちの姿に似ているわけではない。なぜなら、時にはかれらは、自分たちの考えにあるものに合わせて身を包み、威厳ある恐ろしい姿をとって現われることもあるからである。

ヴァラールは、多くの仲間を自分たちの方に引き寄せた。かれらより劣る者もあれば、かれらとほとんど同じぐらい偉大な者もあった。そしてかれらは共に、営々として地球の秩序作りと、その混乱の制御につとめた。

メルコールは、なされたことをその目で見、ヴァラールが目に見える諸力としてこの世の衣服を身にまとい、見るからに麗しく、栄光に輝き、至福に満ちて地上を歩くのを見た。そしてまた、混乱が静まると共に、地球がかれらの喜びの園と化しつつあるのを見た。そこで、かれの心の中では妬みがますます強まり、かれもまた目に見える形をとった。しかし、かれの心中に燃える悪意と鬱屈した気分のため、その形は暗く、恐ろしかった。そしてかれは、ほかのヴァラールの誰よりも強大な力と威厳を見せてアルダに降り立ったが、さながら、頭を雲の上に出し、氷を身にまとい、煙と火を頭上に戴き、海を渡る山のようであった。メルコールの目の光は、熱をもって萎らせ、死の如き冷たさで刺し貫く炎のようであった。

かくて、アルダの支配をめぐり、ヴァラたちとメルコールの最初の戦いが始まった。この時の騒乱のことは、エルフたちにはほとんど知られていない。ここで述べられたことは、ヴァラール自身の口から出たことであり、ヴァリノールの地でかれらと話したエルダリエ（エルダールと同じ）がかれらから教えられたことである。

しかし、ヴァラールはエルフ出現以前の戦いのことについてはほとんど語ろうとしなかった。

エルダールの間で語られているところによると、メルコールの妨害にもかかわらず、ヴァラールは地球を治め、最初に生まれる者たちの到来のため、地球の備えをすることに絶えずつとめたという。かれらが陸地を造ると、メルコールが破壊した。谷を穿(うが)つと、メルコールが埋め戻した。山を刻むと、メルコールが崩した。海をえぐると、メルコールが海水を撒(ま)き散らした。こうして何一つ無事に進むことなく、永続的な成長を遂げるに至らなかったかもしれないのである。なぜなら、ヴァラールが仕事を始めるや必ず、メルコールがそれを元に戻すか、あるいは損ねてしまうからである。

とはいえ、かれらの労苦がすべて無駄になったわけではない。かれらの意志と目的は、どこでも、あるいはどんな仕事でも完全に成就されているわけではなく、すべてのものは、色においても、形においても、ヴァラールが初めに意図したものとは違ってしまっていたが、それにもかかわらず、地球は徐々に形づくられ、堅固にされていった。こうして、原初の時、無数の星々の只中に、イルーヴァタールの子らの住まうところが、ついに築き上げられたのである。

ヴァラクウェンタ

ヴァラールとマイアールのこと――エルダールの伝承による

初めに、唯一なる神エル、エルフ語でイルーヴァタールの名で呼ばれる方が、その思いの中よりアイヌールを創り給うた。アイヌールは、イルーヴァタールの御前で大いなる音楽を作った。この音楽の中で世界は始まったのである。アイヌールの歌をイルーヴァタールが目に見えるものになし給い、かれらは暗中に灯火を見る如く、それを認めたのである。かれらの多くは、その美、また幻の中のものとして始まり展開してゆくその歴史に魅惑された。それ故、イルーヴァタールはかれらの幻に存在を与え給い、それを虚空の中に置き給うた。そして、世界の中心に燃えるべき神秘の火が送られ、この世界はエアと呼ばれた。

やがて、アイヌールのうちそれを望む者は、立って、時の始まりにこの世界に入った。この世界を造り上げ、自らの働きにより己の見た幻を成就するのが、かれらの任務であった。久しきにわたり、かれらは、エルフや人間には想像だに及ばぬ広大なエアの領域で、営々と働いた。そして、ついに定められた時が来て、地球王国、アルダが造られた。かくて、かれらは地上の服を着け、地上に下って、そこに住まったのである。

ヴァラールについて

これらの精霊のうち特に偉大なる者たちのことを、エルフはヴァラール、即ちアルダの〈諸力〉と名づけている。そして人間は、しばしばかれらのことを〈神々〉と呼んでいる。王たるヴァラールは七人、そしてヴァラールの妃たるヴァリエールも七人である。

ここに挙げるのは、ヴァリノールで話されていたエルフ語によるかれらの名前である。しかし、中つ国でのエルフの言葉では、別の名前が使われている。そして、人間の間で呼ばれるかれらの名前はまたさまざまである。諸王の名を然るべき順序に従って記すと、マンウェ、ウルモ、アウレ、オロメ、マンドス、ローリエン、トゥルカスとなる。女王たちの名は、ヴァルダ、ヤヴァンナ、ニエンナ、エステ、ヴァイレ、ヴァーナ、ネッサである。メルコールはもはやヴァラールの中に数えられていない。そして、かれの名は地上では口にされない。

マンウェとメルコールは、イルーヴァタールのお考えの中では兄弟であった。この世界に入り来ったアイヌールのうち最も力ある者は、初めはメルコールであった。しかしマンウェは、イルーヴァタールが最も愛しておられる者であり、イルーヴァタールの御意図を最も明確に理解する者であった。

機が熟すと、かれは、すべての王たちの第一位に任ぜられた。アルダの領域の君主であり、そこに住む者すべての統治者である。アルダでは、かれの喜びは、風と雲、そしてあらゆる層の大気、高層から低層まで、アルダを被う大気の果てるところから芝草にそよぐ微風にまで及ぶ。かれは、スーリモという異名で呼ばれることもある。〈アルダの風の王〉の意である。速やかに飛ぶ翼強き鳥のすべてをかれは愛し、鳥たちは、かれの命じるままに去来するのである。

マンウェと共に住まうのは、エアの領域をことごとく知る、〈星々の女王〉ヴァルダである。その美しさは、人間の言葉にもエルフの言葉にも尽くしがたいほどである。イルーヴァタールの光が今なおかの女の面に生きているからである。かの女の力とかの女の喜びは、光の中にある。エアの深きところより、かの女はマンウェを助けるために来た。なぜなら、かの女は、メルコールを音楽の作られる以前から知っていて、かれを拒絶したからである。メルコールはかの女を憎み、エルの創り給うたほかの誰よりもかの女を恐れた。

マンウェとヴァルダは滅多に離れることなく、二人は共にヴァリノールに留まっている。かれらの宮居（みやい）は、オイオロッセ、即ち、地上のすべての山々の中で最も高きタニクウェティルの最高峰の、消えることなき雪の上にそそり立っている。マンウェがこの宮居の玉座にあって見渡す時、もし傍（かたわ）らにヴァルダがあれば、かれはほかの誰の目よりも遠く、靄（もや）をも、暗闇をも通し、大海原を越えて、見ることができる。そしてヴァルダは、もしマンウェが共にあれば、誰の耳よりも聡（さと）く、東から西まで、山々から、谷々から、そしてメルコールによって地上に造られた暗黒の場所から、呼ぶ声を聞くことができる。この世界に住まうすべての大いなる者たちの中でも、エルフたちはヴァルダを最も尊崇し、敬愛している。エルベレスの名でかの女を呼び、中つ国の暗がりの中からかの女の名を呼んで訴え、星々の昇る時に、歌声を上げてその名を称揚する。

ウルモは水の王である。かれは独り身である。かれはどこにも長くは住まわず、大地のまわりの、あるいは大地の下の深い水の中を、どこであろうと欲するままに動いている。かれは力においてマンウェに次ぎ、ヴァリノールのできるまでは最もマンウェと近しかった。しかしそれ以後は、重大な事柄が討議されない限り、かれは滅多にヴァラールの会議に出ることはなかった。なぜなら、かれは全アルダを片時も忘れることなく、そしてまた何ら休息する場所を必要としなかったからである。加えて、かれは陸を歩くことを好まず、また、同胞たちのやり方に倣って肉体を着用することは、滅多にないからである。

エルの子らは、かれを見ると強い恐怖に襲われた。海の王が現われる時は、黒っぽい兜の前立を泡立たせ、鎖かたびらは、上は銀、下にゆくほど色濃い緑にきらめき、陸地に打ち寄せる山なす大波さながらの恐ろしさであったからだ。マンウェのトランペットは嚠々と吹き鳴らされるが、ウルモの声は、かれのみが見たことのある深いわたつみのように、太い低い声である。

とはいえ、ウルモは、エルフと人間を共に愛し、一度たりとかれらを見捨てたことがない。かれらがヴァラールの激怒を蒙っている時ですら、かれらを見捨てなかったのである。時々かれは、姿を見られないで中つ国の岸辺に来ることがある。あるいは内陸の奥深く入り込んだ入江を遡って、大きな法螺貝の音を吹き鳴らすことがある。この法螺貝はウルムーリと呼ばれ、白い貝で作られている。この音楽を耳にした者は以後、絶えず心にその音楽を聞き、海への憧れはもう二度とかれらを離れることはないのである。

しかし、ウルモが中つ国に住む者に話しかける時、多くの場合、それは水の調べとしか聞こえない。すべての海、湖、川、噴水、泉をかれは支配しているからである。それ故、エルフたちは、世界中のありとある水脈にはウルモの霊が通って（かよ）いると言っている。こうしてウルモの許（もと）には、たとえかれが深海にある時でさえ、アルダの窮乏と嘆きが残らず知らされるのである。そうでなければ、マンウェの耳に入ることもないであろう。

アウレは、ウルモと優劣をつけがたい力を持つ。かれの支配力は、アルダを造るすべての物質に及んでいる。アルダの始まる時、かれはマンウェとウルモに力を合わせ、大いに働いた。すべての陸地を形成したのはかれである。かれは工人で、あらゆる技能に熟達している。そしてかれは、巧みな手の技を必要とする仕事であれば、いかに小さな細工物であろうと、原初の時の巨大な造成工事に懐（いだ）いたのと変わらぬ喜びを感ずるのである。地中深く埋まる宝石も、手に持って美しい金も、長城の如き山々、巨大な水盤の如き海同様、かれが関わるものである。ノルドールはかれから最も多く教えを受け、かれは、常に変わることのないかれらの友であった。メルコールはかれを妬（ねた）んだ。アウレは、考えることにおいても、才能においても、最もかれに似ていたからである。二人は長い間、相争う関係にあった。メルコールは、アウレの作った作品を常に傷つけるか、破壊し、アウレは、メルコールの作り出す騒乱と混乱を補修することに次第に疲れていった。二人はまた、ほかの者がまだ考えついたことのない、新しい、自分自身のものを作ろうと望み、その技を賞讃されることを喜んだ。しかし、アウレは終始エルに忠実であり、なすことすべてをエルの御心（みこころ）に従って行った。そしてかれは、ほかの者の作品を妬むことはなく、助言を自らも求め、他人（ひと）にも与えた。それに反しメルコールは、羨望と憎悪に心を労し、ついには、ほかの者の考えを醜く作りかえる以外には何一つ生み出せなくなった。そしてかれは、可能な限り、ほかの者の作品を何であれ、破壊したのである。

アウレの配偶者は、〈果実をもたらす者〉ヤヴァンナである。かの女は、土に育つものすべてを愛し、それらの無数の形、即ち原始の森林に塔のように聳（そび）える木々から、岩にむす苔（こけ）、あるいは地中の小さな、ひそやかなものたちに至るまですべてを心に留めている。ヴァラールの妃たちの中で、ヤヴァンナはヴァルダに次いで尊崇されている。地上の形を取る時には、かの女は背の高い婦人の姿になり、緑の長衣を着るが、時にはほかの形をとることもある。かの女が太陽を冠に、まるで一本の木のように空の下に立っているのを見た者は何人もいる。その木の枝という枝から金色の露が零れ落ちると、荒地に、五穀が緑豊かに生い育った。その木の根はウルモの水の中に浸り、その葉にはマンウェの風の声が聞こえた。かの女は、エルダールの言葉でケメンターリ、即ち〈大地の女王〉と異名をつけられている。

霊魂の司すなわちフェアントゥリとは兄弟であり、非常にしばしば、マンドス及びローリエンと呼ばれている。これは正しくはかれらの住まっている場所の名前であって、かれらの本当の名前はナーモとイルモである。

兄のナーモは、ヴァリノールの西の方、マンドスに住まっている。かれは死者の家の管理者であり、殺害された者たちの霊魂の召喚者である。かれは何事も忘れず、いまだイルーヴァタールの御裁量次第であることを除き、起こるべきことをすべて知っている。かれはヴァラールの一員として運命を宣告する役を担う者であるが、かれの司る運命及び審判の宣告は、マンウェの命によってのみ行われるのである。かれの配偶者は〈織女〉ヴァイレであり、かの女は、時間の中に存在したことをすべて物語に織りなし、つづれ織を織るのである。時が経つにつれ絶えず大きくなる一方のマンドスの館は、これらのつづれ織で被われている。

弟のイルモは、幻と夢を司る者である。ヴァラールの国土の中のローリエンに、かれの庭園がある。世界中でこの場所ほど美しいところはなく、多くの精霊がこの庭園を満たしている。

傷と疲れの癒し手、温和なるエステは、かれの配偶者である。かの女の衣は灰色で、休息がかの女の贈り物である。かの女は、昼間は出て歩かず、ローレッリンの樹影濃い湖の小島に眠る。ヴァリノールに住む者はみな、イルモとエステの泉から心身の疲れを癒す清新の気を汲み出すのである。そしてしばしば、ヴァラたち自身ローリエンを訪れて、この地に休養を見出し、かれらの負うアルダの重荷を軽減するのである。

エステより力のあるのは、フェアントゥリ兄弟の妹ニエンナである。かの女は独り住んでいる。かの女は悲しみを熟知しており、メルコールによって痛めつけられたアルダの傷の一つ一つに涙を灌いでいる。かの創世の音楽が展開した時、かの女の悲しみは耐えがたく、音楽の終わるよりずっと前にかの女の歌は哀歌に変わり、その嘆きの声は、世界が始まる以前に世界の主題に織り込まれた。しかし、かの女は自分のために泣くのではない。そしてかの女の嘆く声を聞く者は、憐憫と望みをもって耐えることを学ぶのである。

かの女の館は西方の西、世界の縁にあって、かの女は、ものみなすべて喜ばしいヴァリマールの都には滅多に出てくることがなく、むしろ、自分の館に近いマンドスの館に出向くことの方が多い。マンドスの館で待つ者たちはみな、かの女に声をかけて訴える。なぜなら、かの女は霊に力をもたらし、悲しみを智慧に変えるからである。かの女の住居の窓は、世界の壁の外に面している。

体力と武勇において最もすぐれているのは、トゥルカスである。かれにはアスタルド、即ち〈剛勇なる者〉の異名がある。かれは、メルコールとの戦いにヴァラールを援けるべく、最後にアルダに来た。かれは角力や力くらべを大いに喜び、馬には乗らない。足で走るものすべてを追い越し、疲れることがないからである。かれの髪の毛と顎鬚は金色で、膚の色は健康的な赤味を帯びている。かれの武器はかれの両手である。かれは過去にも未来にもほとんど頓着することなく、助言者としては全く役に立たないが、辛苦に耐える友である。

かれの配偶者は、オロメの妹ネッサである。かの女も、しなやかな体と快足の持ち主である。かの女は鹿たちを愛し、鹿たちは、荒野を行くかの女のあとに従う。しかし、かの女は鹿たちに追い越されることはなく、風を髪に受け、矢のように速く走ることができる。かの女は踊ることを大いに楽しみ、ヴァリマールでは、決して色褪せることのない緑の芝生の上で踊るのである。

オロメは力強き神である。力においてトゥルカスに及ばぬにしても、怒れば、トゥルカスよりも恐ろしい。トゥルカスの方は、スポーツであれ戦いであれ、いつも笑っているのである。エルフが生まれる前の戦いでは、メルコールを目の前にしてさえ笑ったのである。オロメは、中つ国の土地を愛し、その地を去りがたく思うまま、最後にヴァリノールにやってきた。古（いにしえ）の世には、しばしばかれは軍勢を率いて山々を越え、東に向かい、中つ国の丘陵や平原に戻っていった。かれは、怪物や残忍な獣を追う狩人であり、馬と猟犬を愛している。かれはまた、すべての木を愛し、そのためにアルダロンと呼ばれ、シンダールにはタウロンと呼ばれている。〈森の王〉の意である。

かれの愛馬の名はナハルであり、陽光の中では白く、夜は銀色に輝く。かれの愛用する大角笛の名はヴァラローマといい、その響きは、赤々と太陽が昇るが如く、あるいは光る稲妻が雲を裂くにも似ている。かれの軍勢の吹き鳴らす角笛の中でもひときわ高く、ヴァラローマの音色は、ヤヴァンナがヴァリノールにもたらした森の中に響きわたった。なぜなら、ここでオロメは、かれの配下の者と獣たちに、メルコールが作り出した悪しき者たちを狩る訓練を施（ほどこ）したからである。

オロメの配偶者は常若（とこわか）のヴァーナであり、ヤヴァンナの妹である。かの女が足を運ぶところには花々が生じ、その視線が向けられれば花は綻（ほころ）び、鳥はすべてかの女を迎えて囀る。

　以上がヴァラールとヴァリエールの名前であり、アマンでエルダールが目にしたままのかれらの似姿を簡単に述べたものである。しかし、かれらがイルーヴァタールの子らの目に見せた姿が美しく高貴であったにしても、それは、かれらの美と力を被うベールに過ぎない。そしてここで述べられていることは、エルダールがかつて知っていたことの微々たる一部に過ぎず、さらに、エルダールの知っていたこと自体、われわれの思考も及ばぬ遥かな地域や遠い古に遡るヴァラたちの真の存在にくらべれば、全く無に等しいのである。

　かれらのうち最高の力を持ち、最も崇められていたのは、九人であった。しかし、その数から一人が除かれ、八人が残っている。即ち、アルダのいと高き者たちアラタールがそれであり、かれらはマンウェとヴァルダ、ウルモとヤヴァンナとアウレ、マンドスとニエンナ、そしてオロメである。マンウェがかれらの王で、一同にエルへの忠誠を守らせているが、王者としての威厳においては八人はみな同等で、ほかのヴァラールであれ、マイアールであれ、あるいはイルーヴァタールがエアに送り給うたほかの階級の御使いたちであれ、それらすべての者を遥かに凌駕しているのである。

マイアールのこと

ヴァラールと共に現われた精霊に、やはり世界の始まる前から存在し、ヴァラールと同じ御使いの階級に属し、地位はヴァラールより劣る者たちがいる。これらの者はマイアールである。ヴァラールの臣下であり、召使いであり、助力者である。これらの数はエルフには知られておらず、また、イルーヴァタールの子らの言葉で名前を呼ばれる者もごくわずかである。なぜなら、アマンではそうではないが、中つ国では、マイアールは滅多にエルフや人間の目に見える姿で現われたことがないからである。

上古（じょうこ）の世を語る歴史の中で名前が記憶に留められているヴァリノールのマイアールのうちで、主要な者は、ヴァルダの侍女イルマレと、マンウェの旗持ちであり、伝令使であるエオンウェである。武力においてかれに勝（まさ）る者は、アルダにはいない。しかし、すべてのマイアールの中で、オッセとウイネンが最もよくイルーヴァタールの子らに知られている。

オッセはウルモの臣下であり、中つ国の岸辺を洗う海の主である。かれは深海には行かず、沿岸や島々を愛し、マンウェの風に吹かれるのを喜ぶ。かれは嵐を喜び、咆哮する波間にあって哄笑するのである。

かれの配偶者は、海の妃ウイネンであり、かの女の髪は、空の下に広がる海原という海原を覆っている。かの女は、塩の水の流れに棲むすべての生類と、そこに育つすべての海草を愛している。航海者たちはかの女に呼びかけて助けを求める。かの女なら、荒ぶるオッセを抑えて波を静めることができるからである。ヌーメノール人たちは、長い間かの女に守られて暮らし、かの女をヴァラールにも劣らぬほど崇めていた。

メルコールは海を憎んでいた。海を従えることができなかったからである。伝えられるところによると、アルダが造られる際、かれはオッセを籠絡して自分に臣従を誓わせようとつとめ、もしかれが自分に仕えるなら、ウルモの王国と権力をすべてかれに与えようと約束した。そこで遠い昔、海に非常な騒乱が起こって、陸地を破壊するということがあった。

しかし、アウレの願いを受けてウイネンがオッセを制止し、かれをウルモの前に連れて行った。かれは許され、再びウルモに忠誠を誓った。以来、かれの忠誠心は変わることがない。といっても、大筋においてである。なぜなら、猛々(たけだけ)しさを喜ぶ心が完全に失せたとは言えず、時々、主君であるウルモから何ら命令を受けることなく、勝手に荒れ狂うことがあるからである。それ故、海辺に住む者や船に乗る者は、かれを愛してはいるかもしれないが、信頼はしていない。

メリアンは、ヴァーナとエステに仕えたマイアの名前である。かの女は、中つ国に来る前は久しくローリエンに住み、イルモの庭に花咲く木々の世話をしていた。かの女の行くところはどこであれ、そのまわりで小夜啼鳥(さよなきどり)が歌った。

マイアールの中で最も賢明なのはオローリンであった。かれもまた、ローリエンに住まっていた。しかしかれは、しばしばニエンナの許を訪れ、かの女から憐れみと忍耐を学んだ。

メリアンについては、『クウェンタ・シルマリッリオン』の中で多くのことが語られている。しかしオローリンのことは、この物語では語られていない。なぜなら、かれはエルフたちを愛していたが、かれらに姿を見せず、あるいは姿を見せても、かれらの一員としての姿で歩いていたからである。エルフたちは、かれがかれらの心に注入した麗しい幻や智慧の促しがどこから来るのかを知らなかった。後の世になると、かれはイルーヴァタールの子らすべての友となり、かれらの悲しみを憐れんだ。そして、かれの言葉に耳を傾ける者は、絶望から奮い立って、暗黒の心象を払いのけたのである。

敵のこと

最後に、メルコールの名が置かれる。〈力にて立つ者〉の意である。しかしかれは、この名を剝奪された。エルフの中でも最もかれの悪意に苦しめられたノルドール族は、この名を口にしようとはせず、かれをモルゴス、即ち〈世界の暗黒の敵〉なる名で呼んでいる。

かれは、イルーヴァタールによって大いなる力を与えられ、マンウェと同じ時に現われたのである。ほかのヴァラたちの持つ力と知識を、かれはいくらかずつ併せ持っていた。しかしかれは、これらの能力を悪しき目的に向け、暴力と圧制に持てる力を空しく費した。というのも、かれは、アルダとその中に含まれる一切のものをわがものにしたく思い、マンウェの王権と、同輩たちの造り上げた国土の支配権を望んだからである。

かれは傲慢により、輝かしき存在から落ち、自分以外の者をすべて侮(あなど)るに至った。

破壊的かつ無慈悲な悪霊となったのである。かれは、用いるものすべてを自分の意志通りにねじまげることによって、叡智（えいち）を狡智に変え、ついに恥知らずな嘘つきになり果てた。かれは最初、光を強く欲したが、それを独占できないとなると、火と憤怒に身を焼き、熾烈（しれつ）に燃えさかって大暗黒の中に下っていった。アルダで悪しき所業をなすに当たってかれが最も多く利用したのが暗黒で、かれは、この暗黒をすべての生ある者にとって甚（はなは）だしい恐怖で満たしたのである。

しかしながら、反乱を起こすかれの力は大きく、今は忘れられた遠い昔、かれは長い間、マンウェ及びほかのすべてのヴァラールと争った。そしてアルダで、地上の国々のほとんどを長い間支配していた。しかし、かれは独りではなかった。マイアールの中で、かれの盛時の威光に引きつけられ、臣従してかれの暗黒にまで下った者が多くいたからである。そのほかにも、後にかれが嘘偽りと当てにならぬ贈り物で籠絡し、かれに仕えるよう堕落せしめた者たちがいる。これら悪霊たちのうちで恐るべき者は、中つ国において恐怖の悪鬼バルログと呼ばれていた、火の鞭（むち）ヴァラウカールである。

今に名前の残るかれの召使いのうち最強なる者は、エルダールによってサウロン、あるいは残酷なるゴルサウルと呼ばれる悪霊である。初めかれは、アウレのマイアールの一人であった。アウレの一族の伝承の中では、かれはずっと力ある者とされていた。アルダにおけるメルコール即ちモルゴスのすべての所業、かれのおびただしい悪業と狡猾な策略のすべてに、サウロンは一役買っていた。そして、かれが主人ほど邪悪でない点があるとすれば、それはただ、長い間、かれが自分自身ではなくほかの者に仕えたということである。しかし後の世になると、かれはモルゴスの影のように、そしてかれの悪意の凝り固まった亡霊のように甦り、モルゴスより遅れ、同じ破滅の道を歩んで、虚空に去っていった。

ヴァラクウェンタはここに終わる。

クウェンタ・シルマリッリオン——シルマリルの物語

第一章 世の始まりのこと

賢者たちの間で伝えられるところによると、アルダがいまだ完全な形をなさず、まだ何一つ地上に育つものも地上を歩くものもない時、最初の戦（いくさ）が始まり、しばらくはメルコールが優位を占めていたという。

しかし、この戦いのさなかに、大いなる力と大胆さを併せ持った一人の精霊が、遥かな天上で、この小王国に戦いがあることを聞き、ヴァラールを助けに来た。そしてアルダは、かれの哄笑に満たされた。強き力のトゥルカスが来たのである。その怒りは烈風の如く、前に立ちはだかる雲と闇を追い散らした。メルコールは、かれの激怒と哄笑を前に遁走（とんそう）し、アルダを見捨て、アルダには久しい平和が訪れた。トゥルカスは留まって、アルダの王国を守るヴァラールの一員となった。メルコールは、外なる暗闇で密かに思いをめぐらし、爾後（じご）、その憎しみはトゥルカスに向けられた。

その間に、ヴァラールは、海と陸と山に秩序をもたらし、ヤヴァンナは、前々から考えていた種子をようやく蒔くことができた。そしてその後、火が鎮められ、あるいは原初の山々の下に埋められると、光が必要となった。ヤヴァンナの懇願を受け、アウレは、外なる海の真ん中にかれが造成した中つ国の照明のために、二つの巨大な灯火を作った。次いで、ヴァルダが灯火を明かりで満たし、マンウェがこれを聖めた。そしてヴァラールは、この二つの灯火を、後の世のいかなる山々も遥かに及ばぬほど高い柱の上に据えつけた。一つの灯火は中つ国の北に近く立てられ、イッルインと名づけられ、もう一つは南に立てられ、オルマルと名づけられた。ヴァラールの灯火の光は地上一面に流れ出て、すべては不変の昼間のように照らされた。

ヤヴァンナの蒔いた種子はたちまち芽生え、新芽をつけた。大小を問わずさまざまなものが生い育ってきた。苔や芝草や巨大な羊歯の類もあれば、生ける山々のように、頂に雲を載せ、足許を緑の薄明に包んだ樹々もあった。獣たちも現われ出て、草原に、あるいは川や湖に棲みつき、あるいは森の木下蔭を歩いた。とはいえ、まだ花は咲かず、鳥も歌わなかった。これらはまだ、ヤヴァンナの胸に秘められたまま出番を待っていたのである。しかし、すでにかの女の想像により生まれたものが満ちあふれ、この二つの灯火が出会って混じり合う大地の中心の地より豊かな場所は、どこにもなかった。

そして、ものみなすべて若く、作られたばかりの緑が作り手たちの目にもまだ驚異であった頃、大湖に浮かぶアルマレンの島に、ヴァラールの最初の宮居が作られた。そしてかれらは、幾久しく満ち足りていた。

さて、ある時、ヴァラたちが仕事を休み、自ら創出した事物が生々発展してゆくさまを見守っている頃のこと、マンウェの催す盛大なる宴に、ヴァラたちとその御使いたちのすべてが、かれの招待を受けて来た。しかし、アウレとトゥルカスは疲れていた。なぜなら、アウレの技とトゥルカスの力は、かれらが孜々として働いた勤労の日々、絶え間なくすべての者たちの用に役立てられたからである。

そしてメルコールは、なされたことすべてを承知していた。かれが以前、自分の目的に用いるべく転向させたマイアールの中に、いまだに隠れた味方や間者たちを持っていたからである。遠く離れた暗闇の中で、かれは同輩たちの働きを妬み、憎悪に胸をふくらませていたのである。かれは、同輩たちをわが足下に服従させたかったのである。それ故かれは、自分に仕えるようかねてから誘惑しておいた精霊たちをエアの館から召し出し、われとわが力を恃み、今こそ潮時と見て、再びアルダに近づき、これを眼下に眺めた。すると、春たけなわの地球の美は、かれの心を満たしている憎しみを一層募らせたのである。ところで、ヴァラたちは、いかなる禍をも懸念せず、アルマレンに集い、メルコールが遥か遠くから投げかける北方の影にも、イッルインの光のために気づかずにいた。メルコールは、虚空の夜のように黒冥々たる存在となっていたのである。今も歌われているところでは、アルダの春のこの時の宴で、トゥルカスはオロメの妹ネッサを娶り、ネッサは、アルマレンの緑の芝生の上で、ヴァラたちを前に踊ったという。

やがて、トゥルカスが疲労と満足とで眠り込んでしまうと、メルコールはいよいよ時節到来とばかり軍勢を従え、夜の壁を越え、中つ国のはるか北辺に来たが、ヴァラールは気づかないでいた。メルコールは、イッルインの光も冷たく朧な暗い山々の地の下深く穴を穿ち、巨大な要塞を造り始めた。この砦は、ウトゥムノと名づけられた。

ヴァラールはいまだに何も気づいていなかったが、それでも、メルコールの禍とかれの憎しみの瘴気はここから流れ出て、アルダの春を台無しにした。緑なす植物は病んで腐り、河川は雑草と汚泥に流れを堰き止められて沼沢を作り、よどんだ水は腐敗して有毒な悪臭を放ち、蠅の繁殖場所となった。森林は暗く危険な場所となり、恐怖が棲みついた。獣たちは角や牙ある怪物と化し、大地を血で染めた。

ここに至って、ヴァラールも、メルコールが再び活動し始めたことを悟り、かれの隠れ場所を探し求めた。しかし、ウトゥムノの堅固さと召使いたちの力を信じきっていたメルコールは、突然戦いに打って出、ヴァラールが準備を整えるより早く、最初の一撃を加えてきた。そしてかれは、イッルインとオルマルの灯火を襲って、その柱を倒し、灯を打ちこわした。巨大な柱が倒された時、陸は砕け、海は盛り上がって轟々（ごうごう）と荒れ狂った。灯火が投げ落とされると、破壊の炎が地上に流れ出た。この時、アルダの形状と、水と陸の均衡はひどく損なわれたため、ヴァラールの最初の構想はその後二度と生かされなかったのである。

混乱と暗闇の中、メルコールは、恐怖に襲われながらも逃走した。轟（とどろ）く海鳴りにも消されない、烈風のようなマンウェの声が聞こえ、トゥルカスの踏む足の下で大地が震えたからである。しかし、トゥルカスに追いつかれる前に、かれはウトゥムノに戻り、そこに身をひそめた。

ヴァラールはこの時、かれを敗北せしめることができなかった。かれらの力の大部分が、大地の騒乱を制御することと、かれらの労苦の成果を破滅から救える限り救うことに必要とされたからである。そしてその後は、イルーヴァタールの子らの住まう場所がどこであるか分かるまで、大地を再び引き裂くようなことが起こるのをかれらは恐れた。イルーヴァタールの子らの現われる時は、ヴァラールには知らされていなかったのである。

かくて、アルダの春は終わった。アルマレン島上のヴァラールの宮居は完全に破壊され、ヴァラールは、この大地の上に住まう場所を失った。

それ故、かれらは中つ国を去り、すべての陸地の中の最果ての西の地、世界の縁に位置するアマンに赴いた。アマンの地の西の岸辺は、アルダの王国を取り囲む〈外なる海〉、エルフたちの言うエッカイアに面していた。この外なる海がどのくらい広いかを知る者は、ヴァラールのほかにはいない。その先には〈夜の壁〉がある。アマンの東の岸辺は、ベレガエル、即ち西方の〈大海〉の終わるところであった。そして、中つ国に戻ったメルコールがまだ征服されないでいる以上、ヴァラールは、かれらの宮居の防備を強化し、海岸線にはペローリ山脈、即ち地上で最も高いアマンの山脈を築いた。そしてペローリの山々のうちでも最も高いのは、マンウェが山頂に玉座を定めた高峰であった。

タニクウェティル、とエルフたちはこの聖なる山を名づけた。あるいは、とことわに白きオイオロッセ、星々を戴(いただ)くエレルリーナとも呼び、ほかにも多くの名で呼んだ。しかしシンダールは、後代のかれらの言葉でこれをアモン・ウイロスと言った。タニクウェティルの山上の宮居から、マンウェとヴァルダは、大地を越え、最も遥かな東の方(かた)まで見渡すことができた。

ペローリ山脈の壁の背後、ヴァリノールと呼ばれる場所に、ヴァラールはかれらの領国を樹立した。そこにはヴァラたちの館があり、庭があり、塔があった。この要衝の地に、ヴァラールはたくさんの光と、破滅から救われた最も美しいものをすべて集め、さらに美しい種々(くさぐさ)の品を新たにこしらえた。かくてヴァリノールは、アルダの春に際会した中つ国よりさらに美しくなった。これは、祝福された地であった。ここに住まうのは不死の者たちだからである。この地では、色褪(あ)せるものも萎(しお)れるものもなく、花にも葉にも一点の傷もなかった。また、生ある者が病むことも、堕落することもなかった。なぜなら、石や水に至るまで聖められていたからである。

ヴァリノールが完全に出来上がり、ヴァラールの館が建てられると、山脈を越えた平原の真ん中に、ヴァラたちはかれらの都を造った。あまたの鐘を持つヴァルマールである。この都の西門の前に、エゼッロハル、またの名をコロッライレともいう緑の築山（つきやま）があった。ヤヴァンナがこれを聖め、その緑なす草の上に長い間坐って、力の歌を歌った。その歌の中には、土に育つものへのかの女の思いがすべてこめられていた。しかし、ニエンナは黙したまま思いに耽（ふけ）り、涙で築山を濡らした。

この時、ヴァラールは、ヤヴァンナの歌を聞くために集い、ヴァルマールの金色（こんじき）の門に近い審判の輪（リング）、マーハナクサルにおける会議の座に、無言のまま坐していた。ヤヴァンナ・ケメンターリはかれらの前で歌い、かれらはこれを見守った。

かれらが見守るうちに、築山の上に二本のほっそりした若木が生えてきた。この時、世界は沈黙に覆われ、ヤヴァンナの詠唱する声のほかは何の物音も聞かれなかった。ヤヴァンナの歌の下（もと）で、若木は次第に育ち、美しく丈高い木となり、花を咲かせるに至った。かくて世界に、ヴァリノールの二つの木が目覚めたのである。ヤヴァンナの作ったすべてのものの中で、この二つの木は最も名高く、また上古（じょうこ）の日の物語は、ことごとくこの二つの木の運命をめぐって織りなされているのである。

一つの木は、葉裏が銀色に輝く濃い緑の葉を持っていた。無数の花々の一つ一つから、銀色の光の雫（しずく）が絶えず零（こぼ）れ落ち、木の下の地面は、翻（ひるがえ）る葉影に斑（まだら）に染まった。もう一つの木は、萌え出たばかりの橅（ぶな）の若葉にも似た若緑の葉をつけていた。その葉はきらめく金で縁取られ、花は黄色い炎のような花房となって枝から垂(た)れ、一つ一つが照り輝く角笛のような形をした花房からは、金色の雨が地面に零れた。この木の花々からは、暖かい熱と大いなる光が発散した。一つはテルペリオンとヴァリノールで呼ばれたが、シルピオンとも、ニンクウェローテとも呼ばれ、ほかにも多くの名がある。もう一つはラウレリンといい、またマリナルダとも、クルーリエンともいう。歌の中では、そのほかにもいろいろの名で呼ばれる。

二つの木は、次第に光が強まり、いっぱいに輝いたあと、再び弱まってついに光が消えるまで、それぞれ七時間かかる。いずれも、もう一方の木が輝きを止める一時間前に再び目覚めて生き返る。こうしてヴァリノールでは、日に二度、二つの木の光が薄れ、金と銀の光が混ざり合い、やわらかな光に包まれる穏やかな時が訪れる。

テルペリオンは二つのうちの年長で、先に成木となり、花を咲かせた。この木が輝きを放った最初の一時間、きらきらと白い光の放たれた銀色の黎明(れいめい)を、ヴァラールは時の中には数え入れず、〈始まりの時〉と名づけた。この時から、ヴァリノールにおけるかれらの治世を数え始めたのである。それ故、この最初の日も、それに続く喜ばしい日々も、第六時にテルペリオンは開花を終わり、十二時間後にはラウレリンが開花を終えた。これは、ヴァリノールに暗闇が訪れるまで続いたのである。そして、アマンにおけるヴァラールの一日は十二時間である。ラウレリンの光が薄れ、テルペリオンの光が次第に強まり、二つの光が二度目に混ざり合う時に終わるのである。しかし、二つの木から零れる光は、あるいは大気に吸収され、あるいは地中に滲み込む前に、長い間消えやらずにたゆたうのであった。そして、テルペリオンの露とラウレリンから落ちる雨は、輝く湖のような巨大な大桶にいくつも貯蔵され、ヴァラールの国土にとって、水と光の井戸となった。ヴァリノールの至福の日々はこのように始まり、時を数えることもこのようにして始まった。

長い時が経ち、最初に生まれる者たちの到来のためイルーヴァタールが定め給うた刻が近づこうとしていたが、その間も、中つ国は、忘却のかなたの遠い昔、エアにおける精励の日々にヴァルダが造り出した星々の下なる薄明の中に横たわっていた。暗闇にはメルコールが住まい、さまざまな力と恐怖の形をとり、依然としてほしいままに出歩いていた。かれは、山々の頂から山々の下なる深い溶鉱炉に至るまで、冷気と火を支配した。何であれ、残酷なもの、暴力的なもの、死に至るものは、当時、すべてかれの管理のもとにあったのである。

　美と至福の国ヴァリノールから、ヴァラたちが山々を越えて中つ国に来ることは滅多になかったが、かれらの配慮とかれらの愛は、変わることなくペローリのかなたの国々に向けられた。そして、至福の国の真ん中にアウレの館があり、かれはそこで、長い間営々として仕事に励んだ。というのも、この地にあっては、何であれ、その製作に当たってかれが主要な役割を果たしたからである。かれはそこで、公然と、あるいは密かに、数々の美しい、形よきものを作り上げた。

　大地と大地に含有されるすべての事物の伝承と知識は、たとえそれが自らは作らず、ただ存在するものを理解しようとつとめる者たちのものであろうと、あるいは織工、木工、金銀細工師、はたまた農夫牧夫を含むすべての技能者のものであろうと、すべてかれから出たのである。ただ、最後に挙げた農夫牧夫、そのほか大地に育ち、果実を生じるものを世話する者はすべて、アウレの配偶者たるヤヴァンナ・ケメンターリをも恃むのである。

　ノルドール族の友と称されるのは、アウレである。なぜなら、後世、かれらが多く学んだのはアウレからであり、エルフの中でもとりわけ熟練した技を持つのがかれらノルドール族だからである。かれらは、イルーヴァタールがかれらに与え給うた天賦の才により、自らの才覚でアウレの教えに多くを付け加えたのである。かれらは言葉と文字を喜び、刺繍、絵画、彫刻の造形を喜んだのである。宝石を作ることに初めて成功したのもノルドールであり、すべての宝石のうちで最も美しいのがシルマリルであったが、これはすべて失われて、今はない。

しかし、ヴァラールの中にあって最も高く、最も神聖なる存在マンウェ・スーリモは、アマンの境界に坐して、外なる陸地を思うことをやめてはいなかった。なぜなら、かれの玉座は、海に接してそそり立つ、世界の山々のうちの最高峰タニクウエティルの山頂にあって、荘厳なたたずまいを見せていたからである。鷹や鷲の姿をとった精霊たちが、絶えずかれの宮居に飛び来り飛び去っていった。かれらの目は、深海をその底まで見通すことも、世界の下に隠された洞窟をその中まで見通すこともできた。こうしてかれらは、アルダで起こるほとんどすべてのことについて、その消息をかれにもたらしたのである。しかし、マンウェとマンウェの召使いたちの目からさえ隠されているものがあった。なぜなら、メルコールが腹黒い考えを懐いて坐しているところには、見通しがたい暗闇が横たわっていたからである。

マンウェは、己の名誉には一切拘泥することなく、汲々として自らの権力を守ることもなく、ただ平和のために統治するのである。すべてのエルフ族のなかで、かれはヴァンヤール族を最も愛し、ヴァンヤール族はかれから歌と詩を授与された。詩はマンウェの喜びであり、言葉による歌はかれの音楽だからである。かれの衣は青く、かれの目に燃える火は青く、ノルドール族がかれのためにこしらえた王笏(おうしゃく)はサファイアでできている。かれはイルーヴァタールの代理人であり、ヴァラールとエルフと人間の世界の王たるべく、またメルコールの禍を防ぐ最高指導者たるべく任命された。

　マンウェと共に住まうのは、最も美しき者ヴァルダである。シンダリンでエルベレスと呼ばれるヴァラールの女王、星々の作り手である。そしてあまたの精霊たちが、至福のうちにかれらと共にあった。

　ウルモは独り身であった。かれは、ヴァリノールには住まわず、重大な会議のために必要とされない限り、ヴァリノールに行くことはなかった。かれは、アルダのそもそもの始まりの時から、外なる海に住み、今もなおそこに住んでいる。かれは、すべての海水の満干(みちひき)と、すべての河川の流れを支配し、泉に水を補い、天(あめ)が下(した)のすべての土地に露を置かせ、雨を降らせることを司(つかさど)っている。深い水底にあって、かれは偉大な恐るべき音楽に思いを致している。この音楽の谺(こだま)は、悲しみも喜びも共にこめ、世界中の水脈を通って流れるのである。なぜならたとえ燦々(さんさん)と日光を受けて噴き上げる噴泉が喜ばしいものだとしても、その水源は、大地の土台に穿たれた、深さも測りがたい悲しみの源泉の中にあるからである。

テレリ族は、ウルモから多くを学んだ。かれらの音楽に悲哀と魅力が共にあるのは、そのためである。サルマールは、ウルモと共にアルダに来た。かれは、一度聞いたら決して忘れることのない、ウルモの角笛の製作者である。オッセとウイネンも来た。この二人に、ウルモは、内なる海の波と動きを支配することを許した。そしてほかにも、多くの精霊たちが来た。

メルコールの闇のもとにあってさえ、多くの秘密の水路を経由して、生命が依然として回り続け、大地が死なずにすんだのは、ウルモの力によるのである。そして、闇に行きくれ、ヴァラールの光から遠く隔たった地をさまよう者たちの声を洩れなく聞くために、ウルモの耳は常に開かれていた。かれは一度として、中つ国を見捨てたことはない。たとえ、いかなる荒廃と変化が降りかかろうと、中つ国へ向けられたかれの配慮は一度として絶やされたことはなく、世の終わりまで絶やされることはないであろう。

この暗黒の時代に外なる陸地を完全に見捨てることは、ヤヴァンナにとっても気の進まぬことであった。生育するものはすべて、かの女にとって大切なものだからである。かの女は、中つ国でかの女が手をつけ、メルコールによって傷つけられたかの女の製作物を嘆いた。それ故、かの女は、アウレの住居とヴァリノールの花咲く草地を去って、時折メルコールの傷を癒しに中つ国を訪れることがあった。ヴァリノールに戻ると、かの女はいつも、ヴァラたちに、最初に生まれる者たちがまだ現われぬうちにメルコールの邪悪な支配に戦いを挑み、是非とも片をつけておかねばならぬ、と促した。

また、獣たちの馴らし手たるオロメも、時折、光の射さぬ暗い森に馬を乗り入れることがあった。すぐれた狩人たるかれは、槍と弓を携え、メルコールの王国の怪物や、残忍な生きものたちを追いつめて殺した。かれの白い馬ナハルは、暗がりに銀のように輝いた。その時、眠る大地は、ナハルの金の蹄の下で震動し、薄明の世界で、オロメはその巨大な角笛ヴァラローマを、アルダの平原に響かせたのである。その音は山々に谺し、悪しき影たちはたちまち退散し、メルコール自身は、来るべき怒りの日を予感して怖気づき、ウトゥムノで小さくなっていた。しかし、オロメが通り過ぎるや、メルコールの召使いたちは再び寄り集まり、中つ国では暗い影と謀りばかりが罷り通るのであった。

世の始まりの頃、世界がまだイルーヴァタールの子らの知るような世界になる前の地球の様子と、その統治者たちについてはこれ以上語ることはない。なぜならエルフと人間は、イルーヴァタールの子らであり、かれらが音楽に登場してきた時の主題をアイヌールは誰一人完全には理解していなかったため、かれらのうち一人として、子らの形成に敢えて何かを付け加えようとはしなかったのである。

そのようなわけで、この二つの種族にとり、ヴァラールは、主人というより、むしろ長上、あるいは首長といえた。それ故、エルフや人間がアイヌールからの指導を欲していない時にこれを無理強いするようなことがあると、たとえいかなる善意から出たことであろうと、滅多によい結果にはならなかった。

もっとも、アイヌールが関わりを持ったのは主にエルフであった。なぜなら、イルーヴァタールが、エルフたちを力と身の丈では劣るものの、性質の点でアイヌールに似せて作り給うたからである。しかし、イルーヴァタールは、人間には変わった贈り物を授け給うた。

ヴァラールが立ち去ったあとは、静寂があたりを領し、イルーヴァタールは長い間、独り考えに耽って坐っておられたという。やがて、イルーヴァタールは口を開いて言われた。「見よ、われは地球を愛す。地球をクウェンディとアタニの住まうべき館となさん！　クウェンディを地上の全生類のうち最も美しきものとなさしめ、すべてのわが子らのうち、最も高き美を所有し、案出し、産み出す者となさん。かれらには、この世にてより大いなる幸いを得さしめん。アタニには、異なる新たな贈り物を授けん」

それ故、イルーヴァタールの思し召しにより、人間の心は彼岸を求め、この世では決して安息を見出すことはないのである。しかし人間には、この世の諸勢力と回り合わせの中にあって、人間以外のすべての存在にとって宿命も同然であるアイヌールの音楽を超えて、自分たちの生を形成してゆくという力が与えられる。この人間の働きにより、あらゆることは、外見の上でも実質においても完結し、世界は最後の最小のものに至るまで成就されるのである。

しかし、イルーヴァタールは、人間が、この世の互いに入り乱れる諸勢力の間に置かれれば、しばしば迷って、自分たちの天賦の贈り物を協調して用いることをしないだろうということを知っておられた。そこで、イルーヴァタールは言われた。

「この者たちも時至れば、かれらのなすことはすべて、わが業の栄光に帰せらるるものたることを見出さん」と。

しかし、エルフたちは、人間がしばしばマンウェにとって深い悲しみの種であると考えている。マンウェは、イルーヴァタールの御心を最もよく知る者である。エルフから見れば、人間は、全アイヌールの中で最もメルコールに似ている。もっとも、メルコール自身は、人間たちを、自分に仕える者たちをも含めて絶えず恐れ、憎んできたのであるが。

人間の子らが、生きてこの世に住まうのはほんの短い間で、この世に縛られることなく、すぐに、いずこともエルフたちの与り知らぬところに出で立ってゆくのは、自由というこの贈り物と分かちがたい一つのものである。それに反し、エルフたちは世の終わりまで留まるのであり、それ故にこそ、地球と全世界に懐くかれらの愛は一層純一で痛切で、年月が経つにつれ、さらに悲しみが加わるのである。なぜなら、エルフたちは、殺害されるか、悲嘆にかきくれて命果てる以外は（かれらもこれら二つの外見上の死は蒙るのである）、世の消滅まで死ぬことはないのである。一万世紀を生きてそれに倦むのでない限り、齢もかれらの力を減じることはなく、死にかけると、かれらはヴァリノールのマンドスの館に集められる。いつかはそこから戻ることもできるのである。

しかし、人間の息子たちは本当に死んで、この世を去る。それ故に、かれらは客人とも、よそびととも呼ばれるのである。死はかれらの宿命であり、イルーヴァタールからの賜わり物である。時が経てば、力ある神々さえ、これを羨むであろう。しかし、メルコールがこの賜わり物にかれの暗い影を投げ、暗黒と混同させ、善なるものから禍を、望みから恐れを生じさせたのである。それでもやはり、昔ヴァラールがヴァリノールのエルフたちに言明したところによると、アイヌールの第二回目の音楽には人間たちも加わるということである。一方、イルーヴァタールは世の終わりのあと、エルフたちをどうなさるおつもりであるか、まだ明かし給うておられぬ。メルコールもまだそれを見出していないという。

第二章　アウレとヤヴァンナのこと

ドワーフたちは初め、中つ国の暗黒の中で、アウレによって創られたと言われている。アウレは、かれ自身の知識と技を伝うべき学び手たるイルーヴァタールの子らの到来を待ちわびるあまり、イルーヴァタールの御計画の実現を拱手して待つことに耐えられず、ドワーフたちを、現在かれらのあるが通りに創ったのだという。それというのも、かれの心には、やがて現われるべき子らの姿形が分明に見えていたわけではなく、加うるに、メルコールの力がいまだ地上を覆っていたため、かれは、ドワーフたちが頑健にして不撓不屈であることを望んだのである。しかしかれは、ほかのヴァラたちに咎められることを恐れ、内密に仕事をした。そして、中つ国の山脈の麓の館で、まずドワーフの七人の父祖たちを創ったのである。

さて、イルーヴァタールは、アウレによってなされたことを知り給うと、アウレが仕事をなしとげ、大いに満足して、ドワーフたちに自ら考案した言葉を教え始めようとしたその時を選び、アウレに言われた。アウレは御声を聞いて黙っていた。

すると、イルーヴァタールの御声はかくの如く言われた。「何故、汝はかかることをなせしや。己の能力と己の権限を超えしことを知るにもかかわらず、何故試みしや。汝がわが贈り物として受けたるは、汝自身の存在のみにして、それ以上のものにあらず。それ故、汝の手と心もて創られたる者は、汝の存在によってのみ生くるものにして、汝がかれらを動かさんと思う時にのみ動き、汝の思いがかれらの上にあらざる時は、ただ徒然として過ごすのみ。汝はかかることを望むや」

そこで、アウレは答えて言った。「わたくしは、かかる支配を望んだのではございませぬ。わたくしは、わたくし以外の存在が欲しかったのでございます。愛し、教えてやれる者が欲しかったのでございます。あなたが在らしめられましたエアの美しさを、かれらにも認めさせてやりたかったのでございます。アルダには、多くの者たちが享有できる場所がたくさんございますのに、その大部分が今なお空っぽで、もの言わぬ地であるようにわたくしには思えたのでございます。それで、わたくしは待ち切れぬあまり、愚かなことをいたしてしまいました。しかし、ものを創るということは、わたくしの気持としましては、わたくし自身があなたによって創られたことから出ているのでございます。父親のなすことを真似て遊ぶ、分別もゆかぬ子供は、悪ふざけで真似ているのではなく、父の息子だからそうするのでございます。しかし今は、あなたのお怒りをいつまでも蒙らないために、わたくしはどうしたらよろしいのでございましょう。子供が父に差し出しますように、わたくしは、あなたのお創りなされましたこの手による作品でありますこれらの者たちを、あなたさまにお捧げいたします。あなたの御心のままに御処置下さいませ。それとも、わたくしの僭越から出ましたこの作品は打ちこわしてしまった方がよろしいのでございましょうか」

そこでアウレは、ドワーフたちを殴り殺すために、大きな槌を取り上げ、涙を流した。イルーヴァタールは、アウレとアウレの望みを憐れに思し召された。アウレがへりくだったからである。そして、ドワーフたちが槌を遁れようと身を竦ませて恐れ、頭を垂れて慈悲を乞うたからである。

イルーヴァタールの御声は言われた。「汝の捧げしものを、創られたる形のまま、嘉納せん。この者たちがすでにかれら自身の命を持ち、かれら自身の声でもの言うを、汝は見ざるや、聞かざるや。さにあらざれば、汝の振り上げたる手に身を縮むることも、汝の意志の命ずることに後込むこともなからん」

アウレは、槌を投げ捨てて喜び、イルーヴァタールに感謝の言葉を述べて言った。

「エルがわが作品を祝福し給い、修正し給わんことを！」

イルーヴァタールは再び口を開かれた。「天地創造の時、アイヌールの考えにわれが存在を与えし如く、われは汝の願望を取り上げ、世界の中に場所を与えたり。されど、汝の製作物にわが手を加うることはせず。汝の創りしままに在らしめん。されど、これなる者たちが、わが計画の中で最初に生まれるべき者たちより先にこの世に現われ、汝の性急なる望みが報わるることは、黙視しがたし。この者たちは、これより石の下なる暗闇に眠らせ、最初に生まるる者たちが地上に目覚むるまで、この世に現わるることを許すまじ。その時の至るまで、いかに待ち遠しくも、汝はこの者たちと共に待つべきなり。時至れば、われはかれらを目覚めさせ、かれらは汝にとって子の如き者とならん。また、汝の子らとわが子らの間に、即ちわが養い子とわが選びし子らの間に、しばしば争いが起こらん」

そこでアウレは、ドワーフの七人の父祖たちを遠く隔たったところに連れてゆき、休ませた。それからかれはヴァリノールに戻り、長い時間が経つのを待った。

ドワーフたちが世に出るのは、メルコールの権力の全盛期であることを考慮に入れ、アウレはドワーフたちを堅忍不抜の者たちに作った。それ故、かれらは石のように頑健かつ頑固で、いったん心に懐いた友情や敵意は、これを簡単に捨てることなく、もの言うほかのあらゆる種族にくらべ、労役や飢えや肉体的苦痛によりよく耐え得る耐久力を持っているのである。かれらはまた長命でもある。人間の寿命にくらべ、遥かに長寿である。とはいえ、いつまでも生きているわけではない。

以前、中つ国のエルフたちの間で信じられていたことであるが、ドワーフたちは死ぬと、かれらが本来作られた土と石に戻ると言われていた。しかしこれは、ドワーフたち自身が信じていることではない。かれら自身の言うところでは、ドワーフのためがマハルと呼ぶ造り主アウレがかれらを心にかけ、死後、かれらをドワーフのために特に準備されたマンドスの館に連れてゆくのだという。また、昔、アウレがかれらの父祖に言明したところによると、世の終わりには、イルーヴァタールがかれらを聖(きよ)めて、イルーヴァタールの子らの間に場所を与え給うであろうとも言われている。その時かれらの果たすべき役割は、アウレに仕えてかれを助け、最後の戦いの後、アルダの再建に従事することであろう。

かれらの間ではまた、ドワーフの七人の父祖たちが再び一族のもとに戻って暮らし、もう一度昔の名を帯びるであろうとも伝えられている。かれらの中で、後世最もよく知られているのは、ドゥリンである。即ちエルフたちと最も親しく、カザド＝ドゥームに館のあった一族の祖先である。

　さて、アウレは、ドワーフたちを作ることに没頭している時、この仕事のことをほかのヴァラたちには隠していた。しかし、ついにヤヴァンナに打ち明け、起こったことをすべて話して聞かせた。

　ヤヴァンナは言った。「エルは慈悲深くておいでです。あなたの喜ばしいお気持はさこそと思われます。お許しだけではなく、寛大なお取り計らいまでいただいたのですもの。けれど、あなたは、あなたの御計画が達成される時までわたくしに隠しておいでになったのですから、あなたの子供たちが、わたくしの愛しているものたちに愛情を持つことはほとんど望めますまい。かれらは、かれらの父親同様、まずかれら自身の手によって作られたものを愛するでしょう。かれらは地中を掘るばかりで、大地に生息しているものたちに心を留めることはないでしょう。かれらの無慈悲な鉄が身中に喰い込むのを感ずる木は、さぞ多いことでございましょう」

　アウレは答えた。「そのことなら、イルーヴァタールの子らについても言えることだ。かれらもものを食べ、家を建てるのだから。たとえ、お前の領域のものたちがそれ自体で値打ちがあり、たとえ、子らが現われようと現われまいとその値打ちに変わりはないにせよ、エルは子らに支配権を与え給うであろう。かれらは、アルダで見出すものすべてを自らの用に用いるだろう。もっとも、エルの思し召しにより、敬意も感謝もなしに受け取るわけではないだろうが」

「メルコールによって心を暗くされない限りは、です」と、ヤヴァンナは言った。そして、かの女の悲しみは和らぐことなく、心は悲嘆にくれて、来るべき世に中つ国で行われることを恐れたのである。

そこで、かの女はマンウェの御前に行き、アウレの意図は明かさずに言った。「アルダの王よ、アウレがわたくしに申しましたように、子供たちがこの世に現われますと、わたくしの苦心して作りましたすべてのものを支配し、それらを好きなようにするだろうというのは本当でございますか」

「その通りである」と、マンウェは言った。「しかし、何故尋ねるのか。そなたには、アウレの教えは全く必要なかったのではないか」

ヤヴァンナは黙して自分自身の考えを吟味し、それから答えた。「来るべき世のことを考えますと、心にかかるからでございます。わたくしの作品はみな、わたくしには大事なものでございます。メルコールがあれだけたくさんのものを損ないましたのに、それでも充分ではないのでございましょうか。わたくしが作り出したものは何一つ、ほかの者の支配から免れないのでございましょうか」

「もし自分の望みを通せるのなら、そなたは何を取りのけておきたいとお思いか」

と、マンウェは言った。「そなたの領分の中で何を最も大事にお思いか」

「どれにも、それぞれ値打ちがございます」と、ヤヴァンナは言った。「それぞれが、ほかのものの価値に寄与しているのでございます。しかし、ケルヴァールは飛んで逃げることも、自分を守ることもできます。ところが、土から生えておりますオルヴァールにはそれはできません。これらの中では、わたくしは木を大事に思います。育つのに長い時がかかり、切り倒されるとなると、たちまちでございます。枝に果実を実らせて己の地代とするのでなければ、その死を悼む者もほとんどおりますまい。わたくしの考えでは、そのように思われるのでございます。根あるすべてのものに代わり、木にものが言え、かれらを虐げる者たちを罰することができればよろしいのに！」

「それはまた妙な考えだな」と、マンウェは言った。

「けれど、あの歌の中にはございました」と、ヤヴァンナは言った。「と申しますのは、あなたが天においでになり、ウルモと共に雲を作り、雨をお降らせになった間、わたくしは大きな木々の枝々を持ち上げてそれを受けておりました。すると木々の中には、風に吹かれ雨に降られながら、イルーヴァタールを讃えて歌うものもおりました」

マンウェは黙して坐っていた。すると、ヤヴァンナがかれの心に注ぎ入れたかの女の思いが次第に育って、花開いた。それは、イルーヴァタールのお目にとまった。その時、マンウェには、かの歌声が今一度かれのまわりに起こったように思われた。そして今は、その中に、前には耳に聞いていても、心に留めなかったものが数多くあることに気づいた。そしてついに、かの幻も新たに繰り返されたが、今は遠い感じのものではなかった。なぜなら、かれ自身その中にいたからである。しかもなお、かれには、すべてがイルーヴァタールの御手（みて）によって支えられていることが分かった。そして御手が現われ、そこからあまたの不思議が現出した。それはその時まで、個々のアイヌールの心の中にあって、かれには隠されていたものである。

やがて、マンウェは幻より覚め、エゼッロハルにいるヤヴァンナの許（もと）に下ってゆき、二つの木の下で、かの女の傍（かたわ）らに坐って言った。「おお、ケメンターリよ、エルはかく言い給うた。『汝ら、ヴァラたちよ、汝らの中には、かの歌声のすべてを、いと小さき声に至るまで、われが聞かざりしと思う者ありや。見よ！　子らの目覚むる時、ヤヴァンナの思いもまた目覚めん。ヤヴァンナの思いは遥かかなたより精霊たちを呼び出し、精霊たちはケルヴァールとオルヴァールの許に行きて交わり、そのところに住みつく者もあらん。かれらは崇敬され、かれらの正当なる怒りは恐れられん。最初に生まるる者たちの力を持ち、次に生まるる者たちのいまだ若きしばしの間なれど』と。しかしケメンターリよ、そなたは憶(おぼ)えておらぬか、そなたの思いは常に独りで歌われたわけではないことを。そなたの思いと私の思いが出会い、われらは雲の上高く飛翔する大鳥のように、共に飛び立ったのではなかったか。これも、イルーヴァタールの御配慮により存在することになろう。そして、子らが目覚める前に、西方の諸王の大鷲(おおわし)たちが、風の如き翼もて飛び立ってゆくであろう」

　これを聞いて、ヤヴァンナは喜び、立ち上がって、両の腕を天に差しのべて言った。「ケメンターリの木々は、王の鷲たちもそこに宿ることができるほどに高く伸びていくことでございましょう！」

　マンウェもまた立ち上がった。その高さたるや、風の通い路から声が落ちてくると思えるほどであった。

「否(いな)」と、かれは言った。「ただ、アウレの木のみが充分に高いであろう。山々に大鷲たちが棲(す)みつき、われわれを求める者たちの声を聞くであろう。森には、木の牧者たちが歩くであろう」

　そこで、マンウェとヤヴァンナはその時は別れ、ヤヴァンナはアウレの許に戻った。アウレは仕事場にいて、溶けた金属を鋳型(いがた)に流し込んでいた。

「エルはお慈悲深くおいでです」と、かの女は言った。「あなたの子供たちにも用心おさせなさいまし！　森には力ある者が歩くことになりましょうから。あなたの子供たちがその怒りをかき立てると、危ないことになりますよ」

「それでも、かれらは木材を必要とするのだ」と、アウレは言って、鍛治（かじ）の仕事を続けた。

第三章　エルフたちの到来と虜囚となったメルコールのこと

長い時の流れる間、ヴァラールは、アマンの山脈のかなたで、二つの木の光に照らされ、至福のうちに暮らしていた。しかし、中つ国の全土は、星々の下の薄明に包まれて横たわっていた。かの二つの灯火が輝いている間に、そこでは生長が始まったのであるが、今はそれも止まっていた。すべてが再び暗くなったからである。しかし、生命あるもののうち最も古いものはすでに現われていた。海には巨大な海草が、大地には丈高き木々の影が。夜の帷に包まれた丘陵の谷間には、年古り力ある凶悪な生きものたちがいた。これらの土地や森には、ヤヴァンナとオロメを除き、ヴァラたちは滅多に足を踏み入れることがなかった。ヤヴァンナは暗がりの地をしばしば歩いて、アルダの春に始まった生長と望みが阻害されていることを嘆いた。そしてかの女は、アルダの春に現われ出たたくさんのものたちを再び眠りにつかせた。かれらが年老いることなく、やがて来るべき目覚めの時を待つためである。一方、北方ではメルコールが戦力を築き、眠ることなく、虎視眈々として策をめぐらし、かれによって変節せしめられた邪悪なる者たちが横行し、暗くまどろんでいる森には、怪物や恐ろしい姿の者たちがしきりに出没していた。そしてメルコールは、ウトゥムノにあって、悪霊共をまわりに集めていた。かれの勢威赫々（かくかく）たる時に真っ先にかれに追随し、その堕落の時にあっては最もかれに似るに至った精霊たちである。かれらの心は火でできているが、まとうものは暗黒であり、恐怖がかれらの露払いをした。そしてかれらは、炎の鞭（むち）を持っていた。中つ国では後に、かれらはバルログという名で呼ばれた。この暗黒の時代に、メルコールは以後久しく世界を悩ますことになる、さまざまな形、さまざまな種類の怪物たちをほかにも数多く育てたのである。そしてかれの王国は、今や絶えず中つ国の南の方へ拡大していった。

メルコールはまた、北西の海岸から程遠くないところに、城砦（じょうさい）と武器庫を造った。アマンから向けられる惧（おそ）れのある攻撃を阻止するためである。この砦は、メルコールの副将サウロンの指揮下にあり、アングバンドと名づけられていた。

ヴァラールは会議を行うことになった。ヤヴァンナとオロメが外なる陸地よりもたらす消息に、かれらの心も騒いできたからである。ヤヴァンナは、ヴァラたちの前で口を開いて言った。「アルダの実権を握られるみなさま、イルーヴァタールの示し給うた幻は、束の間のうちに、たちまちわたくしたちから取り上げられました。それ故、恐らくわたくしたちは、厳密に日を数えて、定めの時をいつと推測することはできますまい。しかし、これだけは確かでございます。今や時は近づいております。今期のうちに、わたくしたちの望みは目に見えるものとなり、子らが目覚めるでありましょう。その時、わたくしたちは、かれらの住まうべき地を荒れ果てて禍の充満したままに放置しておいてよいものでしょうか。わたくしたちには明かりがありますのに、かれらには暗闇を歩かせようとおっしゃるのでしょうか。タニクウェティルの玉座にはマンウェがましますのに、メルコールを主君と呼ばせてよいものでしょうか」

　すると、トゥルカスが叫んだ。「否、否！　速やかに戦いを仕掛けようではないか！　われらは、あまりにも久しく争いから身を退いてはいなかったろうか。われらの力は、今や回復したのではないか。ただ一人の者に、いつまでもわれら全員を競わせようというのか」

　しかし、マンウェの指名により、マンドスが口を開いて言った。「今期のうちに、イルーヴァタールの子らは確かに現われるでありましょうが、まだ現われてはおりません。さらに、最初に生まれる者たちは暗闇の中に到来し、まず星々を仰ぎ見るという宿命にあるのです。大いなる光が現われる時には、かれらは衰微に向かいましょう。難渋した時には、かれらは常にヴァルダに呼びかけるでありましょう」

そこでヴァルダは、会議から抜け出し、タニクウェティルの頂から見渡し、遠く朧（おぼろ）な無数の星々の下に、中つ国の暗闇を見た。それからかの女は、大仕事を始めた。ヴァラールがアルダに入って以来、かれらによってなされたすべての仕事のうち、最大のものである。かの女は、テルペリオンの大桶から銀の露を取り、最初に生まれる者たちの到来に備え、新しい、より明るい星々を創った。そのため、原初の時なるエア形成の労苦の日々よりティンタッレ、即ち（すなわ）〈灯をともす者〉という名で呼ばれたヴァルダは、後にエルフたちによりエレンターリ、即ち〈星々の女王〉と呼ばれた。この時にかの女は、カルニルにルイニル、ネーナルにルンバール、アルカリンクウェにエレンミーレを作り、ほかにも多くの古い星々を集めて、アルダの天空に印として填（は）め込んだ。ウィルワリン、テルメンディル、ソロヌーメ、そしてアナルリーマである。それから輝く帯を持ち、世の終わりに起こる最後の戦いを予告するメネルマカルがある。そしてメルコールへの挑戦として、北の天空高く七個の強力な星々の冠を置き、ヴァラキルカ、即ち滅びの印である〈ヴァラールの鎌〉を振り上げさせた。

メネルマカルが初めて天空を一またぎに昇り、ヘッルインの青い火が世界の縁の上空の靄の中でまたたき、長い時を費やしたこの大仕事をヴァルダがまさに終えたその時、地上の子らが目覚めたと言われる。イルーヴァタールの最初に生まれた子どもたちである。星明かりに照らされたクイヴィエーネンの湖、即ち〈目覚めの湖〉のほとりで、かれらはイルーヴァタールの眠りから起き上がった。そして、まだものも言わずにクイヴィエーネンのほとりに留まっている間、かれらの目がまず最初に見たものは天空の星々であった。それ故、かれらは今に至るまで常に星明かりを愛し、すべてのヴァラたちの中で誰よりもヴァルダ・エレンターリを崇めるのである。

世界は姿を変え、陸と海の形は毀され、また造り直されてきた。河川の流れる路は定まらず、山々も不動のままではいない。そして、クイヴィエーネンに帰ることは不可能である。エルフたちの間で言われていることによると、それは中つ国の遥か東、北の方にあり、内海ヘルカールの入江であった。そしてこの内海があったのは、メルコールによって顚される前に、イッルインの山々の根があったところであるという。東の高地から、たくさんの川の水がここに流れ込んでいた。エルフたちが聞いた最初の音は、水が流れる音であり、水が岩から落ちる音であった。
久しい間、かれらは、星々の下なる水のほとりの最初の故里に留まり、驚嘆の念を懐きながら、地上を歩いた。そして言葉を造ることと、目にしたものすべてに名前をつけることを始めた。自分たち自身にはクウェンディという名をつけた。〈声に出して話す者〉の意である。かれらはほかに、ものを言ったり歌ったりする生きものにまだ出会っていなかったからである。

そしてある時、たまたま、オロメが狩りをして、東に馬を進めていた。かれは、ヘルカールの岸辺で北に向きを変え、東の山脈オロカルニの影の下を通った。すると、不意にナハルが高く嘶いて、ぴたりと足を止めた。オロメは訝りながらも、黙って鞍に坐していた。すると、星明かりの下に広がる静寂の中で、遠くにたくさんの声が歌うのが聞こえるように思われた。

このようにして、ついにヴァラールは、いわば偶然に、あれほど久しく待ち望んだ者たちを見出したのである。オロメは、エルフたちを打ち眺め、あたかもかれらが突然湧いて出た、不思議な、予測せざる存在であるかのように驚嘆の念に満たされた。ヴァラールにとって、これからも予測せざることはあるであろう。世界の外から見れば、すべての事柄が音楽の中で前もって考えられ、遠くから幻の形であらかじめ示されているかもしれぬが、現にエアに入っている者には、一つ一つのことがその都度、何か新しい、いまだ予告されていないもののように思いがけない邂逅(かいこう)となるのである。

イルーヴァタールの長子たちは、初めは、現在のかれらにくらべ、もっと強く、もっと大きかったのであるが、今よりさらに美しいということはなかった。なぜなら、若い盛りのクウェンディの美しさは、イルーヴァタールがこの世に在(あ)らしめ給うたすべての美を凌駕(りょうが)するものであったが、それは滅びることなく西方に生き続け、悲しみと智慧(ちえ)によってさらに豊かなものにされたからである。オロメはクウェンディを愛し、かれらをかれら自身の言葉でエルダールと名づけた。〈星の民〉の意である。しかし後には、かれに従って西方への道を渡った者のみが、この名前を帯びることになった。

しかし、クウェンディの多くは、オロメが来るのを見て、不安に満たされた。これはメルコールの仕業(しわざ)であった。なぜなら、後に知られたことから賢者たちが言明するところによると、メルコールは常に警戒を怠ることがなかったので、クウェンディが目覚めたことにも真っ先に気づき、暗い影と悪しき精霊たちを遣わしてかれらの様子を探り、待ち伏せさせたからである。オロメが現われるまでの何年かは、エルフのうちの誰かが、一人であれ、数人であれ、遠くにさまよい出てゆくようなことがあると、しばしば行方を絶って、二度と戻ってこないことがあった。クウェンディは、〈狩人〉がかれらを捕えたのだと言い、非常に怖がっていた。事実、エルフ族の最も古い歌には、クイヴィエーネンのほとりの丘陵地帯を歩く、あるいは不意に星々を過ぎる、影の如き姿をした者たちのことが語られている。そしてまた、さまよう者たちを追いかけ、これを捕えて貪り食う、荒馬に乗った黒っぽい姿の乗手のことが語られている。これらの古い歌の谺は、今なお西方の記憶から失われていない。さてメルコールは、オロメが馬に乗ってくるのを非常に嫌い、また恐れていた。そこでかれは、かれの暗黒の召使いたちを乗手の姿で送り出すか、あるいは偽りの噂を広めさせるという手段をとって、クウェンディがひょっとしてオロメに出会うことがあれば、かれを忌避させようとしたのである。

　ナハルが嘶き、本当にオロメがかれらの中にやってきた時、クウェンディの中で隠れる者がいたり、逃げ出して行方知れずになる者がいたりしたのは、こういうわけであった。しかし、勇気を持ち合わせていてその場に留まった者は、この大いなる乗手が暗黒からの物の怪などでは全くないことを、たちまち看てとった。なぜなら、かれの顔にはアマンの光があったからである。そしてエルフの中の最も高貴なる者たちはみな、われ知らずその方に引き寄せられていったのである。

しかし、メルコールの罠にはまった不運な者たちについては、確かなことはほとんど知られていない。命ある者の中で、ウトゥムノの地下深く降りていった者が、どこにいるというのだろう。あるいは、メルコールの暗い意図を探った者が、どこにいるというのだろう。しかし、エレッセアの賢者たちによって真実であると考えられていることはこうである。ウトゥムノが破られる以前に、メルコールの手に捕えられたクウェンディの全員が、ここに投獄され、緩慢かつ残忍な術によって堕落させられ、奴隷にされたのである。こうしてメルコールは、エルフたちへの羨望から、かれらのまがいともいうべき、おぞましいオーク共を作り出したのである。この者たちは、後にエルフにとって最も恨み重なる敵となった。なぜなら、オークたちはイルーヴァタールの子らに倣って命を持ち、繁殖もしたからである。しかしそれ自身の命、あるいは命にまがうものを持つ者を、メルコールは世の始まり以前、『アイヌリンダレ』におけるかれの反乱以来、何一つ創ることができなくなっていた、と賢者たちは言っている。そしてオークたちは、その凶悪な心の奥底で、かれらが恐れ戦きながら仕える主人、かれらにとっては悲惨な運命のみを作り出した主人を嫌悪していたのである。これは恐らく、メルコールの最も怪しからぬ行為であり、イルーヴァタールの最も忌み給うところであろう。

オロメは、しばしクウェンディの間に留まっていたが、やがて速やかに陸を駆け、海を渡ってヴァリノールに戻り、ヴァルマールにこの知らせをもたらした。そしてかれは、クイヴィエーネンを騒がせている影たちのことを告げた。ヴァラールは大いに喜んだが、喜びの中にも惑いの気持があった。そこでかれらは、メルコールの影からクウェンディを守るためにはどうするのが一番よいか、長時間にわたって話し合った。しかしオロメは、直ちに中つ国に戻り、エルフたちと共に住んだ。

マンウェは、タニクウェティル山頂の玉座に坐したまま、長い間考えに耽り、それからイルーヴァタールの御助言を求めた。マンウェはやがてヴァルマールに降りてきて、審判の輪にヴァラたちを召集した。ウルモさえ外なる海からやってきた。

マンウェはヴァラたちに言った。「これは、わが心のうちに聞いたイルーヴァタールの御助言である。われらは、たとえいかなる犠牲を払おうと、もう一度アルダの支配権を手に入れ、クウェンディをメルコールの影より救い出すべきである」。それを聞いてトゥルカスは喜んだが、アウレは、その争いから招来されるに違いない世界の傷を予感して、心を痛めた。しかしヴァラールは、用意を整え、軍勢を率いてアマンから出撃し、メルコールの城砦を襲って、これを潰滅させる決意だった。メルコールは、これがエルフたちのために行われた戦いであり、エルフたちがかれの没落の原因になったことを決して忘れなかった。しかしエルフたちは、このことには全く参与していなかった。自分たちの世の始まりに西方王土の軍勢が北方に兵を進めたことについては、エルフたちはほとんど何も知っていない。

メルコールは、中つ国の北西部でヴァラールの攻撃を迎えた。そのため、この地方は全域にわたり、甚だしく破壊された。しかし、西方の軍勢はたちまち最初の勝利を収め、メルコールの召使いたちはかれらに追われてウトゥムノに逃走した。やがて、ヴァラールは中つ国を横切って進み、クイヴィエーネン一帯を監視する見張りを立てた。クウェンディは、西方の諸神による大戦について、そのあとのことは何一つ知らなかった。かれらに分かったことはただ、かれらの足下で大地が震え、呻き、河川や湖沼の水がその位置を変え、北方に強力な花火の如き光が見えたことである。ウトゥムノの攻城は長く苦しいものであった。エルフたちにはその噂しか知られておらぬ幾多の戦闘が、その城門の前で行われた。その頃、中つ国の形が変わり、中つ国をアマンから隔てる大海が次第に広く深くなった。大海は中つ国の沿岸に押し寄せて、南の岸に深く入り込んだ入海を作った。この大なる入海と遥か北方のヘルカラクセとの間には、多くの小さな湾ができた。ヘルカラクセというのは、これを挟んで、中つ国とアマンが互いに近々と接近しているところである。これらの湾の中で主なものは、バラル湾である。そこには、北方に新しく盛り上がった高地地方、即ちドルソニオン、及びヒスルムを囲む山岳地方に源を発する長大なるシリオン川が流れ込んでいた。遥か北方の地は、当時、無惨に荒れ果てていた。地の底深くウトゥムノが掘られ、その地下要塞はいずれも、火とおびただしいメルコールの召使いたちで埋まっていたからである。

しかし、ついにウトゥムノの門は破られ、城砦は屋根を剝がされて露となり、メルコールは最も深い地下要塞に遁れた。そこで、ヴァラール随一の戦士たるトゥルカスが進み出てメルコールと取っ組み合い、これを放り投げ這いつくばらせた。そしてメルコールは、アウレの作った鎖アンガイノールで縛り上げられた上、捕虜として引き立てられ、世界はそのあと、久しい平和を得たのである。

とはいえ、ヴァラールは、アングバンドやウトゥムノの城砦の地下深く人目をくらまして隠された広大な地下室や洞窟を、すべて発見しおおせたわけではなかった。いまだにその場所を去らずに徘徊している邪悪な者たちも多く、追い散らされて闇の中に遁れ、荒地をさまよいながら悪しき時代の再来を待つ者もいた。サウロンはついに見つからなかった。

　戦いが終わり、北方の廃墟から巨大な雲が湧き起こって星々を隠すと、ヴァラールはメルコールを引き立てて手足を縛り、目隠しをしてヴァリノールに連れ戻った。そこで審判の輪(リング)に引き出されたメルコールは、マンウェの足許(あしもと)に平伏(ひれふ)して許しを乞うたが、かれの嘆願は容れられず、かれはマンドスの砦に投獄された。ここからはヴァラであれ、エルフであれ、限りある命の人間であれ、誰一人逃げおおせる者はいないのである。この城館は広大かつ堅固で、アマンの地の西に建てられていた。メルコールはここに三期の間留まり、然(しか)る後にかれの申し立てを新たに審問するか、あるいはかれが再び許しを願い出ることが定められた。

　そこで、ヴァラールは再び集まって会議を開いたが、話し合いは二つに分かれた。クウェンディには自由に中つ国を闊歩(かっぽ)させ、かれらの天賦の明敏さをもって国々を整え、中つ国の傷を癒すようにさせるべきだと考える者もいた。その先頭に立ったのはウルモである。しかし大部分のヴァラたちには、星明かりの紛らわしい薄闇に蔽(おお)われる危険な世界に置かれたクウェンディの身の上に対する気遣いと、エルフたちの美しさを愛(め)で、かれらと親しく交わりたいという気持があった。そこで結局、ヴァラールは、クウェンディをヴァリノールに召し出すことになった。諸神の膝許に集うて、二つの木の光の中でいついつまでも暮らすようにという計らいである。するとマンドスが沈黙を破って言った。「運命はかく定まった」と。後に降りかかる多くの禍は、この召し出しにより生じたのである。

しかし、エルフたちは当初、召し出しに喜んで応じようとはしなかった。というのも、かれらがそれまでヴァラールを見たのは、オロメ一人は別として、戦いに出陣する時の激しい怒りに燃えた姿だけであったから、エルフたちの心は、ヴァラールへの恐れに満たされていたのである。そこで、再びオロメがかれらの許に遣わされた。かれは、エルフたちの中から、ヴァリノールに赴いて同族のために弁じる使節を選んだ。イングウェ、フィンウェ、エルウェである。この三人は後に王となった。かれらはヴァリノールに来て、ヴァラールの栄光と威厳に打たれて畏れかしこみ、二つの木の光と輝きに自分たちも浴したいという切なる思いを懐いた。そこで、オロメがかれらをクイヴィエーネンに連れ戻ると、かれらは同族を前にして口を開き、ヴァラールの召し出しを心に留め、西方に移り住むべきであると勧告した。

この時、エルフたちの最初の分裂が生じたのである。なぜなら、イングウェの一族全員と、フィンウェ、エルウェの一族の大多数は、それぞれの主君の言葉に強く影響され、喜んでオロメのあとについて旅立ちたいと思い、この者たちはその後、ずっとエルダールとして知られるに至った。もともとは、オロメが最初エルフたちに与えた名前であり、それをかれら自身の言葉で言ったものである。しかし、噂に聞く二つの木より、星明かりと、中つ国の広大な空間をよしとして、召し出しを拒んだ者たちも多くいた。この者たちはアヴァリ、即ち〈応ぜざる者たち〉と呼ばれる。かれらはこの時、エルダールから分かれ、幾星霜を経るまで相会うことはなかったのである。

エルダールはそこで、東の方(かた)なるかれらの最初の故里を出て長途の旅につく支度を整え、三つの隊に分かれて勢揃いした。最も人数が少なく、最初に旅立ったのは、全エルフ族の上級王イングウェに率いられた一隊である。かれはヴァリノールに入り、力ある者たちの足下に今もあって、全エルフ族の尊崇を受けている。かれは二度と故地に戻ることなく、中つ国を再び目にすることはなかった。ヴァンヤール族がかれの民である。かれらは金髪のエルフたちで、マンウェとヴァルダに最も寵(ちょう)愛(あい)されている。かれらと言葉を交わした者は、人間の中にはほとんどいない。

次の隊はノルドール、〈博識なる者たち〉の意で、フィンウェの民である。かれらは髪の黒いエルフたちで、アウレの友である。かれらは今も歌に歌われている。なぜなら、かれらは古(いにしえ)の北方の地で、長い痛ましい戦いを苦しみながら戦ったからである。

最後が、数からいって最大の隊で、テレリの名で呼ばれる。なぜなら、旅行くかれらの足は遅れがちであり、それにまたみながみな、薄明の世界からヴァリノールの光の中に移ってゆく気持になっていたわけではなかったからである。かれらは水を大いに喜び、ついに西方の岸辺に辿り着いた者は、たちまち海に魅了されたのである。それ故かれらは、アマンの地では海のエルフとなった。即ちファルマリである。なぜなら、かれらは砕ける波のそばで音楽を作ったからである。かれらは二人の王を戴いていた。民の数が多かったからである。エルウェ・シンゴッロ(〈灰色マント〉の意である)と、その弟オルウェである。

これがエルダリエの三種族である。かれらは二つの木の時代に、ついに最果ての西の地に渡ったが故に、カラクウェンディ、即ち〈光のエルフ〉と呼ばれる。しかし、エルダールの中には、確かに西方への長途の旅に足を踏み出したものの、長い旅路の途中で行方知れずになる者、あるいは脇道にそれる者、あるいは中つ国の岸辺を去りがたくそこに留まってしまった者もいた。これらは、後に語られるところでは大部分がテレリ族であった。かれらは海辺に定住するか、森や山々を放浪して歩いたのであるが、心は常に西方に向けられていた。このエルフたちは、カラクウェンディによりウーマンヤールと呼ばれている。かれらがアマンの地、至福の国をついに踏むことがなかったからである。またカラクウェンディは、ウーマンヤールとアヴァリを等しくモリクウェンディ、即ち〈暗闇のエルフ〉と呼んでいる。かれらが、日月以前に存在した光をついに見ることがなかったからである。

エルダリエの一行がクイヴィエーネンを出発した時、その先頭には、金の蹄鉄を打った白い愛馬ナハルにまたがるオロメがいて、一行は内海ヘルカールを北にまわり、それから西に向かったという。かれらの前方、北の方には、戦いの廃墟のあとに、いまだに黒々と大いなる雲が垂れこめ、そのあたりは星々も姿を隠していた。この時、少なからぬ者が恐怖に駆られて旅立ちを悔やんで引き返し、忘れられた存在になった。

西方へのエルフたちの旅は長く、遅々たるものであった。中つ国の道程はいまだ測られたことがなく、疲労の多い道なき道であったからである。それにエルダールには、先を急ぐ心もなかった。目にするものすべてがかれらの心を驚嘆の思いで満たし、あの土地、この川辺と、行く先々で滞留することを望んだからである。そして、喜んでなおも放浪の旅を続けたいというのが全員の偽らぬ気持であったとはいえ、多くの者は、旅の終わりを待ち望むというより、むしろ恐れていたのである。それ故、時折ほかの用事でオロメがいなくなると、かれらは足を止め、オロメが戻って案内をしてくれるまでは、先へ進もうとはしなかった。このようにして何年も旅を続けたあとのこと、エルダールの一行はある森を通り抜けて、大きな川のあるところに来た。その川は、かれらがそれまでに見たどの川よりも大きく、その先には山並が連なり、鋭く尖った角の如き峰々が星空を刺し貫くかの如く聳え立っていた。この川こそ、後に大河アンドゥインと呼ばれ、中つ国の西の地の境となるのである。山脈はというと、これはヒサエグリル、即ち〈霧の塔〉の意であり、エリアドールの境界になるのである。当時、この山々は、今よりもさらに高く、さらに恐ろしく、メルコールの手によりオロメの前進を妨げるために築かれたものであった。今や、テレリ族は、この川の東の岸辺に長らく滞留して、ここに留まりたいと望んだ。しかしヴァンヤール族とノルドール族はこれを渡り、オロメはかれらを導いて、山脈中の山道へと入っていった。そして、オロメが先に立って行ってしまうと、テレリ族は暗い山頂を仰いで恐れた。

　この時、いつも最後に従っていたオルウェの一行の中に、レンウェと呼ばれる者がいた。かれは、西に向かう長行軍を諦め、おびただしい数のエルフたちを率いて大河を南に下っていった。そして長い年月が過ぎ去るまで、かれらのことは、その一族にも一切知られなかったのである。かれらはナンドールと言い、別の一族となった。水を愛し、主として滝や流れる水のほとりに住むことを除いて、もとの一族には似ておらず、ほかのエルフたちにくらべ、木や草、鳥や獣といった生類(しょうるい)のことにくわしかった。後に、レンウェの息子デネソールがようやく再び西に向かい、ナンドールの一部を率いて山脈を越え、ベレリアンドに入った。月の昇る前のことである。

ヴァンヤール族とノルドール族は、ついにエレド・ルイン、即ち〈青の山脈〉を越えた。エリアドールと、後にエルフたちによりベレリアンドと名づけられた中つ国の極西の地との間に横たわる山脈である。そして、一番先頭の隊は、シリオンの谷を越え、ドレンギストとバラル湾の間の大海の岸辺に辿り着いた。しかし、大海を目(ま)のあたりにした時、かれらは非常に恐れ、ベレリアンドの林や高地に退いた者も少なくなかった。そこでオロメは、ひとまずかれらを置いて出発し、マンウェの助言を求めるためにヴァリノールに戻った。

テレリの一団は霧ふり山脈を越え、エリアドールの広大な土地を横断した。エルウェ・シンゴッロがしきりにかれらをせき立てたからである。かれは、ヴァリノールの地と、かつて目にしたことのある光の許に戻ることを熱望していたのである。そしてまたかれは、ノルドール一族と離ればなれになるのを好まなかった。ノルドールの王フィンウェに強い友情を懐いていたからである。こうして、長い歳月の後に、テレリ族もまたついにエレド・ルインを越え、ベレリアンドの東域にやってきた。そこでかれらは旅の足を休め、ゲリオン川の先にしばらく滞留した。

第四章　シンゴルとメリアンのこと

メリアンはマイアであり、ヴァラールと同族である。かの女はローリエンの園に住まっていたが、ローリエンの民の中でメリアンほど美しい者も、賢い者もなく、かの女ほど心をとろかす歌に長じた者もいなかった。二つの木の光が混じり合う時、ローリエンでメリアンが歌うと、ヴァラールは仕事を中断し、ヴァリノールの小鳥たちは賑やかな囀(さえず)りをやめ、ヴァルマールの鐘は黙し、噴水の水は流れを止めたという。小夜啼鳥(さよなきどり)たちは常にメリアンと共にいて、メリアンはかれらに歌を教えた。そしてかの女は、大樹の色濃い蔭を愛した。

かの女は、世界が創られる前は、ヤヴァンナ自身に似ていた。そして、クイヴィエーネンの水のほとりでクウェンディが目覚めた頃、かの女はヴァリノールを去って、此岸(しがん)の地に来た。そしてここで、夜明け前の中つ国(なかつくに)の沈黙を、かの女自身の声と、かの女の鳥たちの声で満たした。

伝えられるところによると、テレリ族の民たちは、旅もほとんど終わりに近づいた時、ゲリオン川の先、東ベレリアンドに久しく滞留したと言う。その頃、ノルドール族の多くはそれより西の、後にネルドレス及びレギオンと名づけられた森にまだ宿営していた。

テレリの王エルウェは、しばしば大きな森を通って、その友フィンウェをノルドールの宿営地に訪ねた。ある時、たまたまかれがナン・エルモスの星明かりの森に一人さしかかった時、突然、小夜啼鳥(ローメリンディ)の歌が聞こえた。かれは、魔法にかけられた者のように恍惚(こうこつ)として身動(みじろ)ぎもせず、佇(たたず)んだ。すると、ローメリンディの声のかなたに、遠くメリアンの声が聞かれた。その声は、驚嘆と欲望でかれの心を奪った。やがてかれは、己が民のことも、心に懐(いだ)く目的のこともことごとく忘れ、小鳥たちのあとについて木下蔭(このしたかげ)を通り、ナン・エルモスの奥深く分け入って、道に迷った。ようやく星空に開かれた林間の空地に辿り着くと、そこにはメリアンが立っていた。

暗闇の中からかの女を眺めやると、その顔にはアマンの光が宿っていた。かの女は一言も口を利(き)かなかったが、エルウェは、愛に心を満たされてかの女の許(もと)に進み出ると、その手を取った。すると、たちまちかれは魔法にかけられ、二人はそのまま、あまたたび頭上をめぐる星々が幾年(いくとせ)かを数える間、じっと立ちつくしていた。二人が言葉を交わす前に、ナン・エルモスの木々はすでに高く伸び、鬱蒼(うっそう)

と生い茂った。それ故、かれを探し求めたエルウェの民は、かれを見出すことができず、オルウェがテレリの王となり、この地を出発した、と後世に伝えられている。エルウェ・シンゴッロは、命ある間は、二度と再び海を渡ってヴァリノールに来ることはなかった。そしてメリアンは、二人の王国が続く間、かの地に戻ることはなかった。しかし、かの女を通して、エアの存在以前にイルーヴァタールの御許に侍したアイヌールの血筋が、エルフと人間の間に伝わったのである。

エルウェは後に天が下に隠れもない王となり、その民は、ベレリアンドの全エルダールに及んだ。かれらはシンダール、即ち〈灰色エルフ〉、〈薄暮のエルフ〉の名で呼ばれ、かれは〈灰色マント王〉、その地の言葉でエル・シンゴルと呼ばれた。そして、叡智にかけては中つ国に及ぶ者もないメリアンがその妃であった。かれらの隠された館はメネグロス、即ちドリアスの千洞宮にあった。

メリアンは、シンゴルに大いなる力をかした。もっとも、シンゴル自身、エルダールの中で偉大なる存在であった。全シンダールの中で、かれのみが、その目で咲きほこる二つの木を見ていたからである。それ故、かれはウーマンヤールの王ではあったが、かれ自身はモリクウェンディの中に数えられてはおらず、中つ国に勢威を揮う光のエルフの一人と見なされていた。そして、シンゴルとメリアンの愛から、イルーヴァタールの子らの中でもかつて存在したこともないほど、またこれからも存在しないであろうほど美しい者が、この世に生まれ出たのである。

第五章　エルダマールとエルダリエの公子たちのこと

やがて、ヴァンヤールとノルドールの総勢は、此岸の国の最西端の海岸に辿り着いた。この海岸の北部は、その昔、諸神による大戦のあと、次第に西へ湾曲し、その結果、ついにアルダの北端のあたりでは、狭い海が、ヴァリノールの国のあるアマンを、此岸の地から隔てているに過ぎなかった。しかし、この狭い海は、メルコールの寒気の猛威によって、軋む氷に満ちていた。それ故、オロメは、エルダリエの一行を極北の地には導かず、シリオン川周辺の麗しい土地に連れてきた。この地は後に、ベレリアンドと命名された。初めてエルダールが恐怖と驚嘆の思いで大海を眺めやったこの岸辺から、広く暗く深い大洋が、アマンの山並に至るまで広がっていたのである。

さて、ヴァラールの総意を受けたウルモが、中つ国の岸辺に来て、暗い波濤を見つめながらそこに待っていたエルダールと言葉を交わした。かれの言葉と、かれが法螺貝を吹いてかれらに聞かせた音楽のために、海を恐れるかれらの気持はむしろ海への願望に変えられた。そこでウルモは、イッルインが倒壊した時の騒ぎ以来、どちらの岸辺からも遠く、大海の只中に、ただ一つ長い間立っていた孤島を根こぎにし、召使いたちの手を借りて、これをまるで巨大な船ででもあるかのように動かし、シリオン川が注ぎ込むバラル湾に繫留した。

そこで、ヴァンヤール族とノルドール族はこの島に乗り込み、海上を引かれ、ついにアマンの山並の下の長い岸辺に達した。そしてかれらはヴァリノールに入り、その至福の世界に迎えられた。しかし、島の東端はシリオンの河口沖の浅瀬に深く乗り上げ、分断されて、その部分だけあとに残された。これが、後にオッセがしばしば訪れることになるバラル島であったと言われている。

しかし、テレリ族は、まだ中つ国に留まっていた。かれらは海から隔たった東ベレリアンドに滞留していたので、ウルモの召し出しを聞いた時にはすでに遅かったのである。それに、主君のエルウェを依然として探し続けている者も多く、かれらは、かれがいなければ出発する気にならなかったのである。しかし、イングウェとフィンウェとその民が行ってしまったことを知ると、テレリ族のうちの多くの者は急ぎベレリアンドの岸辺に駆けつけ、その後はシリオンの河口近くに住みつき、すでに出発してしまった友人たちを恋しく思いながら暮らしていた。かれらは、エルウェの弟オルウェを王に戴き、西海の沿岸に長い間留まっていた。そのかれらの許にオッセとウイネンが訪れ、何くれとなく手をかした。オッセは、陸地の際に近い岩に腰かけ、かれらを教えた。海についてのあらゆる知識、あらゆる海の音楽を、かれらはオッセから学んだ。それ故、もともと水を愛し、全エルフの中で最もすぐれた歌い手であったテレリ族は以後、海に魅せられ、その歌には、岸辺に寄せる波の音が満ちみちたのである。

長い年月が経った後、ウルモは、ノルドール族とかれらの王フィンウェの願いごとを聞き入れた。かれらは、テレリ族と別れて久しいことを悲しみ、テレリ族にその気持があればアマンに連れてきてくれるよう、ウルモに嘆願したのである。今度は、テレリ族もほとんどが喜んで行こうとしたのであるが、かれらをヴァリノールに連れ去るため、ウルモがベレリアンドの沿岸に戻ってきた時のオッセの嘆きは深かった。なぜなら、かれが託されているのは中つ国の海と此岸の岸辺であったから、テレリ族の歌う声がもはや自分の領域内で聞かれなくなることをかれは喜ばなかったのである。かれに説得されて中つ国に留まった者もいた。この者たちをファラスリム、即ち〈ファラスのエルフ〉という。かれらは後にブリソンバールとエグラレストの港に居住し、中つ国最初の船乗りとなり、最初に船を建造する者となった。

船造りキールダンがかれらの主君であった。

エルウェ・シンゴッロの縁者や友人もやはり此岸の地に留まって、なおもかれを探し求めていた。とはいえ、かれらにしても、ウルモとオルウェがいましばらく出発を遅らせてくれれば、二つの木の光の満つるヴァリノールに旅立ちたい気持はやまやまだったのである。しかし、オルウェは行くことを望み、ついにテレリ族の本隊は島に乗り込み、ウルモはそれを引いて遠ざかっていった。エルウェの友人たちはあとに残され、自らをエグラス、即ち〈置き去られた者たち〉と呼んだ。かれらは、海辺よりもむしろベレリアンドの森や丘陵に住まった。海辺はかれらの心を悲しみで満たしたからである。しかし、アマンを希求する望みは、かれらの心から絶えて失われることはなかった。

一方エルウェは、長い恍惚(こうこつ)状態から目覚めると、メリアンと共にナン・エルモスから出て、以後二人は、この地の真ん中にある森に住まった。二つの木の光を今一度見たいというかれの望みは切なるものではあったが、かれは、そのアマンの光を、あたかも曇りのない鏡に見るようにメリアンの面(おもて)に見ることができ、かれはその光に満足したのである。歓喜してかれのまわりに集う友人縁者たちは、驚嘆してかれを仰いだ。なぜなら、もともと美しくもあり気高くもあったとはいえ、今やかれは、マイアールの高貴な者の一人であるかのように見えたからである。髪は銀灰色、背丈はイルーヴァタールの子らの中で最も高かった。そのかれの前には、並々ならぬ宿命が置かれていたのである。

さて、オッセは、オルウェの一統のあとを追い、かれらがエルダマール（これは〈エルフ本国〉の意である）湾まで来た時、かれらに呼びかけた。かれらはオッセの声を知って、ウルモに航海を中断させてくれるよう頼んだ。ウルモはかれらの頼みを入れ、オッセに命じて島を繫留させ、海の土台にしっかり固定せしめた。ウルモにはテレリ族の気持が分かっていたから、快くこのことをなしたのである。それにかれは、クウェンディにとって中つ国に留まる方が仕合せと考えていたから、ヴァラールの会議では召し出しに反対していたのである。ヴァラたちは、かれのしたことを知って、あまり喜ばなかった。フィンウェは、テレリ族が来ないことを悲しんだが、エルウェが置き去りにされたことを聞き知り、マンドスの館（やかた）で会う時までは二度とかれに会えぬことを知って、一層悲しんだ。しかし島は、再び動くことなく、エルダマール湾にただ一つ立ち、トル・エレッセア、即ち〈離れ島〉と呼ばれた。ここでテレリ族は、かれらの望み通り、天空の星々の下、アマンと不死の岸辺を望み見るところに住まった。そして離れ島で長く住み続けた結果、かれらの言葉は、ヴァンヤール族及びノルドール族の言葉から分かれるに至ったのである。
ヴァンヤール族及びノルドール族には、ヴァラールによって土地と住む場所が与えられた。二つの木の光に照らされたヴァリノールの園の照り輝く花々に囲まれていてさえ、かれらは時に星々の光を仰ぎたいと切望することがあった。それ故、長城の如きペローリの山並の一箇所が切り裂かれ、そこに海に通じる深い谷間が作られ、エルダールはここに高い緑の丘を築いた。そしてこれをトゥーナと呼んだ。西の方から、二つの木の光がこの丘に落ち、その影は常に東に落ちていた。東は、エルダマール湾、離れ島、そして小暗い海に臨んでいた。至福の国に照り映える光は、光の道カラキルヤを通って溢れ出し、暗い波濤を金波銀波にきらめかせながら離れ島にまで達していた。ために、離れ島の西岸は次第に緑が美しく生い茂り、ここには、アマンの山並以東で初めて花が咲いたのである。

トゥーナの頂には、エルフの都が建てられた。白い壁とテラスのティリオンの都である。この都の塔のうちで最も高く聳えるのは、イングウェの塔、即ちミンドン・エルダリエーヴァであり、ここに点された銀のランプは、遥か海上の霧の中にまで光を放っていた。限りある命の人間たちの船で、この朧な光を見たのはほとんどない。トゥーナ山頂のティリオンで、ヴァンヤールとノルドールは共に幾久しく親しみ合って暮らした。かれらは、ヴァリノールのすべての事物の中で白の木を最も愛したので、ヤヴァンナは、テルペリオンの姿に似せて、それより小ぶりの木を作り、かれらに与えた。ただこれは、それ自身の光を放つことはなかった。シンダールの言葉で、この木はガラシリオンと名づけられ、ミンドンの塔の下の中庭に植えられ、勢いよく生い茂った。そしてたくさんの実生（みしょう）の苗が、エルダマールに生い育った。後にその中の一つがトル・エレッセアに移植され、その地で繁茂し、ケレボルンと名づけられた。ほかのところで語られているように、やがて時満ちて、ここから、ニムロス、即ちヌーメノールの白の木が生じたのである。

マンウェとヴァルダは、ヴァンヤール族、即ち金髪のエルフたちを最も寵愛（ちょうあい）した。ノルドール族はアウレに愛せられ、アウレとその一族はしばしばかれらを訪れて、かれらと親しんだ。ノルドール族の知識と技は大いに増大したが、さらに知識を得たいという渇望はいよいよ強まり、やがてかれらは、多くの点で師を凌駕（りょうが）するに至った。かれらの言語は変わりやすく不安定であったが、それは、かれらが言葉を非常に愛し、自分たちの知っている、あるいは想像するすべての事物に、よりふさわしい名前を見出そうと常につとめていたからである。そして、たまたまフィンウェ王家の石工（いしく）たちが山中で石を切り出している時（かれらは高い塔を建てることに喜びを見出していたからである）、初めて地中の宝石を見出し、これを数限りなく掘り出した。そしてかれらは、宝石を削って形に作るための道具を考案し、これらの石をいろいろな形に刻んだ。かれらはそれを秘蔵せず、惜しげなく与え、かれらの働きで全ヴァリノールを富ましめた。

ノルドール族は後に中つ国に戻ってくるのであるが、この物語は、そのかれらの事蹟を主に物語るものである。それ故、ここに語られるノルドール族の貴公子たちの名前や血縁関係は、後にベレリアンドのエルフたちの言葉で与えられた名称によることになろう。

フィンウェは、ノルドール族の王であった。フィンウェの息子たちに、フェアノールと、フィンゴルフィンと、フィナルフィンがいた。しかし、フェアノールの母はミーリエル・セリンデであり、フィンゴルフィンとフィナルフィンの母はヴァンヤール族のインディスであった。

フェアノールは、言葉と手の技において並ぶ者なく、弟たちよりも博識であった。かれの精神は炎のように燃えていた。フィンゴルフィンはその強さと、不動の心と、剛勇において、最もすぐれていた。フィナルフィンは最も美しく、最も賢明な心の持ち主であった。後にかれは、テレリの王オルウェの息子たちの友となり、オルウェの娘、アルクウァロンデの白鳥乙女、エアルウェンを妻にした。

フェアノールの七人の息子たちは、丈高きマエズロスに、海山を越え歌声を遥かに響かせる偉大なる伶人マグロール、金髪のケレゴルムに、黒髪のカランシル、父親の手の技を最も多く受け継いだ巧みのクルフィン、そして最年少のアムロドとアムラスであった。下の二人は気持も顔もそっくりの双子の兄弟であり、後に中つ国の森ですぐれた狩人となった。ケレゴルムもやはり狩人で、ヴァリノールではオロメの友であり、しばしばこのヴァラの角笛に付き従った。

フィンゴルフィンの息子には、後に北方の世界でノルドール族の王となったフィンゴンと、ゴンドリンの王トゥルゴンがいる。この二人の妹が白きアルエゼルである。かの女は、エルダールの年齢では二人の兄たちよりずっと若かった。かの女は、背丈が完全に伸び、美しさが花開く時になると、丈高く力もある乙女となり、森に馬を進め、狩りをすることを非常に好んだ。かの女は同族のフェアノールの息子たちと狩りで落ち合うことがたびたびあったが、かの女の心はその中の誰にも傾かなかった。かの女はアル＝フェイニエルと呼ばれた。〈ノルドールの白い姫〉の意である。髪は黒かったが、肌の色が白く、それに、銀と白以外の色で身を装うことがなかったからである。

フィナルフィンの息子たちは、信義篤(あつ)きフィンロド（かれは後にフェラグンド、即ち〈洞窟宮の王〉と名づけられた）にオロドレス、そしてアングロドにアエグノールである。この四人は、フィンゴルフィンの息子たちと、あたかも兄弟であるかのように親しく付き合っていた。かれらにはガラドリエルという妹が一人いて、かの女はフィンウェの一族の中で最も美しかった。その髪は金色に照り映え、あたかもラウレリンの輝きを網の目にとらえたかのようであった。

ここで、テレリ族がついにアマンの地に移ってくることになったいきさつを語っておかねばならない。かれらは久しい間、トル・エレッセアに住まっていたが、やがて少しずつ気持が変わり、海を越えてかれらの離れ島まで流れ出てくる光の方に引き寄せられていった。かれらは、かれらの住まう岸辺に寄せる波の音楽を愛する気持と、今一度一族の者に会い、ヴァリノールの壮麗をわが目で仰ぎ見たいという望みに引き裂かれた。しかし、光を望む気持が結局は強く、ウルモは、ヴァラールの意向に屈して、テレリ族の許にかれらの友オッセを遣わした。オッセは、悲嘆にくれながらも、かれらに船を建造する技術を教えた。やがてかれらの船が出来上がると、かれは餞別の印に、あまたの強き翼持つ白鳥たちをかれらの許に連れ来（きた）った。白鳥たちは、テレリ族の白き船を引き、無風の海を渡った。かくてかれらは、アマンに来ること最も遅く、最後の一団として、ついにエルダマールの岸辺に到達したのである。

ここにかれらは居を定め、望めば二つの木の光を仰ぐことも、ヴァルマールの黄金の街路を、はたまた緑なすトゥーナの丘なるティリオンの都の水晶の階（きざはし）を、その足に踏むこともできたのである。しかし、かれらのほとんどは、その速い船でエルダマール湾を航行し、あるいは丘のかなたの光に髪をきらめかせながら、岸辺に寄せる波間を歩いて暮らした。ノルドール族は、かれらに多くの宝石を与えた。オパール、ダイアモンド、色淡き水晶である。かれらはこれを岸辺に撒（ま）き散らし、池に散らした。げに当時のエレンデの浜辺こそ驚くべきものであった。かれら自身も、あまたの真珠を海から得た。館は真珠で造られ、アルクウァロンデ、即ち〈白鳥港〉のオルウェの居館は真珠造りで、多くの灯火に照らされていた。アルクウァロンデこそかれらの都であり、かれらの船の停泊所であった。船は白鳥に似せて造られ、黄金の嘴（くちばし）、金と黒玉（こくぎょく）の目を持っていた。港に入る門は、海水にえぐられた自然のままの岩のアーチであり、これはカラキルヤの北、星々の光が明るく澄んだ、エルダマールの外(はず)れにあった。

こうして長い年月が経つにつれ、ヴァンヤール族は次第に、ヴァラールの国土と、二つの木の豊かな光を愛するに至り、トゥーナの丘のティリオンの都を捨て、マンウェの山や、あるいはヴァリノールの広野や森に移り住み、ノルドール族と分かれるに至ったのである。

しかし、星空の下に暮らした中つ国の記憶はノルドール族の心に残り、かれらはカラキルヤに留まり、西海の海鳴りの聞こえる丘陵や谷間に留まったのである。かれらの中には、水と陸と、すべての生類(しょうるい)の秘密を求めて、遥かな旅を重ね、ヴァラールの国の中をたびたび歩きまわる者もいたが、トゥーナとアルクウァロンデの民は、その頃互いに近づいていた。フィンウェがティリオンの王であり、オルウェがアルクウァロンデの王であった。しかし、イングウェが相変わらず全エルフの上級王であり、かれはその後、タニクウェティルのマンウェの膝下(しっか)で暮らした。フェアノールとその息子たちは、一所(ひとところ)に永く留まることは滅多になく、ヴァリノールの全領域をあまねく旅してまわり、暗闇のへりまで、そして、外なる海の冷たい岸辺にまで、未知なるものを求めに行った。かれらはしばしばアウレの館の客となったが、ケレゴルムはオロメの館に行くことを好み、ここでかれは、鳥たちや獣たちについて大いなる知識を得、かれらの言葉をすべて知った。なぜと言えば、アルダの王国に存在する、あるいは存在したことのあるすべての生類は、メルコールの創造になる残忍かつ邪悪な者たちを除き、みな当時、アマンの地に生きていたからである。なお、かの地には、中つ国にかつて見られたことのない、また世の在り方が変わってしまったので恐らくこれからも決して見られることのない生きものが、ほかにもたくさんいたのである。

第六章　フェアノールと鎖から解き放たれたメルコールのこと

さて、エルダールの三種族はついにヴァリノールに集められ、メルコールは鎖につながれていた。これこそ至福の国の盛時であった。その栄華も、その無上の喜びも絶頂に達したこの期間は、年数としては長く続いたのであるが、追憶の中ではあまりにも短かった。

この頃、エルダールは心身共に発達して成熟し、ノルドール族は技も知識もいよいよ進み、この長い年月を喜び溢れる仕事で埋めつくした。この頃、かれらは数多くの美しく驚嘆すべきものを新たに考え出した。ノルドール族が初めて文字を考えついたのもこの時である。ティリオンのルーミルは、話と歌を記録するのに適した記号を初めて完成させた伝承学の大家の名前である。記号の中には金属や石に刻むのに用いられるものもあれば、筆やペンで書くのに用いられるものもあった。

この頃、エルダマールの国、トゥーナ山頂のティリオンの都の王家に、フィンウェの長男で、最もかれに愛された男子が生まれた。クルフィンウェというのがかれの名であるが、母親はかれをフェアノール、〈火の精〉と呼んだ。それ故かれは、ノルドール族の話の中では常にその名で記憶されている。

かれの母は名をミーリエルといったが、機織りと刺繡の技に特に抜きんでていたので、セリンデとも呼ばれた。その技の巧みさは、ノルドール族の中にあってさえ、他の追随を許さぬものであった。フィンウェとミーリエルの愛は、大きく喜ばしいものであった。至福の国で、至福の日々に始まった愛だからである。しかし、息子を出産するに当たって、ミーリエルは心身共に消耗しつくしてしまった。そしてかれの生まれたあと、かの女は生きてゆくことの勤めから解かれたいと切に願った。わが子に名前をつけてしまうと、フィンウェに言った。「わたくしは二度と子供を生むことはないでしょう。たくさんの子供を養うべき力がすべてフェアノールの中に出ていってしまったからです」

フィンウェはいたく悲しんだ。ノルドール族はまだ青年期にあり、かれは、多くの子供たちを祝福に満ちたアマンの地に生み出したいと願っていたからである。かれは言った。「アマンにいれば必ず癒される。ここでは、どのような疲れも休息を見出し得るのだから」

それでもやつれたまま楽しまぬミーリエルを見て、フィンウェはマンウェの助言を求めた。そしてマンウェは、かの女をローリエンのイルモの手に委ねた。ミーリエルと別れる時（ほんのしばらくの間、とかれは思った）、フィンウェは悲しんだ。なぜなら、母親がわが子の幼児期に、たとえ初めの間なりと、そばにいてやれないのは、不幸な回り合わせであると思ったからである。

「ほんとうに不幸なことです」と、ミーリエルは言った。「わたくしでも、これほど疲れ果てていなければ、さぞ嘆き悲しむことでしょう。けれど、どうぞこのことで、そしてこれから起こるかもしれないことで、わたくしを責めないで下さいませ」

そのあと、かの女はローリエンの庭に行き、横になって眠った。しかし、見たところは眠っているように見えても、かの女の霊魂はかの女の肉体を離れ、静かにマンドスの館に移っていたのである。エステの侍女たちがミーリエルの肉体に付き添っていたので、それはいつまでも生気を失わないでいたが、かの女自身は二度と戻ってこなかった。フィンウェは、悲しみにかきくれて暮らした。かれはしばしばローリエンの庭園に行き、妻の遺骸の傍らの銀色の柳の木々の下に腰を下ろし、かの女の名前を呼んだ。しかし幾度呼ぼうと、その甲斐はなく、至福の国で、ただ一人かれだけが喜びを奪われていた。やがてしばらくすると、かれはもはやローリエンに行かなくなった。

以後、かれはすべての愛を息子に注いだ。フェアノールは、まるで身中に密かな火が燃えているかのように、ぐんぐんと大きくなった。かれは背が高く、見目形（みめかたち）麗しく、支配する力を持っていた。目は射るように鋭く輝き、髪は黒々としていた。目的とするものがあれば、何であれ、断固として熱心にこれを追求した。助言によってかれの行動を変え得た者は数えるほどであり、力によって変え得た者は皆無である。かれは当時にあっても、あるいはそれ以後も、全ノルドール族中、最もすぐれた洞察力と、最も熟練した技の持ち主とされた。

まだ若年の頃、かれはルーミルの仕事を改良して、かれの名前を持ち、エルダールがその後ずっと用いることになる文字を考案した。そしてノルドールの中で初めて、大地の造り出した宝石よりもすぐれ、より強い輝きを持つ宝玉を手の技で作り上げる方法を発見したのも、かれであった。フェアノールが最初に作った宝玉は白い石と無色の石だったが、星明かりの下に置くと、ヘッルインの星よりも明るく、青と銀に燃える火のように輝いた。ほかにもいろいろ水晶のように見える石をこしらえた。その石を覗くと、遥か遠くにあるものが、まるでマンウェの大鷲（おおわし）たちの目で見るように、小さいけれどはっきり見えるのである。フェアノールの手と精神は滅多に休むことをしなかった。

かれは、青年期の初めに、マハタンという偉大な鍛冶の娘であるネルダネルと結婚した。マハタンは、ノルドール族の鍛冶の中でも最もアウレに愛されていた。このマハタンから、かれは、金属及び石で物を作ることを学んだ。ネルダネルも堅固な意志の持ち主であったが、フェアノールほど気短かではなく、人の心を支配するよりは理解しようとした。そして初めのうちは、かれの心の火があまりにも熱く燃える時は、かの女がこれを押さえた。しかし、後年のかれの行いはかの女を深く悲しませ、二人の仲は次第に冷えていった。かの女は、フェアノールとの間に七人の息子たちをもうけた。息子たちの中にはかの女の気質をいくらか受け継いだ者もいたが、全部が受け継いだわけではなかった。

ところでフィンウェは、金髪のインディスを二度目の妻に娶った。かの女はヴァンヤであり、上級王イングウェの近い親戚であった。金髪で背が高く、すべての点でミーリエルと似ていなかった。フィンウェはかの女を非常に愛し、再び仕合せになった。しかしミーリエルの影は、フィンウェの家からも、またかれの心からも去らなかった。そしてフィンウェが愛したすべての者たちの中で、フェアノールはいつもかれの思いの多くを占めていた。

父の結婚は、フェアノールにとって愉快なことではなかった。かれはインディスにも、その息子のフィンゴルフィン、フィナルフィンにもあまり好意を懐かなかった。フェアノールはかれらから離れて暮らし、アマンの地を探険してまわることや、自分が楽しみとしている知識や手の技に没頭した。後に起こる不幸な出来事はフェアノールが先導者になっているのだが、このことに、フィンウェ一家の不和の影響を見る者も多い。フィンウェが妻との別れに耐え、この尋常ならざる息子の父たることで満足していたなら、フェアノールの辿った道も異なるものになったであろうし、大いなる禍も避けられたかもしれないと考えるのである。フィンウェ一家の不幸と確執は、ノルドール・エルフの記憶にそれほどまでに銘記されているのである。しかし、インディスの子供たちも、そのまた子供たちも、衆にすぐれた輝かしい存在であった。もしかれらが生まれなかったら、エルダールの歴史はそれだけ色彩少ないものになっていたであろう。

さて、フェアノール及びノルドールの工人たちが嬉々として仕事に励み、その努力に終わりが来ることがあろうとは予想もせずにいる頃、そしてインディスの息子たちが背丈を加え成人してゆく頃、ヴァリノールの盛時はその終わりに近づいていた。というのも、ヴァラールが判決を下した如く、メルコールがマンドスの監禁下で三期をただ一人過ごすという幽囚の期限に、終わりが来たからである。
マンウェが約束したように、ついにかれは、ヴァラールの玉座の前に再び連れ出された。そこでかれは、ヴァラールの栄光と至福を目の前にし、心に妬みを懐いた。かれは諸神の足許に侍して坐っているイルーヴァタールの子らを打ち眺め、憎しみに心を燃やした。かれは光り輝く宝石が豊かにあるのを目にして、それを渇望した。しかしかれは、己の思いを隠し、復讐を先に延ばした。

ヴァルマールの西門の前で、メルコールはマンウェの足許にへりくだって許しを乞い、ヴァリノールの自由な民のうちのいと小さき者の一人にだに加えてもらえれば、ヴァラールの仕事のすべてに力をかし、とりわけ、かれが世界に与えた多くの損害を癒すことに力を尽くすことを誓った。ニエンナがかれの嘆願に口添えした。しかしマンドスは、終始口を閉ざしたままであった。

そこでマンウェは、かれに赦しを与えたが、ヴァラールはまだかれらの目と警戒の及ばぬところにかれを行かせようとはせず、かれは已むなく、ヴァルマールの都の城門内に住まわざるを得なかった。しかし、その頃のメルコールの言行はいかにもまことしやかで、ヴァラールもエルダールも共に、求める時にはいつでも、かれの助力や助言から益するところがあったのである。それ故、しばらくするうちに、かれはアマンの地をどこなりと好きなように動きまわる許しを与えられた。そしてマンウェには、メルコールの悪は矯正されたように思えたのである。というのも、マンウェは自ら悪を知ることがないので、これを理解することができなかったのである。それにかれは、当初、イルーヴァタールの御心の中では、メルコールがかれと同等であったことを知っていたからである。かれはメルコールの心の深処までは見ず、かれの心からすべての愛が永遠に去ってしまっていることに気づいていなかったのである。しかし、ウルモは騙されることなく、またトゥルカスは、仇敵メルコールが通るのを見るたびに、両手を握りしめるのだった。トゥルカスは容易に怒らぬ代わりに、容易に忘れることもなかったのである。しかしかれらは、マンウェの判断に従った。謀反に対して権威を擁護しようとする者は、自ら反抗するわけにはゆかないからである。

　さてメルコールは、心中エルダールを最も憎んでいた。なぜなら、かれらが美しく楽しげであるからでもあるが、一つには、かれらの中に、ヴァラールの隆盛とかれ自身の没落の原因を見たからである。それ故かれは、ことさらに偽りの愛情を装い、かれらとの親交を求め、かれらがなそうとする大事にあってはいつも、自分の知識と労力の提供を申し出た。実のところ、ヴァンヤールはかれを疑いの目で見ることをやめなかった。かれらは二つの木の光の中に住み、満ち足りていたからである。そしてテレリ族には、かれの方でほとんど注意を払わなかった。かれの企みにとっては弱すぎる道具なので、その値打ちもないと思ったのである。しかしノルドール族は、かれの明かす秘められた知識を大いに喜び、中には聞かずにすめばよかった言葉に耳を傾けた者たちもいた。フェアノールがかれから密かに多くの技を学び、その作品の中で最もすぐれたものはかれから教えを受けたものである、とメルコールは後に公言して憚らなかったのであるが、これは渇望と羨望のしからしめる虚言に過ぎない。エルダリエの中で、フィンウェの息子フェアノール以上にメルコールを憎んだ者はいなかったからである。かれを初めてモルゴスの名で呼んだのも、フェアノールであった。かれは確かに、ヴァラールに対するメルコールの敵意の罠にはめられたのではあるが、メルコールと話を交わしたこともなければ、かれから助言を受けたこともなかった。なぜならフェアノールは、ただ自分自身の心の火に駆られて、いつも速やかに、全く独りで働いたからである。そして大なる者と小なる者とを問わず、アマンに住む何人の助けも乞わなければ、助言も求めなかった。求めたことがあるとすれば、それはただ、それもほんのわずかな間だけ、かれの妻の心聡きネルダネルに対してだけであった。

第七章　シルマリルとノルドール不穏のこと

　この頃、後にエルフの全作品中、最も世に知られるに至った宝が作られた。今や持てる能力を完全に使いこなすに至ったフェアノールが、新たな着想に心を奪われていたからである。あるいは、近づきつつある運命の予見が、かれの心に何らかの影を落としていたのかもしれない。かれは、至福の国の誇りである二つの木の光を、何らかの方法で、不滅のまま残しておけないものかと思案した。やがてかれは、密かに、長い時間をかけた仕事に取りかかった。そして、持てる知識と力と巧妙なる技のすべてを尽くして、ついにシルマリルを作り上げたのである。

　シルマリルは、三個の大きな宝玉の形をしていた。しかし、太陽が作られる以前に世を去り、今は世の終わりを待つマンドスの館（やかた）に坐して、同族の許（もと）にはもはや帰らぬフェアノールが戻ってくる日まで、太陽が消滅し、月が落ちるその日まで、シルマリルがいかなる物質で作られたかは知る術（すべ）もない。外見はダイアモンドの結晶の如くに見え、しかも金剛石より堅固で、いかに激しい力を加えようと、これを傷つけ、あるいは毀ち得る者は、アルダの世界広しといえども、いなかった。しかし、この堅固な結晶は、シルマリルにとっては、イルーヴァタールの子らにとっての肉体の如きものであった。即ち、内なる火を入れる家なのである。内なる火はその中にあり、しかもそのすべての部分にあり、その命なのである。そして、シルマリルの内なる火は、ヴァリノールの二つの木の混ざり合う光からフェアノールが作り上げたもので、二つの木はとうに枯れ果て、もはや輝かないのに、その光は、シルマリルの中に今なお生きているのである。それ故、地の底最も深く設けられた宝庫の闇の中にあってさえ、シルマリルは、それ自身の光で、あたかもヴァルダの星々の如く輝いたのである。しかもなお、シルマリルは、まことに生けるものであるが故に、光を喜び、受けた光を照り返し、さらに陸離たる光彩を放つのであった。

アマンに住まう者はみな、フェアノールの仕事を見て、驚嘆と喜びに心を満たされたのである。そして、ヴァルダはシルマリルを聖め、以後、死すべき命の者、あるいは不浄の手、あるいは何者であれ、悪しき意図の持ち主がこれに手を触れることがあれば、その手は必ず火傷を負うて萎びたのである。マンドスは予言して、大地も海も空気も、アルダの運命はすべてシルマリルの中に閉じ込められている、と言った。フェアノールの心は、かれ自身が作ったこれらのものに堅く縛りつけられたのである。

ところでメルコールは、シルマリルに垂涎の思い禁じがたく、その輝きを目のあたりにした記憶ですら、火のようにかれの心を焼いた。それからというもの、シルマリルへの渇望に煽られたかれは、いかにしてフェアノールを滅ぼし、ヴァラールとエルフの親密な間柄を絶つかに、一層腐心することになった。しかしかれは、巧みにその目的を隠蔽し、かれが装う外見から、その邪な意図を見出すことはできなかった。かれは、時間をかけて働きかけた。最初のうち、かれの工作は遅々として捗らず、労多くして実りがなかった。しかし、虚言の種を蒔く者は、最後には何らかの収穫を収め、やがて自分が骨休めをしている間に、ほかの者が代わって刈り入れも種蒔きもしてくれるのが常であるから、メルコールは、かれの言葉を傾聴する耳にも、聞いたことに尾鰭をつける舌にも不足することはなかった。かれの虚言は、それを知っていることが話し手の賢明さを証明する秘密ででもあるかのように、友から友へ伝えられたのである。誘惑にかかりやすい耳を持った愚かさを、ノルドール族は後日、筆舌に尽くしがたい辛酸を嘗めることによって償ったのである。

自分の言葉に心を寄せる者が多いのを見て、メルコールは、かれらの間をしきりに耳打ちしてまわった。かれのもっともらしい言葉にそれとなく織り込まれた巧妙な偽りを耳にした者の多くは、あとになって思い出すと、それが、あたかも自分自身の考えから出たものであったかのように思うのであった。

メルコールは、かれらの心の中に、さまざまな幻を現出してみせたのである。かれらが意のままに、自由に権力を揮（ふる）い、支配できたかもしれない強大な東方の王国の幻影である。やがて、ヴァラールは嫉妬心からエルダールをアマンに連れてきたのだ、という流言が、耳から耳へ広まっていった。エルフの数が殖（ふ）え、世界の広大な土地にかれらが広がってゆくにつれ、イルーヴァタールがクウェンディに与え給うた美しさと、作り手たる技倆（ぎりょう）が、ヴァラールの支配の及ばぬほど卓越したものになることを恐れたからだ、というのである。

さらに付け加えると、その頃、ヴァラールは、これから存在すべき人間の到来を確かに承知していたのであるが、エルフたちはまだ何も知らなかった。マンウェが明かしていなかったからである。しかしメルコールは、ヴァラールのこの沈黙がいかようにも曲解され得ることに目をつけ、エルフたちに、死すべき命の人間たちのことを密かに話して聞かせた。もっとも、かれ自身人間のことについてはほとんど何も知らなかったのである。なぜなら、創世の音楽の時に、かれは自分自身の考えに心を奪われ、イルーヴァタールの第三主題にはほとんど注意を払っていなかったからである。ともあれ、今やエルフたちの間を流れ始めた風説はこうであった。マンウェは、人間たちが中つ国に現われ、エルフたちに取って代われるように、エルフを捕われの身にしているのであって、それというのも、この短命にして力弱き種族なら、エルフより支配が容易だとヴァラールは考え、エルフがイルーヴァタールから授かったものをこうして騙し取るつもりだ、というのである。このような噂にはほとんど根拠はなく、現在に至るまで、ヴァラールは、人間の意志を左右すべく支配力を揮ったことはほとんどない。しかし、ノルドール族の中には、この邪悪な言葉を頭から、あるいは半ば疑いながら信じる者が大勢いたのである。

かくて、ヴァラールがそれと気づかぬうちに、ヴァリノールの平和は毒された。ノルドール族はヴァラールに対する不平を呟くようになり、自分たちの所有物、知識のうち、ヴァラールから享けたものがいかに多いかを忘れ、自惚れではち切れんばかりになる者も多かった。フェアノールの熱烈な心の中では、自由と、より広大な天地を望んで、新たな炎が誰よりも烈しく燃えさかった。メルコールは密かに笑みを洩らした。これこそ、かれの虚言の向けられた的であったからだ。メルコールは、誰よりもフェアノールを憎み、絶えずシルマリルに垂涎の目を向けていたのであるが、これに近寄ることを許されていなかった。大きな祝祭の折など、この宝玉を、フェアノールが額に火のように燃え立たせ、身の飾りにすることもあったが、それ以外の時には、ティリオンの宝物庫の奥深く蔵い込まれ、厳重に警護されていた。なぜなら、フェアノールは、貪欲な執着心をもってシルマリルを愛し始め、己の父と七人の息子たち以外には、これを見せることを惜しんだからである。これらの宝玉の中にこめられた光がもともとかれのものではなかったことなど、今では滅多に思い出しもしなかったのである。

フィンウェの上の二人の息子、フェアノールとフィンゴルフィンは、高位の王子として、アマンのすべての民から敬意を払われていた。しかし、二人は次第に自尊心を強め、互いに己の権利と財産を守るために汲々とするに至った。そこでメルコールは、新たな作り言をエルダマールに流した。フェアノールの耳に届いたのは、フィンゴルフィンとその息子たちが、フィンウェとその長子たるフェアノールの統率的地位を奪い、ヴァラールの許しを得てかれらに取って代わろうと企んでおり、それというのも、ヴァラールは、シルマリルがティリオンに置かれ、自分たちが保管できないのを面白からず思っているからだ、という風説であった。

しかし、フィンゴルフィンとフィナルフィンの耳には、話はこう伝えられた。

「用心されよ！　ミーリエルの高慢なる息子は、インディスのお子たちに愛情らしきものを一度とて持たれたことはありませぬぞ。今や、あの方は偉くなられ、父王をも支配されています。あの方があなた方をトゥーナから追い払うのも、時間の問題でありましょう」

そしてメルコールは、これらの偽りの風説がくすぶり続け、ノルドール族の間に思い上がりと怒りが目覚めたのを見てとると、今度は武器について語った。ノルドール族が刀剣や斧や槍を作り始めたのはこの頃である。かれらはまた盾作りに凝り、競い合う各高家、各族が、各自の紋章をこれ見よがしに盾の飾りにしたのである。盾はこうして外でも身に帯びていたのであるが、武器のことになると、かれらは一切口を鎖していた。警告を受け取ったのは自分だけであると思ったからである。そしてフェアノールは、メルコールさえ気づかぬうちに秘密の鍛冶場を作った。その鍛冶場で、かれは、自分のためと息子たちのために恐るべき剣を鍛え、赤い羽毛飾りを持った高い兜を作った。マハタンは、アウレから教わった金属細工の知識をすべてネルダネルの夫に教えた日のことを、臍を噬んで悔やむことになったのである。

このように、虚言と、悪意をこめた風評と、間違った助言とをもって、メルコールはノルドール族の心を焚きつけ、互いに争わせた。そしてかれらの反目から、ついにヴァリノールの盛時に終わりが、古の栄光に黄昏が招来されたのである。というのも、フェアノールは、今や公然とヴァラールへの叛逆を口にし、自分はヴァリノールを去って外なる世界に戻ってゆくつもりであるから、もしかれについてくる気持があれば、ノルドール族を虜の境遇から救い出してやろうと高言したからである。

かくて、ティリオンの都は騒然として、フィンウェの心を悩ませた。そこでかれは、同族の諸侯を一堂に集め、会議を開くことにした。しかし、フィンゴルフィンは父の館に駆けつけ、父の前に立って言った。「父なる王よ、火の精なるその名が、体を現わすことあまりにも真実な、われらが兄クルフィンウェの傲慢不遜を抑えるおつもりはおありにならないのでしょうか。いかなる権利があって、われらの兄は、あたかも自身が王であるかの如く、われらノルドール族全員に代わって弁じるのでしょうか。その昔、全クウェンディを前にして、アマンにかれらを招き給うたヴァラールの召し出しを承諾するよう説かれたのは父上でした。長い旅の道中、ノルドール族を率い、中つ国のさまざまな危険をくぐり抜け、エルダマールの光の許にわれらを導き給うたのは父上でした。そのことを今もなお後悔しておいでalong でなければ、父上のお言葉に敬意を払うにやぶさかでない息子が、少なくとも二人はおりますことを御承知おき下さい」

しかし、フィンゴルフィンがこのように話している折も折、フェアノールがずかずかと入ってきた。かれは武具に身を固め、頭には高い兜を戴き、脇には剣をたばさんでいた。

「いかにも、わが推測通りだ。わが異母弟は、今度もまた私に先んじて、わが父の許にやってきたな」こう言うと、かれはフィンゴルフィンの方に向き直り、剣を抜いて叫んだ。「身のほどを弁えて、とっとと失せるがいい！」

フィンゴルフィンは、フィンウェに一礼し、フェアノールには声もかけず、目もくれず、部屋から出ていった。しかし、フェアノールはそのあとを追い、王宮の入り口でかれを引き留めた。そして、その輝く剣の切っ先をフィンゴルフィンの胸許に突きつけて言った。「よいか！　これは、お前の舌より鋭いぞ。わが地位とわが父の愛をいま一度なりと奪おうとしてみよ。その時は奴隷たちの主になりたがっているやつを、ノルドール族の中から取り除くことになるやも知れん」

この言葉は多くの者が聞いていた。フィンウェの王宮は、ミンドンの塔の下なる大きな広場にあったからである。しかし今度も、フィンゴルフィンは一言も答えず、黙って群衆の間を通り抜け、弟のフィナルフィンを探しに行った。

ところで、ノルドール族の動揺はヴァラールの全く知らぬところではなかったが、その種子は秘密のうちに蒔かれていたので、ヴァラールは、初めて公然とかれらに反対したのがフェアノールであったところから、不平不満の動きを醸成したのはかれであろうと断定した。今や全ノルドール族が思い上がっていたとは言え、我意の強さ、尊大さにおいてかれは特別目立っていたからである。

マンウェは、深く嘆きながらも、何事も言わずただ見守っていた。ヴァラールは、エルダールをかれらの国に連れてきたが、そこに住まうのも、そこを立ち去るのもかれらの自由に委せた。だから、立ち去ることを愚かなことと考えたにしても、恐らくこれを制止はしなかったであろう。

しかし、今回のフェアノールの行為は、そのまま見逃すわけにはゆかなかった。ヴァラールは怒り、かつ憂えた。そしてフェアノールはヴァラールの面前に出頭することを命ぜられ、そこには、このことに何らかの関わりある者、あるいは何か聞き知っている者も残らず呼び出された。そして、フェアノールは審判の輪のマンドスの前に立ち、尋ねられることのすべてに答えるよう命ぜられた。そこで、ついに事の真相が暴露され、メルコールの悪意が明らかにされた。かれを捕え、再び裁きの庭に引き出すため、直ちにトゥルカスが会議の席を立って出ていった。しかし、フェアノールは無実とはされなかった。ヴァリノールの平和を破り、血縁の者に向かって剣を抜いたからである。マンドスがかれに言った。「汝は束縛を口にするが、もしこれが束縛であるなら、汝はそれから逃れることはできぬ。なんとなれば、マンウェはアマンのみならず、アルダの王でもおわすからだ。このような行為は、アマンであれ、アマンでなかれ、不法であることに変わりはない。それ故、次のような判決をここに下す。汝は十二年の間、汝がかかる脅しを行使せるティリオンを離れねばならぬ。その間に自ら深く反省し、自分が誰であり、どんな立場にあるかを思い出すがよい。しかし、その期間が終わったあとは、みなが汝を赦せば、この件は落着し、償われたと考えよう」

そこで、フィンゴルフィンは言った。「わたくしは兄を赦します」と。

しかし、フェアノールは一言も答えず、無言のままヴァラールの前に立っていた。それからかれは背を向け、会議の席を去り、ヴァルマールから出ていった。

かれと共に七人の息子たちも追放の地に赴いた。そしてヴァリノールの北の山中に、堅固な砦と宝物庫を建造した。ここフォルメノスには、非常に多くの宝石が蔵されていたほか、武器も収納されていた。そしてシルマリルは、鉄の庫に厳重に蔵われた。フェアノールへの愛に惹かれ、王フィンウェもこの地に来て住まった。そしてティリオンでは、フィンゴルフィンがノルドール族を統治した。
かくて、メルコールの虚言は外から見る限り現実となった。もっとも、フェアノール自身の行為がこのような結果を招来したのであるが。メルコールが種子を蒔いた恨みはその後長く消えることなく、ずっと後まで、フィンゴルフィンとフェアノールの息子たちの間に生き続けた。

ところでメルコールは、己の企みが露顕したのを知ると、身を晦まして、山中を雲のようにあちこち移り動いたため、トゥルカスは空しくかれを追い求めた。やがてその頃、ヴァリノールの住民の目には、二つの木の光が薄れ、立っている物の影がすべて、以前にくらべ、長く色濃くなってきたように思われた。

伝えられるところでは、メルコールは、しばらくの間ヴァリノールに全く姿を見せず、噂も聞かれなかったという。ところが、ついにある時、突然かれはフォルメノスにやってきて、フェアノールの館の門前でかれと話した。かれは友情を装い、巧みな論法を用いて、ヴァラールの束縛から逃れるという、以前フェアノールが懐いていた考えを再考してみるよう促した。そして、かれは言った。「見るがいい。わが言葉はことごとく現実となり、汝は不当にも追放されたではないか。だが、フエアノールの心が、ティリオンにおけるかれの言葉の如く今なお不羈にして大胆であるなら、私はかれを助け、かれをこの狭隘なる土地より遠く連れ出すであろう。私もまたヴァラではないか。げにわれこそ、ヴァリマールの玉座に得意然と坐すかの者たちに勝る者であり、アルダの民の中で最も技にすぐれ、最も勇敢なるノルドール族の渝らぬ友であるのだぞ」

ところで、フェアノールの心は、マンドスの前で味わった屈辱を今も恨みに思っていた。かれは無言のままメルコールに目を向け、果たして逃亡の手助けをしてもらうほどまでにかれを信用してよいものかどうか、思いあぐねていた。

メルコールは、フェアノールの動揺する様を看て取り、シルマリルがかれの心をとらえているのを知って、最後に言った。「ここは堅固なる砦で、守りも充分である。だがシルマリルは、ヴァラールの王国内にある限り、いかなる宝庫に置かれようと、安全であると思うな！」

しかし、策士策におぼれるの通り、かれの奸智も的より先に行き過ぎた。かれの言葉はあまりにも深く届き過ぎて、かれが意図した以上に烈しい火を目覚めさせた。フェアノールは、メルコールのもっともらしい外観を貫き、蔽い隠された心まで徹る燃える目で、とっくりとかれを眺めた。そして、シルマリルに対する激しい渇望をそこに認めた。

やがて、憎しみが恐怖に打ち勝ち、フェアノールはメルコールを罵り、立ち去るように命じて言った。「わが門から去れ、汝、マンドスの囚人よ！」そしてかれは、エアに住むすべての者のうち最も力ある者の面前で、館の扉をぴしゃりと閉めた。こうしてメルコールは恥をかかされ、その場は一応立ち去った。かれ自身危険に曝されていたからであり、また、復讐の時がまだ熟しておらぬことを看て取ったからである。しかし、かれの心は黒々とした怒りに塗りつぶされた。フィンウェは非常な恐れに襲われ、急使をヴァルマールのマンウェの許に遣わした。

さて、ヴァラールは、影が次第に長くなることを心配し、西門の前に坐して会議を行っていた。そこへフォルメノスからの使いが来た。オロメとトゥルカスは弾かれたように立ち上がり、直ちに追跡に飛び出そうとしたが、ちょうどそこへ、エルダマールから使いが来て、メルコールがカラキルヤの山道を抜けて逃走したと伝えた。エルフたちは、トゥーナの丘から、かれが雷雲のように怒り狂って通り過ぎるのを見たという。そのあと、かれは北に向かったという。なぜなら、アルクウァロンデのテレリ族が、かれらの港のそばをかれの影が通り、アラマンの方に向かうのを見ていたからである。

かくてメルコールは、ヴァリノールを去り、しばらくの間は、二つの木も再び翳（かげ）りなく輝き、ヴァリノールの地には光が満ち溢れた。しかし、敵の消息を求めるヴァラールの努力は空しかった。ゆっくりとした冷たい風に運ばれて、次第に頭上近く迫ってくる遠くの雲のように、今や一つの不安が、全アマンの住人の喜びを妨げていた。いかなる禍（わざわい）がやってくるか計りがたいままに、かれらは恐れたのである。

第八章　ヴァリノールに暗闇の訪れたこと

マンウェは、メルコールが逃げた方角について聞かされた時、かれは中つ国北方のかつての根拠地に逃げるつもりでいるに違いないと考えた。そこで、オロメとトゥルカスが全速力で北に向かい、かれに追いつこうとしたが、テレリの岸辺の先、氷の海に近い無人の荒地でかれの消息は絶え、跡を見出すことができなかった。そのあと、アマンの北辺の防壁沿いに見張りが強化されたが、全く無駄であった。追跡が始まるよりも前にメルコールは引き返し、遥か南に去っていたからである。それというのも、かれは、ともかくまだヴァラールの一員であって、兄弟分たるヴァラたち同様、姿を変えることも、衣服を着けた肉体を持たずに歩くこともできたからである。とはいえ、やがて、その能力も永遠にかれから失われることになるのである。

かくて、かれはその姿を見られることなく、ついにアヴァサールの小暗い地域にやってきた。この狭隘なる土地は、エルダマール湾の南、ペローリ山脈の東の山麓の裾野にあり、長い陰気な海岸線は光も届かず、かつて探険されたこともなく、遥か南まで伸びていた。そこには、ペローリ山脈の切り立つ絶壁と、冷たい暗い海の間にあって、世界のどこよりも深く濃い暗闇があった。そしてそこアヴァサールには、密かに、誰知る者もなくウンゴリアントが棲息していた。

エルダールはかの女がどこから来たかを知らなかったが、一部に伝えられるところによると、遠い昔、アルダを取り巻く暗闇から来たという。メルコールが、マンウェの王国を羨望の念をこめて初めて眺めおろした頃のことである。そもそもかの女は、メルコールが自分の用に役立てんがため堕落せしめた者の一人だという。しかしかの女は、己自身の欲望の赴くがまま、ありとあるものを取り込んで己が空虚を養いたいと欲し、主人メルコールと縁を断っていたのである。そして、ヴァラールの襲撃とオロメの狩人たちを遁れて、南に逃亡したのであった。ヴァラールの警戒が常に北方に向けられ、南は長い間閑却されていたからだった。そこから、かの女は至福の国の光を求め、密かにヴァラールの国に近づいていたのであった。かの女は光を憎悪しながら、これを渇望していたからである。

かの女は、峡谷に棲み、巨大な蜘蛛の形をとり、山々の裂け目に黒い蜘蛛の糸を張りめぐらせていた。そこで見出せる限りの光を吸い上げては、それを再び糸に紡いで、窒息するばかりの闇をたたえた暗黒の蜘蛛の巣を作り上げていたので、もはやいかなる光もかの女の棲処には達し得ず、かの女は飢餓に瀕していた。

さて、メルコールは、アヴァサールに来てかの女を探し出すと、かつてかれがウトゥムノの圧制者として見せていた姿を再びとった。丈高く、見るだに恐ろしい暗黒の王の姿である。その後かれは、ずっとこの姿をとったまま変わらなかった。いと高き宮居に住まうマンウェの視力さえ届かぬ黒冥々たるこの地で、メルコールは、ウンゴリアントと復讐の企みを練った。しかしウンゴリアントは、メルコールの意図するところが判ると、欲望と同時に甚だしい恐怖に襲われた。かの女としては、アマンの地の危険と恐るべき諸神の力に挑むことには、何としても気の進まぬものがあったからである。それ故、かの女はその隠れ場所から動こうとしなかった。

そこでメルコールは、かの女に言った。「私の命ずる如くにせよ。なすべきことをすべてなし終えた後、もしもそなたの飢えが満たされぬ場合は、そなたの欲望の求めるものを何なりと与えよう。そうじゃ、双手を挙げて誓うてもよいぞ」

かれはいつものことながら、いとも軽々しくこう誓約すると、心の中で笑った。大盗人は、このようにして小者たちを惹きつける贋餌を置いたのである。

メルコールとウンゴリアントが出発する時、ウンゴリアントは、暗黒の被(おお)いを紡いで、自分たちのまわりにまといつけた。即(すなわ)ち、光なき闇である。そこでは、事物はもはや存在するとは見えず、目もこれを透視することができない。なぜなら、これは虚(うつ)ろだからである。それからかの女は、ゆっくりと蜘蛛の巣を作った。裂け目から裂け目に、突き出た岩から石の尖塔に、少しずつ綱を渡し、はらばいながら岩にしがみつき、次第に高くよじ登っていった。そしてついに、ヒャルメンティルの頂上に辿り着いた。ヒャルメンティルは高峰タニクウェティルより遥か南の、このあたりでは最も高い山であり、ヴァラールの警戒が手薄であった。というのも、ペローリの西側山腹は薄明の無人の地で、山脈から東を見渡せば、忘れられたアヴァサールの地のほかには、通う道なき暗い海面ばかりが広がっていたからである。

しかし今、この山頂には、凶悪なウンゴリアントが蹲(うずくま)っていた。かの女は、紡ぎ出した綱で梯子(はしご)を作り、下に投げ降ろした。メルコールはその梯子を伝ってこの高い山頂に辿り着くと、かの女の傍(かたわ)らに立って、守り固き王国を見おろした。かれらの眼下には、オロメの森があり、そのさらに西には神々の丈高き小麦の実ったヤヴァンナの金色の畠と牧草地がきらめいていた。しかし、メルコールは北の方に目を向け、遠くに光る平野と、ヴァルマールの銀色の丸屋根(ドーム)が、テルペリオンとラウレリンの混じり合う光に照り映えているのを見た。やがてメルコールは、声高く笑って、長い西側の斜面を跳ぶように駆け下りていった。ウンゴリアントもかれの傍らに付き添い、彼女の闇が二人を蔽い隠した。

時はあたかも祝祭の季節で、メルコールはそれをよく承知していた。時と季節の移り変わりはすべてヴァラールの意のままであり、ヴァリノールには、死の季節、冬はなかったが、それでも、かれらがその時住まっていたのはアルダの王国で、エアの宇宙にあっては一つの小さな領域に過ぎないが、時こそその命であり、時は、エルの最初の旋律から最後の和音に至るまで絶えず流れていた。そして、(『アイヌリンダレ』に語られている如く)、イルーヴァタールの子らの姿に似せて、衣服に身を装うのが当時ヴァラールの喜びであったように、ヴァラたちはまた食べたり飲んだりし、エルの御旨を受けてかれらが作った大地からヤヴァンナの果実を摘み集めることもした。

それ故、ヤヴァンナは、ヴァリノールに育つすべての植物に、開花の時と実りの時を定めた。そして、それぞれの果実の最初の収穫の時、マンウェはエルを讃美して盛大な祝宴を開き、ヴァリノールの全住民が、タニクウェティル山上で音楽を奏で、歌を歌い、尽きざる喜びを溢れさせた。

今がちょうどその時期に当たっていたのである。マンウェは、エルダールがアマンに移ってきて以来かつて催されたこともないほど華やかな宴会を命じた。メルコールの逃亡が来る（きた）べき辛酸や悲しみを警告し、かれが再び鎮圧されるまで、さらにいかなる害がアルダに加えられるか、何人（なんぴと）にも判じがたかったとはいえ、この時マンウェは、ノルドール族の間に生じた不幸を癒してやりたいと思い、すべての者をタニクウェティル山頂のかれの宮居に招いたのである。ノルドールの公子たちの間に存在する恨みの種子がここで水に流され、かれらの敵の虚言が完全に忘れ去られるようにという心遣いからであった。

ヴァンヤール族も来た。ティリオンのノルドール族も来た。マイアールも相共に集い、ヴァラールは美しく威儀を正して居並んだ。そして一同は、マンウェとヴァルダの壮麗なる宮居で、かれら二人を前にして歌った。あるいはまた、二つの木のある西方を見晴らす、山の緑の斜面で踊った。その日、ヴァルマールの通りは無人となり、ティリオンの階（きざはし）は音もなく静まり、国中が平和の裡（うち）にまどろんでいた。ただ、山脈の向こうのテレリ族だけが、海の岸辺でなおも歌い続けていた。なぜなら、かれらは、季節や時の移り変わりにはほとんど気を留めず、アルダの支配者たちの労苦にも、あるいはヴァリノールに落とされた影のことにも、全く頓着しなかったからである。一つには、その影が、それまでのところかれらのところには届かなかったのだ。

一つだけ、マンウェの意図を損なうことがあった。マンウェはフェアノールにだけは出席するよう命令した。すると確かにかれは来たが、フィンウェは姿を見せず、ほかにもフォルメノスのノルドールは一人も現われなかった。

フィンウェの言い分はこうであった。「わが息子フェアノールがティリオンに入ることをお許しになりませぬ追放令のございます限り、わたくしは自らを廃王と見なし、わが一族に会うつもりはございませぬ」

フェアノールは、祝祭のための晴着も着ず、装身具もつけず、金銀宝石の類を一切身につけることなく参内した。そしてかれは、ヴァラールやエルダールにシルマリルを見せることを拒み、フォルメノスの鉄の宝庫に厳重に蔵い込んだまま身に着けてこなかった。とはいえ、かれは、マンウェの玉座の前でフィンゴルフィンに会い、言葉の上だけでもかれと和解した。そしてフィンゴルフィンは、兄が剣を抜いたことには一切こだわらず、手を差し伸べて言った。「前に約束しましたように、今ここでも約束します。わたくしは兄上を赦し、一切の不満を忘れます」

そこでフェアノールは、無言のままかれの手を取った。

　フィンゴルフィンは言った。「わたくしは、血のつながりでは半分の異母弟ですが、心のつながりでは完全な実の弟になります。あなたが先に立って導いてください。わたくしはそのあとについてゆきます。どうか、新たな悲しみがわれわれを引き裂くことがありませぬように」

「お前の言うことは聞き入れた」と、フェアノールは言った。「そうあって欲しいものだ」

　しかしかれらは、自分たちの言葉の持っている意味を知らなかったのである。

　フェアノールとフィンゴルフィンがマンウェの前に立ったちょうどその時、二つの木は共に輝き、光は混ざり合い、ヴァルマールの静まれる都は銀と金の輝きに満ちみちたという。ところが、まさにその時刻、メルコールとウンゴリアントは、黒い雲の影が風に乗って日に照らされた大地を飛翔するが如く、ヴァリノールの平原をあわただしく通り過ぎていったのである。かれらはついに、エゼッロハルの緑の小山の前に来た。その時、ウンゴリアントの光なき闇は、二つの木の根元にまで達した。そしてメルコールは、小山に跳びのるや否（いな）や、その黒い槍を二つの木の髄まで通れと刺し通した。木は深傷（ふかで）を負って、樹液はあたかも血の如く流れ出て、地面に零（こぼ）れた。ウンゴリアントはこれを吸い上げ、次いで順々に二本の木の傷口に黒い口をあて、樹液を一滴も余さず飲み干した。そして、かの女の体内の致死の毒は、木の組織の中に入って、根も枝も葉もたちまち萎(しな)びて枯れ、二つの木は死んだ。それでもウンゴリアントの渇きはやまず、かの女はヴァルダの泉に行って、それを飲み干した。飲みながら、黒い煙霧を噴出し、見るもおぞましい巨大な姿にふくれ上がり、メルコールをさえ恐れさせるほどであった。

かくて、ヴァリノールには大いなる闇が訪れた。この日の出来事については、ヴァンヤールのエレンミーレによって作られ、エルダールで知らぬ者のいない「アルドゥデーニエ」に語られている。しかし、いかなる歌、いかなる物語であれ、この時ヴァリノールを襲った悲しみと恐怖をすべて言い尽くすことは不可能であった。光は消えた。しかしそれに続く暗黒の闇は、光が無くなったというだけのことではない。この時作られた暗黒の闇は、欠如ではなく、それ自身の存在を持つもののように思われた。事実、これは悪意によって、光から作られた闇であり、目を刺し貫き、心と理性の中に入り込み、意志そのものの息の根を止める力を持っていた。

タニクウェティル山頂から見おろしたヴァルダは、黒々とした影が突然、ぐんぐんとどす黒い塔のようにそそり立つのを見た。ヴァルマールは深海の如き闇の中に呑まれ、間もなく聖なる山のみがただ一つ、水中に没した世界に最後に残された島の如く立っていた。すべての歌はやんだ。沈黙がヴァリノールを領し、何一つ聞こえる音がなかった。ただ遥か遠くから、山脈の峠道を吹き抜ける風に乗って、テレリ族の嘆きの声が鷗（かもめ）のさむざむとした鳴き声のように聞こえてくるばかりであった。なぜなら、ちょうどその時、東の方から冷たい風が吹き、果てしなく暗い海がうねうねと波打って、岸壁に押し寄せたからである。

マンウェが高い玉座から眺め渡すと、かれの目は、そしてかれの目だけが、夜を貫き通して、暗闇の先に黒々とした暗黒そのものを見た。それは、かれの目をもってしても見通すことのできぬ巨大な暗黒で、ずっと遠くにあり、今は北に向かって非常な速さで動いていた。そしてマンウェは、メルコールが来て去ったことを知った。

直ちに追跡が開始された。大地はオロメの軍勢の馬蹄の下で震動し、ナハルの蹄（ひづめ）から散る火花が、ヴァリノールに戻った最初の光となった。しかし、ウンゴリアントの黒雲に追いつくや否や、ヴァラールの乗手たちはいずれも視力を失って勇気をそがれ、行き先も知らずちりぢりに散っていった。ヴァラローマの角笛の響きは次第に途切れがちとなり、ついには聞こえなくなった。トゥルカスは夜の闇の中で、黒い網に捕えられた者のように無力となり、振り上げた剣も空しく宙を打つばかりであった。

しかし、黒々とした暗黒そのものが去ってみると、もはや手遅れであった。メルコールは己が望むところに去り、かれの復讐は成就したのである。

第九章　ノルドール族の逃亡のこと

　やがて、審判の輪（リング）のまわりには、大勢の者たちが続々と詰めかけてきた。ヴァラールは暗がりに坐していた。夜であった。しかし、頭上には今はヴァルダの星々がきらめき、空気は澄んでいた。マンウェの風が死の煙霧を追い払い、暗い海を押し戻したからである。

　やがて、ヤヴァンナが立ち上がり、エゼッロハルに立った。緑の築山（つきやま）も、今は裸となって黒々と枯れていた。かの女は両手を二つの木にかけたが、木は死んで黒ずみ、かの女がさわった枝はみな折れて、命の失せたまま足許（あしもと）に落ちた。すると、あちこちから悲痛な嘆きの声が上がった。この時、悲しみにくれた者たちは、メルコールがかれらのために満たした苦しみの杯を澱（おり）まで飲み尽くした、と思ったのである。しかし、そうではなかった。

　ヤヴァンナは、ヴァラたちの前で口を開いて言った。「二つの木の光は消え去り、今はフェアノールのシルマリルの中にのみ生きています。なんという先見の明でありましょう！　イルーヴァタールにお仕えする最強の者にとってさえ、ただ一度、後にも前にもただ一度しか成就できない仕事があるものです。二つの木の光をわたくしは作り出しました。エアの中では、わたくしはもう二度とそれと同じことはできないのです。けれども、あの光がたとえ少しなりと手に入りましたら、これらの木の根が朽ち果てる前であれば、わたくしはこの二つの木に命を呼び戻すことができるのでございます。その時には、われらの傷も癒され、メルコールの悪意は打ち破られるでありましょう」

そこで、マンウェが口を開いて言った。「フィンウェの息子フェアノールよ、そなたはヤヴァンナの言葉を聞いたであろう。ヤヴァンナの頼みごとを聞き入れてはくれぬか」

長い沈黙があり、それでもフェアノールは一言も発しなかった。

やがて、トゥルカスが叫んだ。「おい、ノルド（ノルドールの単数）！　応か否か、口を利け！　だが、誰にヤヴァンナの願いが拒めよう。そもそもシルマリルの光は、ヤヴァンナの作品から出たものではなかったのか」

しかし、作り手アウレが言った。「短気を起こされるな！　われらがかれに求めているものは、あなたにはお分かりにならぬほど大きな犠牲なのですぞ。今しばらく、沈黙の時をかれにかし給え」

　その時、フェアノールが口を開き、恨めしげに叫んだ。「小なる者にとっても、大なる者にとってと同様、ただ一度しかなしとげ得ない行為というものがあるのです。そして、そのなしとげられたものの中にかれらの心はあるのです。わたくしの宝石の封印を解くことはできましょう。しかし、それと同じものを作ることは二度とできないでしょう。もし、わたくしがそれらを砕かなければならぬのなら、わたくしはわたくしの心臓をも砕くでしょう。そして、わたくしは命を奪われることになるのです。アマンの全エルダールの中で最初に」

「最初ではない」と、マンドスが言った。

　しかし、誰もかれの言葉を理解せず、一同は再び沈黙に陥った。その間、フェアノールは暗中ただ黙然と考え込んでいたが、あたかも敵に取り囲まれているような錯覚に陥り、メルコールの言葉がふと思い出された。かれは、ヴァラールがシルマリルを手に入れるつもりなら、シルマリルは無事にはすまない、と言ったのだ。「だから、「メルコールもかれらと同じくヴァラではないか」と、かれは心に問うた。「だから、かれらの心が分かるのではないか。その通り、盗人には盗人が分かるのだ！」

　そこで、かれは声高に叫んだ。「このことを、わたくしは自ら進んでするのではありません。しかし、ヴァラールがわたくしに無理強いなさるおつもりなら、その時こそ、まことにわたくしは、メルコールがヴァラールの同族であることを知りましょう」

そこで、マンドスが言った。「汝は汝の心を話した」

そしてニエンナが立って、エゼッロハルの築山に上り、灰色の頭巾を後ろにずらし、涙でウンゴリアントの汚れを洗い流した。そしてかの女は、この世の苦しみとアルダの受けた傷を悼んで、歌った。

しかし、ニエンナが悲しみの歌を歌っていたちょうどその時、フォルメノスから使者が到着した。かれらはノルドールで、新たな禍事の知らせを携えてきたのである。かれらが語ったことはこうであった。一寸先も見徹せぬ暗黒の闇が北に向かって進んできた。その真ん中には、名状しがたいある力を持つ者が歩いており、暗黒の闇はそこから発しているのだった。しかし、そこにはメルコールもいて、かれはフェアノールの住居に来ると、その入り口の前でノルドール族の王フィンウェを殺し、至福の国に初めて血を流した。フィンウェだけが暗闇の恐怖から逃げ出さないでいたからである。そして使者たちは、メルコールがフォルメノスの堅固な守りを破り、そこに蔵われていたノルドールの宝石をすべて奪い去った、と語った。シルマリルも失われたのである。

その時、フェアノールが立ち上がってマンウェの前に片手を上げ、メルコールを、モルゴス、即ち〈この世の黒き敵〉と呼んで、これを呪った。以後、メルコールはこの名前によってのみ、エルダールに知られることとなった。そしてフェアノールはまた、マンウェの召喚と、自分がタニクウェティルに来ていたという回り合わせを呪った。かれは、狂おしいほどの怒りと悲しみにかきくれながら、もし自分さえフォルメノスに留まっていたなら、メルコールが意図したようにかれ自身もむざむざと殺されるようなことにはならず、かれの力により少しは事態を好転させることもできたであろうと考えたのである。それから、フェアノールは審判の輪から走り出て、闇の中へ逃げ去った。かれにとっては、ヴァリノールの光よりも、あるいは自分の手になる類まれなる珠玉の作品よりも、父親の方が遥かに大事だったのである。エルフであると人間であるとを問わず、かれ以上に父親を大切に思った者がいたであろうか。

居合わせた者の多くが、フェアノールの苦悩を思いやって深い悲しみにくれた。しかし、かれが失ったものは、ひとりかれのみの損失にとどまらなかった。ヤヴァンナは、この暗黒の闇がヴァリノールの光の最後の輝きまで永遠に呑み込んでしまうことを恐れて、築山の傍らで啜り泣いた。ヴァラたちは、一体いかなる事態が出来したのかまだ充分に理解してはいなかったが、メルコールが、アルダのかなたから来た何らかの力に助力を求めたことには気づいた。

シルマリルは失われてしまった。それ故、あの時フェアノールが、ヤヴァンナに「応」と答えていようと「否」と答えていようと変わりはないように思われようが、しかし、最初フォルメノスから知らせが来る前に「応」と答えていたなら、その後のかれの行動は違ったものになっていたかもしれぬ。今や、ノルドールの滅びの運命は間近に迫っていたのである。

一方モルゴスは、ヴァラールの追跡を遁れ、アラマンの荒地に来た。この地は、ペローリの山脈と大海の間に挟まれ北方へ延びており、同じようにアヴァサールは南方に延びていた。しかし、アラマンの方が広く、海岸と山脈の間は不毛の荒地で、氷結した海に近づくにつれ、寒さはいや増した。この地域をモルゴスとウンゴリアントはあわただしく通り過ぎ、オイオムーレの茫漠たる霧を抜け、ヘルカラクセに来た。軋み合う氷で満たされたアラマンと中つ国の間の海峡である。かれはこれを渡り、ついに外なる陸地の北方の地に戻り着いたが、相変わらずウンゴリアントと一緒だった。モルゴスは、かの女の裏をかいて逃げ出す隙を見出せなかったのである。かの女の黒雲はいまだにかれを取り巻き、かの女の目はかれに向けられたまま離れようとしなかった。そしてかれらは、ドレンギストの入江の北に横たわる土地にやってきた。

いよいよモルゴスは、アングバンドの廃墟に近づこうとしていた。かつて、かれの強大な西の拠点があったところである。ウンゴリアントは、かれの望みに気づき、かれが自分からどうにかして遁れようとしているのを知った。かの女は、かれの足を止めて、約束を果たすよう要求した。

「腹黒めが！」と、かの女は言った。「お前の言うことをきいてやったのに。わしはまだ腹がすいておるのだ」

「これ以上、何が欲しいというのだ？」と、モルゴスは言った。「この世界全部をお前の胃の腑に納めようというのか。そんな約束はしてはおらぬぞ。私はこの世界の主だからな」

「そこまで要求してはおらぬわ」と、ウンゴリアントは言った。「だがお前は、フォルメノスから奪った宝をたくさん持っておるではないか。わしはそれを貰う。そうじゃ、双手を差し出してわしによこせ」

そこでモルゴスは、已むなく、持っていた宝石を一つずつ、しぶしぶとかの女に引き渡した。かの女はそれらをすべて貪り食い、類まれな美しい宝石はこの世から消え去った。ウンゴリアントはさらに大きく、さらに黒さを増していったが、かの女の欲望はそれでもまだ満たされなかった。

「お前は片手しかよこさぬ」と、かの女は言った。「左手だけだ。右手を開け」

モルゴスの右手には、シルマリルがしっかと握られていた。それらは水晶の小函に蔵い込まれていたにもかかわらず、かれの手を焦がし始めていた。かれは苦痛で手を握りしめたが、決して開こうとはしなかった。

「とんでもないことだ！」と、かれは言った。「お前にやるべきものは、もうやったではないか。私がお前の中に注ぎ込んでやった力があったればこそ、お前の仕事は成就したのだ。私にはもう、お前は必要ない。これはお前にはやらぬ。見せてもやらぬ。私は、これをとことわに私のものだと宣言する」

しかし、かれの中から出ていった力の分だけ、ウンゴリアントは大きくなり、モルゴスは小さくなっていた。ウンゴリアントはかれに歯向かって立ち上がり、その黒雲はかれを取り囲んだ。そしてかの女は、くっついたら離れない紐のような太い糸で織られた蜘蛛の巣の中にかれを絡めとり、息の根を止めようとした。その時、モルゴスは、山々をもゆるがすほどの恐ろしい叫び声をあげた。それ故、後にこのあたりはランモスと呼ばれるに至った。かれの声の谺がその後もずっとこの地に生き続け、この地で叫ぶ者があれば、その谺の眠りを覚まし、丘陵と海の間の荒地は、断末魔の叫びの如き恐ろしい叫喚で満たされたからである。この時モルゴスが叫んだ声ほど大きくすさまじい叫び声は、いまだかつてこの北方世界では聞かれたことがないほどのものであった。ために山々は揺らぎ、地は震え、岩は裂け、地下深く忘却された場所にまで、この叫び声は達した。

廃墟となったアングバンドの城砦の遥か下、襲撃を急ぐあまりヴァラールが降りてゆかなかった地下要塞には、バルログたちがいまだに身をひそめ、主人の帰りを待っていた。そこでかれらは、たちまち起き上がり、火を吐く嵐の如く、ヒスルムを越え、ランモスにやってきた。かれらが鞭のように火焰を揮ってウンゴリアントの蜘蛛の巣に打ってかかり、これをずたずたに切り裂くと、ウンゴリアントは怯んで、煙幕用の黒い蒸気を吐き出しながら、逃走に転じた。そして北方から遁れ去ってベレリアンドに下り、エレド・ゴルゴロスの麓の小暗い谷間に棲みついた。かの女の惹き起こす恐怖の故に、後に、ナン・ドゥンゴルセブ、即ち〈恐ろしき死の谷〉と呼ばれたところである。なぜといえば、アングバンドの城砦が地に穿たれた昔から、蜘蛛の形をした厭うべき生きものたちがほかにもこの地に棲みついていたのであるが、ウンゴリアントはかれらとつがい、かれらをすべて貪り喰らってしまったからである。そしてウンゴリアント自身がこの地を去って、忘れ去られた南の地のどこか意に添うところに行ってしまった後にさえ、その子孫がこの地に棲みつき、おぞましい蜘蛛の糸を紡いでいた。ウンゴリアントのその後の運命については、どの話にも語られていない。しかし、遠い昔に命運尽きて死んだという話もある。飢えかつえた極みに、ついに自分自身を喰らい尽くしてしまったというのである。かくなる次第で、シルマリルが呑み込まれ、無に帰してしまうのではないかというヤヴァンナの危惧は杞憂に終わったが、それがモルゴスの手中にあることには変わりはなかった。かれは、自由の身になると、再び見出せる限りの召使いをすべてかき集め、アングバンドの廃墟に拠った。この地にかれは、新たに広大な地下城砦と地下牢を穿ち、城門の上高く、サンゴロドリムの塔を三層に築き上げた。濛々たる黒煙が絶えず立ち昇り、渦巻きながら塔を包んでいた。この砦に拠るかれの配下の獣や悪鬼たちは数知れず、地の下では、遠い昔かれによって作り出されたオーク族が殖え続けていた。

後世に語られているところでは、この時、ベレリアンドに黒い影が落ちたという。アングバンドでは、モルゴスが己のために巨大な鉄の冠を鍛え、自ら世界の王を称した。その印に、かれは王冠にシルマリルを填め込んだ。聖められたこれらの宝玉に触れたことで、かれの手は黒く焦げ、その後も黒い焦げ痕は消えず、火傷の苦痛からも、苦痛からくる怒りからも、ついに逃れることはできなかった。この鉄の冠は耐えがたいほど重かったが、かれは、絶対に頭上から取ろうとはしなかった。

またかれが、北方の領土をしばらくなりと密かに留守にしたのは、ただの一度を除いてなかった。事実、滅多にかれは、己が城砦の地底深い座所から離れることなく、北方の玉座の上からその軍勢を支配した。そしてかれの王国が続く間、かれが自ら武器を揮ったのも、ただの一度に過ぎない。

というのも、かれはその高慢の鼻をへし折られる以前のウトゥムノ時代にも増して、今や完全に憎悪の虜となり、召使いを駆使し、邪悪なる欲望をかれらに吹き込むことに精魂を傾けていたからである。畏怖というより恐怖すべき対象になり果てたのであるが、それでもなおヴァラールの一員としてのかれの威光は久しく保たれ、かれの面前では、最も力ある者以外には、黒々とした恐怖の穴に落ち込まない者はなかったのである。

さて、モルゴスがヴァリノールより逃亡し、追跡も効を奏さなかったと見ると、ヴァラールは、暗闇の中で審判の輪（リング）に坐したまま身動（みじろ）ぎもせず、マイアールとヴァンヤール族は、かれらの傍らに立って泣いた。しかしノルドール族は、ほとんどがティリオンに戻り、かれらの麗しい都が闇に包まれてゆくのを嘆いた。カラキルヤの峡谷を通り抜け、霧が暗い海の方から流れ込んできて、都に聳（そび）える塔を蔽（おお）いかくし、その薄闇の中で、ミンドンの灯火がほそぼそと燃えていた。

その時、不意にフェアノールが都に現われ、みなに呼びかけ、トゥーナ山頂の王宮に集まるように要求した。かれに下された追放令はいまだ解除されてはおらず、かれはヴァラールの判決に背いて現われたのである。かれの言おうとするところを聞こうと、たちまち大群衆が集まり、トゥーナの丘も、その丘を上る階（きざはし）も街路も、ことごとく、群衆の一人一人が手にする松明（たいまつ）の光に照らし出された。

フェアノールは言辞に長じ、かれの弁舌は、かれがそれを行使しようと思う時には、聞く者の心に大きな影響力を及ぼすことができた。その夜、かれはノルドール族の前で、かれらがその後忘れることのない演説を行った。激しく容赦なく口を衝いて出るかれの言葉は、怒りと誇りに満ちていた。これを聞いたノルドール族は、その言葉に煽られて熱狂した。かれの激しい怒りと憎しみは主としてモルゴスに向けられたのであるが、実は、かれが口にしたことのほとんどが、ほかならぬモルゴス自身の虚言から発していたのである。しかしかれは、父を殺された悲しみと、シルマリルを奪われた苦しみに、心も千々に乱れていた。フィンウェが死んだ今、かれはここで全ノルドール族の王たることを公言し、ヴァラールの裁定をあざ笑った。

「おお、ノルドールの民よ、何故に」と、かれは叫んだ。「何故に、われらはこれ以上妬み深きヴァラールに仕えねばならぬのか。かれらは、敵からわれらを守ることができぬばかりか、かれら自身の国土の安全さえ確保できぬではないか。またかの敵は、今こそかれらの仇敵であるが、もともとかれらの同族ではないのか。この地を去れと復讐がわれを呼ぶ。たとえ復讐のことがなくとも、われはもはや、これ以上わが父を危めた下手人、わが宝物を奪いたる盗人の同族と同じ地に暮らすつもりはない。とはいえ、この剛勇並びなきノルドール族の中にあって、われ一人が剛勇の士ではない。そして、王を失ったのはそなたたち全員ではないのか。そしてそなたたちは、山々と海の間の狭隘なるこの地に閉じ込められ、ほかには何も失っていないというのか。かつて、ここには光があった。ヴァラールはその光を中つ国には惜しんだ。しかし今や、暗闇がすべてを一様にした。われらは、なす術もなくここに留まって、いつまでも嘆き続けるのか。影の民となり果て、霧にまとわれ、空しい涙を感謝を知らぬ海に落とし続けるのか。それともわれらの故郷に戻るか。

クイヴィエーネンでは、曇りなき星空の下、清らかな水が流れ、周囲には広大な土地がある。そこには自由の民が歩いておるかもしれぬ。かれらはそこにいまだ留まり、愚かにも、かれらを置き去りにしたわれらを待っているのだ。かの地に行こう！　この都は臆病者たちにまかせよう！」

かれは長広舌をふるった。手遅れにならぬうちに、かれに従い、自らの武勇で、東方の地での自由と広大な国土を獲得するようしきりに慫慂してやまなかった。つまりかれは、ヴァラールが人間に中つ国を治めさせようと、エルダールを欺き、かれらを虜にしているのだというメルコールの嘘を、そのまま口移しに言っていたのである。エルダールの中には、この時初めて、後に来る者のことを耳にした者も多かった。

「道中は長く困難であろうとも、終わりはよいであろう」と、かれは叫んだ。「束縛に別れを告げよ！　安逸にもまた別れを告げよ！　意気地なき者に別れを告げよ！　汝らの宝物に別れを告げよ！　われらはさらに多くを作り出すであろう。身軽に旅をするのだ。だが、剣は忘れるな！　われらはオロメより遠く行き、トゥルカスより長く持ちこたえるつもりだからだ。モルゴスの追跡から、われらは二度とこの地に戻ってくるつもりはない。モルゴスを追って地の果てまで行くのだ！　かの者に戦いを挑み、消えることなき憎しみを浴びせてくれよう。だが、戦いに勝ち、シルマリルを取り戻した暁には、われらが、われらのみが、穢(けが)れなき光の支配者となり、アルダの無上の喜びと美の主人となるであろう。ほかのいかなる種族にも、われらを追い出すような真似はさせぬぞ！」

そこでフェアノールは、聞くだに恐ろしい誓言を立てた。かれの七人の息子も直ちにかれの傍らにすっくと立って、共に全く同じ誓言を立てた。かれらの抜き身の剣は、松明の明かりに血のように赤く照り映えた。たとえイルーヴァタールの御名(みな)によろうと、何人(なんぴと)もこれを破ること、あるいは取り消すことのできぬ誓言を立てた。これを守らぬようなことがあれば常闇(とこやみ)に呑まるべしと言い、マンウェの名を呼んで証人になり給えと言い、ついでヴァルダの名を、そしてタニクウェティルの聖なる山を証人に頼み、ヴァラであれ、鬼神であれ、エルフであれ、まだ生まれておらぬ人間であれ、あるいは、偉大なると卑小なるとを問わず、善なると悪なるとを問わず、世の終わりの日までに時が世界にもたらすべきいかなる被造物であれ、かれらのものであるシルマリルを一つでも手にする者、奪う者、手許に置く者は誰であれ、この世の果てまで、復讐と憎悪をもって追跡するであろうと誓った。

かくの如く、マエズロスとマグロールとケレゴルム、クルフィンとカランシル、アムロドとアムラスの七人のノルドールの公子たちは、口に出して誓った。この恐るべき言葉を聞いて怯む者は多かった。なぜなら、かく誓われた以上は、善悪を問わず、いかなる誓言であれ、これを破ることはならず、その誓言は世界の果てまで、誓言を守る者をも破る者をも追いかけていくであろうからだ。それ故、フィンゴルフィンと息子のトゥルゴンは、フェアノールに反論し、激しい言葉がやりとりされ、ここでまたも憤り（いきどお）の末に、あわや剣の切っ先が触れ合おうとした。

しかしフィナルフィンが、常の如く静かに口を開き、ノルドール族を落ち着かせ、取り返しのつかぬ行動を取る前に立ち止まってよく考えるよう、かれらを説得することにつとめた。かれの息子たちのうちでは、オロドレスだけが父と同じ口を利いたが、フィンロドは、友人であるトゥルゴンについた。しかし、争う公子たちの間にあって、その日ただ一人ノルドール族の女性として雄々しくすっくと立っていたガラドリエルは、切に行くことを願った。かの女はいかなる誓言も立てなかったが、中つ国に関するフェアノールの言葉が、かの女の心に火をつけた。かの女は無防備の広大な地をその目で見て、その地で自分の思い通りに統治する王国が欲しいと切に望んだからである。

ガラドリエルと同じような気持を持っていたのは、フェアノールをあまり愛していなかったにもかかわらず、やはりかれの言葉に動かされた、フィンゴルフィンの息子フィンゴンである。そしてフィンゴンに賛成したのは、いつもかれに同調する、フィナルフィンの息子たち、アングロドとアエグノールだった。しかし、かれらは発言を控え、父たちに反対することは口にしなかった。

長い論議の末、ついにフェアノールの意見が大勢を占め、集まっていたノルドール族の大多数を、新しい事物と未知の国々への望みに駆り立てた。それ故、フィナルフィンが再び慎重な行動と暫時の猶予を説いた時、「いや、行こう。行こうではないか！」と、いっせいに叫び声が上がったのである。そして、フェアノールとその息子たちは、直ちに長い旅の支度を始めた。

このような行き先知れぬ暗い旅に敢えて出掛けようとする者たちに、前途の見込みなどほとんどあるはずもなかったが、すべては必要以上の性急さで運ばれていった。というのも、一同の気持が鎮まるにつれ、かれの言葉の影響力が次第に弱まり、別の意見が力を得てくることを恐れ、フェアノールがかれらを駆り立ててやまなかったからである。それにかれは、その高言にもかかわらず、ヴァラールの力を忘れていたわけではなかった。

しかし、ヴァルマールからはいかなる警告ももたらされず、マンウェは沈黙を守っていた。マンウェはこれまでのところ、フェアノールの意図するところを禁じようとも妨げようともしなかった。なぜなら、ヴァラールは、エルダールに対し邪な意図を持っていたとか、あるいはエルダールが自らの意志に反し、ヴァラールによって囚われの身にされているという非難を浴びせられて、心外に思っていたからである。そこでかれらは、見守りながら待つことにした。なぜなら、かれらは、フェアノールがノルドール族の軍勢を意のままに掌握できるとは、いまだ信じていなかったからである。

　果たせるかな、出発に先立ってフェアノールがノルドール族の召集を始めるや、直ちに意見の不一致が生じた。フェアノールは一同を出発する気持にさせることはできたのであるが、だからといって、みながみな、フェアノールを王に戴いてもよいという気持になったわけではなかったからである。フィンゴルフィンとその息子たちに寄せる愛情の方がより強かったので、かれの家中の者とティリオンの都の住民の大部分は、フィンゴルフィンがかれらと行を共にしてくれる以上、あくまでもかれの許から離れまいとした。こうしてついに、ノルドール族は、二組の軍勢に別れて、困苦に満ちた長征の途についたのである。

　フェアノールとその一党は先頭に立ったが、大部分の軍勢は、フィンゴルフィンに従ってそのあとに続いた。フィンゴルフィンは、息子のフィンゴンの慫慂により、わが智慧に反する行為と知りながら軍を進めたのである。一つには、行くことに熱心な己が民から別れることを、あるいはかれらをフェアノールの短慮に委ねることを、欲していなかったからである。そしてまたかれは、マンウェの玉座の前で述べた自分の言葉を忘れていなかった。フィンゴルフィンと共に、フィナルフィンもやはり同じ理由で従った。しかし、出立を誰よりも厭うていたのは、フィナルフィンであった。

そして、今は非常に数も殖え、一大種族となったヴァリノールのノルドール族の中で、長征の旅に出ることを拒んだのはわずか十分の一に過ぎなかった。ヴァラール（とりわけアウレ）に対して懐いている敬愛の念ゆえに拒んだ者もおれば、ティリオンの都への、そして自分たちが作ってきた数々の品物への愛着ゆえに拒んだ者もいた。しかし、途中の危険を恐れてそうした者は一人としていなかった。

さて、トランペットが鳴り響き、ティリオンの門からフェアノールが出で立とうとしたまさにその時、ようやくマンウェの許から使者が来て言った。「フェアノールの愚挙に対しては、わが忠告を与えるのみである。行くことなかれ！　時に運なく、そなたたちの旅は、そなたたちの予見せぬ悲しみに通じているからである。今回の探索行には、ヴァラールはいかなる助力も与えぬ。しかし、そなたたちを妨げることもせぬ。なんとなれば、そなたたちも、しかと承知するがよい、そなたたちを自由意志でこの地に来させた如く、そなたたちが去ろうというなら、自由意志で行かせようと思うからだ。しかし、フィンウェの息子フェアノールよ、汝は、己の誓言により追放の身となるのだ。痛恨と共に、そなたはメルコールの虚言に気づくであろう。そなたの申すが如く、確かにかれはヴァラである。となれば、そなたは空しい誓言を立てたのである。なんとなれば、そなたは、そなたが御名を口にしたエルがたとえ今の三倍の大きさにそなたを造り給うたにしても、エアの内にある限り、今も、これからも、ヴァラールの一人を打ち負かすことはできぬからである」

しかし、フェアノールはからからと笑って、使者にではなく、ノルドール族に向かって言った。「そうか！　それではこの勇敢なる民は、かれらの王の世継ぎと息子たちをのみ追放の身として送り出し、自分たちは元の囚われの身に戻るというのか。しかし、われと共に来ようという者があれば、われはかれらに言う。悲しみを予感しているかと。一方、アマンでわれらは悲しみを見てきた。アマンでわれらは喜びを通って嘆きに至った。今度はその反対を試みるのだ。悲しみを通って喜びを、でなければ、少なくとも自由を見出すのだ」

それから使者の方に向き直って、かれは叫んだ。「アルダの上級王マンウェ・スーリモにかく伝えよ。たとえモルゴスを打ち倒すことができぬにしても、フェアノールはただ空しく坐して悲嘆にくれ、いたずらに進攻を遅らせるような真似はせぬと。エルはわれの中に、汝には思い及ばぬ大いなる火を燃やし給うたのかもしれぬ。われはヴァラールの仇敵に対し、最低でも審判の輪（リング）に坐す力ある者たちすら驚く損害を与えてやるのだ。そうだ。結局は、ヴァラールもわれに従うことになろう。さらばだ！」

その時、フェアノールの声は非常に大きく、非常に力強くなっていたので、ヴァラールの使者でさえ、満足な答えを得た者のように、かれの前に一礼して立ち去った。ノルドール族も、もはや完全に威圧され、進軍を続けることになった。フェアノールの家中の者は先に立って、エレンデの海岸沿いに道を急いだ。かれらは一度として、振り返ってトゥーナの緑の丘なるティリオンに目を向けることをしなかった。

そのあとに、それほど急ぎもせず、それほど熱意も見せず、フィンゴルフィンの軍勢が続いた。その先頭に立つのはフィンゴンであった。殿り（しんがり）には、フィナルフィンとフィンロド、そしてノルドール族の中でも最も高貴で最も賢明な者たちが数多く従った。かれらは、かれらの美しい都を見るためにしばしば後ろを振り返ってみたが、やがてついに、ミンドン・エルダリエーヴァの明かりは夜の闇に没してしまった。流謫者たちの誰にも増して、かれらは自分たちが見捨ててきた喜ばしい幸福の記憶を数多く携えていた。中には、この至福の国で自分たちが作った品物を携えている者すらいた。旅の道で慰めともなれば、重荷ともなる品物であった。

さて、フェアノールは、ノルドール族を率いて北に向かった。かれの第一の目的は、モルゴスのあとを追うことだったからである。それに、タニクウェティルの麓なるトゥーナの山はアルダの赤道に近く、ここでは大海は限りなく広かったが、北に行くにつれ、アマンとアルダを分かつ海は次第に狭くなっていた。アラマンの荒地と中つ国の沿岸が接近していたからである。

しかし、フェアノールはやがて落ち着きと分別を取り戻したので、おそまきながら、これだけの大軍が長途の北上の旅に耐えることは、最後に海を横断することも含め、船の助けを借りなければとてもできない相談であることを悟った。それに船といっても、これだけ大規模な軍勢のための艦隊を建造するには、たとえノルドールの中に造船の技術に長じた者がおったにせよ、長い時と労力を必要とするであろう。そこでかれは、常にノルドール族に友好的であったテレリ族を説得して、行を共にさせようと決心した。そして叛逆心からかれは、かくすることにより、ヴァリノールの地の仕合せがさらに減じ、モルゴスに戦いを仕掛けるかれの戦力がそれだけ増大することになればよいと期待した。そこでかれは、急遽アルクウァロンデに向かい、ティリオンで話した通りに、ここでもテレリ族に演説をした。

しかしテレリ族は、かれのいかなる言葉にも全く動かされなかった。自分たちの同族であり、昔からの友人であった者たちが去ってゆくことを心から悲しんでいたのは事実であるが、かれらに手をかすつもりはなく、むしろ思いとどまらせようとした。そしてかれらは、ヴァラールの意志に反し、一隻の船さえ貸し与えるつもりもなく、建造に当たっての助力を与えるつもりもなかった。かれら自身としては、今ではもう、エルダマールの岸辺以外にいかなる故国も、そしてアルクウァロンデの王なるオルウェ以外にいかなる主君も、欲しなかった。そしてオルウェは、かつてモルゴスに耳をかしたことは一度もなく、かれの土地にモルゴスを迎えたこともなかった。そしてかれは、ウルモやほかの偉大なヴァラたちが、モルゴスの与えた傷を癒し、そのうちいつか夜が去って、新たな夜明けが訪れるとまだ信じていた。

フェアノールは激怒した。遅延することをいまだに恐れていたからである。かれは、激してオルウェに言った。「御身は、まさにわれらが最も必要とする時に、御身の友情を拒んだ」と、かれは言った。「だが、道草をくいながらほとんど無一物同然おずおずとこの岸辺に辿り着いた臆病者の御身らは、われらが助力を申し出ると、随喜してそれを受けた。ノルドール族が御身らのために汗を流して港を開き、城壁を築かなければ、御身らはいまだに浜辺の小屋に住まう身であったろう」

しかし、オルウェは答えて言った。「われらは友情を拒んではいない。しかし、友の愚行を難ずるのは友たるものの務めではなかろうか。それに、ノルドール族がわれらを迎え、われらに援助をお与え下された時、あなた方は今のようなことは言われなかった。われらは、隣り合って住む兄弟の如く、いついつまでもアマンの地で暮らすはずであったのだ。しかして、われらの白き船、これはあなた方から貰ったものではない。われらが船造りの技を学んだのは、ノルドール族からではなく、わたつみの主たちからである。白き肋材はわれらの手で切り出し、白き帆はわれらの妻、われらの娘たちの手によって織られた。それ故、われらは、いかなる盟約のためであれ、友情のためであれ、これらの船を与えることも売ることもせぬ。なぜとなれば、フィンウェの息子フェアノールよ、私はあなたに言う。これらの船は、われらにとってノルドール族の宝玉の如きものであると。われらが全身全霊を込めた作品であり、このようなものは、もう二度と造られることはないであろう」

そこでフェアノールは、直ちにオルウェの許を去り、アルクウァロンデの城壁の外で、配下の軍勢たちが集まるまで、腹黒い考えに耽りながら坐っていた。かれは、これで兵力は充分と判断すると、白鳥港に行き、そこに停泊していた船に配下の者を乗り込ませ、力ずくで船を出そうとした。しかし、テレリ族はかれに抵抗し、ノルドール族の多くを海に投げ込んだ。そこで剣が抜かれ、悲しむべき斬り合いが、船上で、また灯火に照らされた波止場や桟橋のあたりで、そしてまた港の入り口の大きな拱門の上でさえ行われたのである。

フェアノールの一党は三度追い返され、双方に多くの死者が出た。しかし、ノルドールの前衛軍は、フィンゴルフィンの軍勢の第一陣を率いたフィンゴンによって急場を救われた。かれの配下たちは、ようやく前衛軍に追いついてみると戦闘が始まっており、同族の旗色が悪く、次々と倒れてゆくのを発見し、争いの原因も把握せぬまま突っ込んでいったのである。中には、テレリ族がヴァラールの言いつけでノルドールの進軍を待ち伏せ、これを襲おうとしたのだと考える者もいた。

こうして、テレリ族はついに打ち負かされ、アルクウァロンデに住まっていたテレリの水夫たちの数多くが無道にも殺された。なぜといえば、ノルドール族は気も猛々しい破れかぶれの命知らずになっていた上、テレリ族は兵力において劣り、大体が、ほっそりした弓で武装しているに過ぎなかったからである。やがて、ノルドール族はかれらの白い船の纜を解き、どうにか漕ぎ手を配置し、海岸沿いに北へ船を漕ぎ進めていった。

オルウェはオッセを呼び求めたが、かれは現われなかった。ノルドール族の逃走を力ずくで阻止することは、ヴァラールによって禁じられていたからである。しかしウイネンは、テレリ族の水夫たちのために涙を流し、海は殺人者たちへの怒りにうねり、ために多くの船が難破し、乗り組んでいた者は溺れ死んだ。

アルクウァロンデにおける同族殺害については、「ノルドランテ」即ち〈ノルドールの没落〉と名づけられた哀歌の中で、さらに多くのことが語られている。マグロールが、行方を絶つ前に作ったものである。

とはいえ、ノルドール族の大多数は難を免れ、嵐が過ぎ去ると、そのまま旅を続けた。海路を行く者もあれば、陸路を行く者もあった。しかし、道は長く、進むにつれ、ますます難路となった。無限に続く夜の闇の中をどこまでも進んだあげく、山がちで寒気迫るアラマンの無人の荒地に境を接する、守り固きヴァリノールの国の北辺に、ようやく辿り着いた。

すると突如、そこに、黒々とした姿をした者が、海岸を見おろす岩の上高く立つのが見えた。それは、マンウェによって遣わされた伝令使などではなく、マンドスその人であったという話も伝えられている。そしてかれらは、厳かな恐るべき声が、かれらに立ち止まって耳を傾けるように大音声で命ずるのを聞いた。全員が足を止めて静止すると、ノルドールの全軍勢の端から端まで届く声が、呪いと予言の言葉を言うのが聞かれた。北方の予言、ノルドールの定めと呼ばれるものである。その声は、謎めいた言葉で予言した。それ故、ノルドたちには、後になって実際に禍が降りかかってくるまで、その言葉の意味が理解できなかった。しかし、留まろうともせず、ヴァラールの裁きも赦しも求めようとはせぬ者たちに向けられたその呪いを、居合わせた者はすべて聞いたのである。

「尽きぬ涙を汝らは流すであろう。ヴァラールは、ヴァリノールに汝らの入るを拒み、汝らを閉め出すであろう。汝らの嘆きの声の谺すら、アマンの山並を越えて聞こえてくることはないであろう。フェアノール一族に対しては、ヴァラールの怒りがこれなる西方の地より、最果ての東の地に至るまで向けられるであろう。かれらに従う者にもその怒りは向けられるであろう。かれらの誓言はかれらを駆り立て、しかもかれらを裏切り、かれらが追跡を誓った宝物そのものを常にかれらの前から奪い去るであろう。始めよきものも、すべて悪しき結末に至るであろう。この悪しき結末は、血に繋がる者の裏切りにより、また裏切りへの恐れによりもたらされるであろう。かれらは、とこしなえに奪われたる者となるであろう。

汝らは、不当にも同族の血を流して、アマンの地を汚した。汝らは、血に血を支払い、アマンを過ぎれば、死の影のもとに住まうであろう。エルが、汝らをエアでは死なぬように定め給うたが故に、病魔に襲われることはないであろうが、それでも非業(ひごう)の死を遂げることはあるかもしれぬし、実際、武器により、拷問により、嘆きにより、非業の死を遂げるであろうから、死を遂げるであろうからだ。宿るところなき汝らの霊魂はその時、マンドスの許に来るであろう。そこに、汝らの霊魂は久しく留まり、汝らの肉体を切望するであろうが、汝らが命を奪った者たち全員が汝らのために嘆願してくれようとも、慈悲を見出すことはほとんどないであろう。中つ国で命を長らえ、マンドスの許に来ぬ者は、あたかも重き荷を負うているが如く、この世に倦(う)み果て、次第に衰え、後(あと)に来るより若き種族の前に、悔恨の影の如きものとなり果てるであろう。以上、ヴァラールの言である」

この時、多くの者は身を戦(おのの)かせたが、フェアノールは心を強くして言った。「われらは誓言した。軽々しく誓ったのではない。われらはこの誓言を守るであろう。

われらは、裏切りは言わずもがな、あまたなる禍に脅かされておる。だが、言われなかったことが一つある。われらは怯懦に堕すだろうとは言われなかった。臆病者に悩まされ、臆病者を恐れて苦しむだろうとは言われなかった。それ故、われは言う、前進せんと。そして次の如き運命をわれは付け加える。この先のわれらの功績は、アルダの最後の日まで歌に歌われるであろうと」

この時、フィナルフィンが進軍をやめ、引き返した。その心は悲しみと、フェアノール家への苦い感情に満たされていた。アルクウァロンデのオルウェと縁続きだったからである。かれの民の多くも悲しみのうちに踵を返し、夜の闇の中に今なお輝くトゥーナ山頂ミンドンの遥かなる光を再び目にしたのである。こうしてかれらは、ついにヴァリノールに帰ってきた。ここでかれらは、ヴァラールの赦しを得、フィナルフィンは、至福の国におけるノルドールの残党を統治することとなった。

しかし、かれの息子たちはかれと一緒ではなかった。かれらは、フィンゴルフィンの息子たちを見捨てようとしなかったからである。そして、フィンゴルフィンの一族はみな、血縁のしがらみとフェアノールの意地に引かれながら、そしてヴァラールの下した宣告に直面するのを恐れながら、そのまま前進を続けた。かれらのすべてが、アルクウァロンデにおける同族殺害の罪を免れていたわけではないのである。さらに、フィンゴンとトゥルゴンは大胆にして熱烈な心の持ち主であり、いったん手を染めた仕事は何であれ、たとえ悲惨な結末に行き着くほかないにしても、その悲惨な結末に至るまで、これを投げ出すことを肯んじなかった。そういうわけであるから、主力部隊はそのまま前進を続け、予告された禍は速やかに働き始めた。

ノルドール族は、ついにアルダの極北に辿り着いた。そして、海中を漂流する氷山の牙を初めて目にし、ヘルカラクセに近いことを知った。なぜといえば、北の方で東に湾曲しているアマンの地と、西へ湾曲するエンドール（中つ国のこと）の東岸との間には狭い海峡があって、その間をアルダを囲む外なる海の冷たい水と、ベレガエル、即ち〈大海〉の波濤が共に流れていたからである。そしてここには、ひどく冷たい霧が果てしなく立ち込め、海峡を流れる水を埋めて屹立する氷の山は互いにぶつかり合い、深く水中に沈んだ氷は互いに軋み合っていた。ヘルカラクセとはかかるところであり、くだんのヴァラールただ一人とウンゴリアントを除き、いまだかつて何人も敢えてここを渡ろうとする者はなかった。

それ故、フェアノールは立ち止まり、ノルドール族はここからどのような進路を取るべきか話し合った。しかしかれらは、寒さに苦しめられ、星の光さえ通さぬ、まといつく霧に悩まされ始めていたので、多くの者、とりわけフィンゴルフィンに従う者たちは旅に出たことを悔い、不満を口に出し始めた。かれらはフェアノールを罵り、かれを名指してエルダールのすべての禍の元であると言った。しかしフェアノールは、言われていることをすべて知りながら、息子たちと相談した。その結果、かれらは、アラマンから遁れてエンドールに到るには、海峡を渡るか、船を使うか二つの道しかないことを悟った。しかし、ヘルカラクセを渡ることはほとんど不可能に思われたし、かといって船は数が少なすぎた。長途の旅ですでに多くが失われ、これだけ多数の軍勢を同時に運ぶだけの数は残っていなかった。かといって、ほかの者が船で渡る間、西の地の岸辺で喜んで待っていようという者もいなかった。ノルドールの間には、今やすでに裏切りを恐れる気持が芽生えていたのである。

　そこでフェアノールとその息子たちの心に浮かんだことは、船を全部奪って、突然船出をしてしまおうということであった。なぜなら、テレリの港での戦闘以来、かれらは艦隊の支配権を握り、乗組員として船を動かしているのは、その戦闘に加わって戦い、フェアノールに奉公している者たちだけだったからである。

　そして、あたかもかれの呼び出しに応じるかのように北西から風が起こり、フェアノールは、かれが忠実であると見なしている者全員と共に密かに帆を上げて、フィンゴルフィンをアラマンに残したまま、アマンの岸辺を去って外洋に出ていった。そこでは海が狭くなっていたので、船首を微南東に向け、何ら損害を受けることなく海を渡り切り、かくて、全ノルドールの第一陣は再び中つ国の岸辺に足を印した。フェアノールの上陸地点はドレンギストと呼ばれ、ドル=ローミンの中まで入り込んでいる入江の口であった。

しかし、かれら全員が上陸すると、長男であり、モルゴスの虚言に隔てられるまではフィンゴンの友人であったマエズロスが口を開いて、フェアノールに言った。

「それでは、どの船とどの漕ぎ手たちを返しておやりになりますか。そして、誰を最初に乗せて来させましょうか。勇敢なるフィンゴンにいたしますか」

すると、フェアノールは、気がふれでもしたように高笑いして叫んだ。「誰一人来させぬわ！　置いてきたやつらのことを、われは損失とは見なさぬ。旅には無用の荷物に過ぎぬことが分かったわ。われの名を罵った者には、罵らせておけ。ヴァラールの檻（おり）の中に泣き言を吐きながら戻らせるがよい！　船は燃やしてしまえ！」

その時、マエズロス一人は傍観して手を出さなかったが、フェアノールは、テレリの白い船に火を放たせた。かくて、ドレンギストの入江の口のロスガルと呼ばれる場所で、かつて海上を航行した中で最も美しい船が、赤々と恐ろしいまでに炎上して燃え尽きたのである。そして、フィンゴルフィンとその一党は、垂れこめる雲の下に赤く照り返す光を遥か遠くに見て、自分たちが裏切られたことを知った。これが、同族殺害と、ノルドールの定めから最初に生じた果実であった。

そこで、フィンゴルフィンは、フェアノールによって置き去りにされ、アラマンで滅びるか、恥を忍んでヴァリノールに戻るほかないことを知り、恨めしさに胸も塞がる思いであったが、今となっては、それまで以上に何としても中つ国に辿り着き、フェアノールに再会せずにはすまされない気持になった。そして、かれとかれの率いる軍勢は、長い間惨めな放浪を続けたが、一行の勇猛心と耐久力は困苦に耐えることによってますます高まっていった。というのも、かれらは力ある民で、エル・イルーヴァタールの不死の長子であり、至福の国を出てまだ日も浅く、此の世の倦怠にいまだ陥ってはいなかったからである。

かれらの心に燃える火は若く、フィンゴルフィンとその息子たち、そして、フィンロドとガラドリエルに導かれて、かれらは酷寒の北の地に足を踏み入れた。そして、ほかに道も見出せないまま、かれらはついに、ヘルカラクセと無情な氷の山々の恐ろしさに耐え抜いた。その後のノルドール族の数々の功業の中でも、不屈の精神に導かれ、痛ましい悲しみに耐えて決行されたこの時の絶望的な海峡横断を凌ぐものは、ほとんどないといってよかった。

この時、トゥルゴンの妻エレンウェは行方知れずとなり、ほかにも多くの者が命を失った。フィンゴルフィンがついに外なる陸地に足を印した時には、率いる軍勢の数は遥かに減っていた。かれのあとに従ってようやくこの地に進軍し、最初の月の出に中つ国でトランペットを吹き鳴らした者たちの心には、フェアノールやその息子たちに対する愛情らしきものはほとんど残っていなかった。

第十章　シンダールのこと

さて、すでに語った如く、エルウェとメリアンの中つ国における支配力は次第に強まり、ベレリアンドのエルフはすべて、キールダンの水夫から、ゲリオン川の先、青の山脈の放浪の狩人たちに至るまで、エルウェを主君と仰いだ。エル・シンゴルとかれは呼ばれた。その民の言葉で〈灰色マント王〉の意である。かれの民は、シンダールと呼ばれている。星明かりのベレリアンドの灰色エルフのことである。かれらはモリクウェンディではあるが、シンゴルの統治とメリアンの教えの下に、中つ国のすべてのエルフたちの中で最も美しく、最も賢明で、最も技に長じた者となった。メルコールが鎖につながれた第一期の終わり頃には、地に平和が甦り、ヴァリノールの栄えが絶頂に達したが、その頃、シンゴルとメリアンの独り子ルーシエンがこの世に生まれた。中つ国の大部分は、〈ヤヴァンナの眠り〉の中にあったが、メリアンの力によって支配されているベレリアンドには、生命と喜びがあり、明るい星々が銀の火のように輝いていた。そして、ネルドレスの森にルーシエンが生まれ、かの女を喜び迎えるかの如く、ニフレディルの白い花々が、大地に花開く星々のように咲き出でた。

　メルコールが捕われてから二期目のこと、ドワーフたちが、エレド・ルインの青の山脈を越えてベレリアンドに入ってきた。かれら自身は自分たちのことをカザードと称していたが、シンダールはかれらのことを、ナウグリム、即ち〈発育を阻まれた者たち〉と呼び、また、ゴンヒルリム、即ち〈石の名工たち〉と呼んだ。ナウグリムの最も古い居住地は遥か東にあったが、かれらは、エレド・ルインの東側の地を穿ち、ナウグリムの流儀に従い、広大な宮殿や居館を築き上げた。これらの都は、かれら自身の言葉で、ガビルガソル、トゥムンザハールと名づけられた。いと高きドルメド山の北には、ガビルガソルがあった。これをエルフたちは、ベレグオストと翻訳した。〈大要塞都市〉の意である。そして南には、トゥムンザハールが掘られた。エルフによってノグロド、即ち〈洞窟都市〉と名づけられたところである。ドワーフの居館のうち最大なるものは、カザド＝ドゥーム、即ちドワロウデルフ（〈ドワーフの穿ちたるところ〉の意）であり、エルフ語でハゾドロンドと言われるところである。ここは、後に暗闇に閉ざされ、モリアと呼ばれた。しかし、これのあるところは、広大なるエリアドールを隔てたかなたの、遥かなる霧ふり山脈中であったから、エルダールの許に聞こえてくるのは、ただ名前と、青の山脈のドワーフたちによってもたらされる噂に過ぎなかった。

ノグロドとベレグオストから来たナウグリムがベレリアンドに現われた時、エルフたちは驚きの念に打たれた。なぜなら、かれらは、中つ国では自分たちだけが言葉を話し、手を使う唯一の生きものであり、あとは鳥と獣しかいないと思い込んでいたからである。しかし、かれらには、ナウグリムの言葉は一言も理解できなかった。それは、かれらの耳に重苦しく、不快に響いた。エルダールの中でこの言葉に熟達した者は、ほとんどいなかったといってよい。しかし、ドワーフたちは覚えが早く、また実際に、異種族のエルフたちに自分たちの言葉を教えるよりは、むしろエルフ語を進んで覚えようとした。エルダールの中でノグロドやベレグオストに行ったことのある者は、ナン・エルモスのエオルと、その息子のマエグリンを除けば、かつてほとんどいなかったといってよい。しかしドワーフたちは、ベレリアンドに足を踏み入れて商いをし、かつまた、ドルメド山の肩の下を通り、アスカル川に沿って走り、サルン・アスラド、即ち、後に合戦場になる〈石の浅瀬〉でゲリオン川を横切る立派な道路を造り上げた。ナウグリムとエルダールは、互いに大いに利するところがあったにもかかわらず、熱い友情を懐くことはなかった。しかし、後にかれらの間に存在することになる悲しい出来事もその当時はまだ起こらず、シンゴル王はかれらを喜んで迎えた。そしてナウグリムは、後にノルドール族に対し、それまでエルフにも人間にも示したことがなかったほどの親愛の情を喜んで示した。これも、アウレに対して懐いているかれらの愛情と尊崇の念が然らしめたのである。そしてノルドール族の宝石を、かれらは、ほかのいかなる富にも増して讃えた。アルダの暗闇の中で、ドワーフたちは、すでにいろいろすぐれた仕事を始めていた。七人の父祖たちの時代から、かれらは金属細工、石工の驚くべき技を持っていたのであるが、この古の時代には、銀や金よりも、鉄や銅を細工することを好んだのである。

さて、メリアンは、マイアールの常として、未来への洞察力に恵まれていた。メルコールが囚われの身になって二期目が過ぎると、かの女はシンゴルに助言して、アルダの平和が永遠には続かないであろうという見通しを告げたから、シンゴル王は、王にふさわしい居館と、悪が再び中つ国に呼びさまされた場合にあっても守り堅固であり得る場所を用意することを考え、ベレグオストのドワーフの助言と助力を求めた。

ドワーフたちは喜んでそれに応えた。当時かれらは、まだ元気に溢れ、新しい仕事に熱意を持っていたからである。ドワーフというものは、自分たちのなしとげた仕事に対して、喜びをもってなした仕事にせよ、辛苦してなした仕事にせよ代価を要求するのが常であったが、この時には、かれらは十二分に支払いを受けたと考えた。なぜなら、メリアンは、かれらが熱心に習得したいと望んでいることを教え、シンゴルは、多くの美しい真珠を報酬としてかれらに与えたからである。これらの真珠は、キールダンがシンゴルに与えたもので、バラル島周辺の浅い水域では、たくさんの真珠が採取されたからである。ナウグリムは、これに似たものをそれまで見たことがなかったので、非常に珍重した。その中の一つに鳩の卵ぐらいの大きさのものがあり、その光沢たるや、あたかも星明かりに輝く泡立つ海のようであった。それはニムフェロスと命名され、ベレグオストのドワーフの首長は、これ一つを、山なす財宝以上に貴重なものと見なした。

それ故、ナウグリムは、シンゴルのために喜んで長時間働いた。そしてナウグリム流に、地の底深く掘り抜いた立派な居館を築き上げた。エスガルドゥインの川が森に流れ込み、ネルドレスの森とレギオンの森に分断しているところ、そのちょうど中ほどに一つの岩山が立っていて、川はその際を流れていた。ここにかれらは、シンゴルの館に通じる門を作り、川に石の橋を架け、この橋を渡ることによってのみ門の中に入れるようにした。門の先には広い通路が複数あって、自然の岩を切り開き地下深く造られた、天井の高い広間や多くの部屋部屋に通じていた。部屋の数は非常に多く、非常に壮麗であったので、この居館は、メネグロス、即ち〈千洞宮〉と名づけられた。

エルフたちもまた、この仕事に参加した。エルフとドワーフは共に、それぞれの技を凝らして、メリアンの心に描かれた、わたつみのかなたのヴァリノールの美と驚異の写しをこの地に再現した。メネグロスの柱は、オロメの橅の木そっくりに、幹も大枝も葉も石を刻んで作られ、金のランプで照らされた。そしてそこには、ローリエンの庭のように小夜啼鳥が歌い、銀の噴水、大理石の水盤、さまざまな色合いの石を使った床があった。石に彫った獣や小鳥たちが壁を走り、柱を匍い上り、花々の絡んだ枝々の間から覗いていた。そして、歳月を経るにつれ、メリアンとその侍女たちは、多くの広間の壁を自らの手で織った壁掛けで埋めたのである。そこには、ヴァラールの事蹟や、創世の初めからアルダに起こったさまざまな出来事や、また、これから起ころうとすることの定かならぬ前ぶれが読み取れた。これこそ、今の世に至るまで、大海の東に存在したいかなる王侯の宮殿もその美しさにおいて及ぶことのない城館であった。

さて、メネグロスの造営が完了し、シンゴルとメリアンの王国に静かな平和が訪れたあとも、ナウグリムは相変わらず時折山脈を越えて訪れ、交易のために各地方をまわったが、ファラスまで行くことは滅多になかった。かれらは海の音を嫌い、海を眺めることを恐れたからである。ベレリアンドには、外の世界の噂や消息はほかに何一つ聞こえてこなかった。

しかし、メルコールが囚われてから三期目が近づいてくると、ドワーフたちは心を騒がせ、シンゴル王に話して言った。北方の邪悪なる者たちは、ヴァラールによって完全に絶滅せしめられたわけではなく、暗闇の中で長い間に繁殖した残党共が、今や再び蠢動（しゅんどう）し始め、到るところに姿を見せるようになったというのである。「山脈の東の地には、」と、かれらは言った。「残忍な獣共がいます。そして、かの地に住まうあなた方の古い同族の方々が、平地から山の方へ逃げ込んでいるのです」

そして程なく、邪悪な者たちはベレリアンドにまで姿を見せた。山脈の山道を越え、あるいは暗い森を通って南の方から北上してきた。狼もおれば、狼の姿をして歩く生き物もおり、ほかにも残忍な暗闇の存在があった。その中にオークがいた。

かれらは、後にベレリアンドを荒廃せしめるのであるが、この時は、まだ数も少ない上に用心深く、主人の帰還を待って、この土地の様子を嗅ぎまわっているに過ぎなかった。かれらがどこから来た何者なのか、エルフたちは当時まだ何も知らず、ひょっとして野に放たれて残忍かつ邪悪になったアヴァリなのかもしれぬと考えたりしたが、この考えは、ある意味当たらずといえども遠からずと言われている。

そこでシンゴルは、武器のことに考え及んだ。それは、以前には必要とされなかったものである。最初、かれのために武器を鍛えたのは、ナウグリムである。かれらは、このような仕事に非常にすぐれた技を持っていたからである。とはいえ、かれらのうちの一人として、ノグロドの名工たちを凌駕（りょうが）する者はおらず、その中でも鍛冶（かじ）テルハルの令名は最も高かった。ナウグリムはすべて、古来好戦的な種族である。かれらを虐（しいた）げる者があれば誰であれ、猛然と反撃に出た。メルコールの手下であろうと、エルダールであろうと、アヴァリであろうと、野の獣であろうと、逡巡することはなく、時には居館、主君を異にする同族のドワーフと戦うことすら一再ならずあった。

このドワーフの鍛冶の技を、シンダールはすぐにかれらから習得した。しかし、すべての技術の中で、鋼（はがね）の精錬だけは、さすがのノルドールでさえ凌駕することができない技であった。そして、環(わ)をつなげた鎖かたびらは、ベレグオストの鍛冶たちによって最初に考案され、その製作にかけて、かれらの仕事ぶりに匹敵するものは、どこを探してもなかった。

そういうわけで、シンダールが武装を整えたのはこの頃であった。悪しき者たちはすべて追い出され、再び平和が甦った。しかし、シンゴルの武器庫には戦斧(せんぷ)や槍や剣、そして高い兜(かぶと)や長い鎖かたびらが輝きも失せないまま蓄えられていた。ドワーフの鎖かたびらは、いつまでも錆(さ)びることなく、あたかも今磨かれたばかりのような輝きを保つように作られていたからである。そしてこのことが、将来シンゴルにとって幸いすることになったのである。

さて、すでに語った如く、中つ国の西域の辺境、大河の岸辺で、テレリ族が旅の足を休めていた時のことである。オルウェの一行のレンウェなる者が、エルダールの長征から離脱したことがあった。かれが率いてアンドゥイン沿いに下ったナンドール族の流浪の旅については、ほとんど何も知られていない。大河の谷間の森に長年にわたって住みついた者もあれば、ついに大河の河口に達し、そこの海辺に住みついた者もある。またエレド・ニムライス、即ち〈白の山脈〉沿いに再び北上し、エルド・ルインと遥かな霧ふり山脈との間のエリアドールの荒野に入った者もあると伝えられている。

ところで、かれらは森に住んで刀剣の類(たぐい)を持たなかったので、メネグロスにあるシンゴル王にナウグリムが語った北方の残忍な獣たちの出現は、かれらを非常な恐怖に陥(おとしい)れた。それ故、レンウェの息子デネソールは、シンゴル王の勢威と、その領国の平和を噂に聞くと、四散した己が一族を集められるだけ集めて、かれらを率い、山脈を越えてベレリアンドに入った。そこでかれらは、消息が絶えたまましばらくぶりに戻ってきた同族としてシンゴルに暖かく迎えられ、七つの川の国オッシリアンドに住みついた。

デネソールがこの地に移ってきたあとの長い平和な年月のことについては、語るべき話はほとんど残っていない。その頃、シンゴルの王国の伝承の長(おさ)、吟遊詩人のダエロンが、ルーン文字を考案したと言われている。そして、シンゴルの許に出入りしていたナウグリムは、この文字を習い覚え、ダエロンによる考案を同族のシンダール以上に高く買い、非常に気に入ったという。ダエロンのこのルーン文字、キルスは、ナウグリムによって山脈のかなたの東の地に伝えられ、いろいろな種族に知られるに至った。しかし、シンダールがこの文字を記録に用いたのは、戦乱の時代に入るまでは非常に少なく、記憶に留められていたことの多くは、ドリアスの廃墟の中に消滅してしまった。幸福や喜ばしい生活というものは、それが続いている間は、それについて語られることはほとんどないのである。美しく讃嘆すべき作品は、目前にあって見ることができる間は、その作品自体が記録であり、それに危険が迫るか、あるいは打ち砕かれて永久に失われることになる時を待って初めて歌に歌われるのと同じである。

当時ベレリアンドにあっては、エルフたちは逍遥（しょうよう）し、川は流れ、星々は輝き、夜に咲く花々は香りを放ち、メリアンの美しさは真昼の如く、ルーシエンの美しさは春の暁のようであった。ベレリアンドにあっては、シンゴル王が、まるでマイアールの高貴な者たち、即ち、その権能は揮（ふる）われることもなく、その喜びをかれらが終生胸に吸い込む息のように享受し、その思考も高みより深きところまで流れ落ちる川の如く淀みない者たちと見紛うばかりに玉座に坐していた。ベレリアンドにあっては、なお時折、偉大なるオロメが、山々を越えて吹く風の如く通り過ぎ、星明かりの下に広がるかなたから、かれの角笛の音が聞こえてくることがあった。そしてエルフたちは、光り輝くその顔（かんばせ）と、ナハルの奔馬（ほんば）の轟（とどろ）きの故にかれを恐れた。しかし、ヴァラローマが山々に谺（こだま）する時、エルフたちはすべての悪しき者たちが遠く逃げ去ったことを知るのであった。

しかし、この喜ばしい状態も、ついに終わりに近づく時が来た。ヴァリノールの真昼の盛時も、今や黄昏（たそがれ）にさしかかろうとしていた。なぜなら、今に至るまで語り継がれ、伝説に書きとどめられ、数々の歌に歌われ、知らぬ者とてないように、メルコールが、ウンゴリアントの助けを得てヴァラールの二つの木を損なって逃げ、中つ国に立ち戻ってきたからである。モルゴスとウンゴリアントの格闘は遥か北の方で起こったのであるが、モルゴスの途方もない叫喚はベレリアンド中に響きわたり、そこに住む者たちを、恐ろしさに縮み上がらせた。なぜなら、かれらはその時、たとえそれが何を予告するものであるかは知らぬにせよ、死の先ぶれを耳にしたからである。そのあとすぐ、ウンゴリアントは北方から遁（のが）れて、シンゴル王の王国に入ってきた。そして、そのまわりには暗黒の恐怖が立ちこめた。しかし、メリアンの力に阻まれて、ネルドレスには入ることがかなわず、ドルソニオンの高地が南に落ち込む断崖絶壁の影の下に、長く棲（す）みつくに至った。この断崖のあたりは、エレド・ゴルゴロス、即ち〈恐怖の山脈〉として知られるに至り、敢えてその地に足を踏み入れようとする者はもちろんのこと、近寄ろうとする者すらいなかった。そこでは生命も光も息の根を止められ、水という水は毒を含んでいた。しかしモルゴスは、すでに語った如く、アングバンドに立ち戻り、これを新たに建て直し、その城門の上高くサンゴロドリムの煙霧たなびく塔を築き上げた。そしてモルゴスの城門は、メネグロスの橋からわずか百五十リーグしか離れていなかった。遠いとはいえ、近すぎる距離である。

さて、地中の闇の中で繁殖したオークは次第に力と残忍さを加え、かれらの暗黒の主(あるじ)は破滅と死を渇望する心をかれらに植えつけた。そしてかれらは、モルゴスが送り出す雲に隠れて、アングバンドの城門から出撃し、音もなく北方の高地地方に入った。そこから不意に、大挙してベレリアンドに侵入し、シンゴル王を襲った。ところで、多くのエルフたちは、広大なかれの王国の中で、未開地を自由に放浪し、あるいは、わずかな縁者たちと互いに寄り集まり、あちこちに散らばって、平和に暮らしていた。ただ、王国の中心のメネグロスの周辺と、船乗りたちの土地ファラスの沿岸ぞいには、おびただしい数のエルフたちが住んでいた。しかしオークたちは、メネグロスの両側を襲い、東はケロン川、ゲリオン川の間の野営地から、西はシリオン川とナログ川の間の平原の野営地まで、あまねく略奪してまわった。その結果、シンゴルは、エグラレストのキールダンとの連絡を断たれた。そこでデネソールに助けを求めると、エルフたちがアロス川の先のレギオンから、そしてまたオッシリアンドから大挙して馳せ参じ、ここにベレリアンド戦役最初の合戦が戦われた。そしてオークの東の軍勢は、アンドラム断層の北方、アロス、ゲリオンの二つの川の間で、エルダールの軍勢の挟み撃ちに遇い、完全な敗北を喫した。エルフの殺戮を遁れて北に逃げた者は、ドルメド山から出撃したナウグリムの戦斧の要撃に遇い、アングバンドに逃げ戻った者はほとんど無きに等しい有様であった。

しかし、エルフ側の勝利は高価なものについた。オッシリアンドのエルフたちは軽い武装しかしておらず、鉄の靴をはき、鉄の盾を持ち、広刃の長大な槍を携えたオークにはとても敵わなかったからである。そしてデネソールは、味方から切り離され、アモン・エレブの丘で敵の包囲を受けた。この地でかれは、シンゴル軍の救援も間に合わず、かれを囲む最もかれに近い親族と共に果てた。シンゴルがオークの背後を襲い、屍が累々と山を築いた時、デネソールの恨みを晴らす痛烈な復讐がなされたのであるが、かれの民は、その後ずっとかれの死を悼んで、再び王を戴こうとはしなかった。

この合戦のあと、オッシリアンドに戻った者たちの持ち帰った知らせは、残った一族を非常な恐怖に陥れた。それ故、かれらはその後、絶対に戦いの場には打って出ず、用心深く隠れ住んだ。かれらは、木の葉と同色の服を着ていたので、ライクウェンディ、即ち〈緑のエルフ〉と呼ばれた。しかし、北上して守りの堅固なシンゴルの王国に入り、かれの民の中に溶け込んでしまった者も大勢いた。

メネグロスに立ち戻ったシンゴルは、オーク軍が西の方で勝利を収め、キールダンを海岸際まで追いやったという知らせを聞いた。そこでかれは、呼びかけられる限りの者たちに呼びかけ、ネルドレスとレギオンの砦の内に引き揚げさせ、メリアンはその力を揮って、王国のまわりに、影と惑わしの見えざる壁をめぐらせた。即ち〈メリアンの魔法帯〉と呼ばれるものである。マイアであるメリアンよりも大きな力を持つ者でない限り、一人として、かの女の、あるいはシンゴル王の意志に反して、ここを通り抜けることはできなかった。

この内なる地は、久しくエグラドールと名づけられていたが、後にドリアス、即ち〈守りの堅固な王国、魔法帯の地〉と呼ばれた。その内側にはいまだに警戒怠りない平和があったが、その外側では、城壁に囲まれたファラスの諸港を除き、危険と恐怖が支配し、モルゴスの召使いたちが横行していた。

ところが、ここに新たな出来事が起ころうとしていた。それは、地下深く住まうモルゴスにしろ、メネグロスのメリアンにしろ、中つ国の誰一人として予知しなかったことである。アマンからは、使者によるにせよ、精霊によるにせよ、夢のお告げによるにせよ、二つの木の死んだあとは、いかなる知らせも届かなかったからである。ちょうどこの頃、フェアノールはテレリの白い船に乗って大海を渡り、ドレンギストの入江に上陸し、ロスガルで船を燃やしたのであった。

第十一章　太陽と月とヴァリノール隠しのこと

メルコールの逃走後、ヴァラたちは、審判の輪(リング)内のそれぞれの玉座に、長い間、身動(みじろ)ぎもせず坐していたという。しかしかれらは、フェアノールが愚かしくも断言したように、なすこともなく時を空費していたのではなかった。なぜなら、ヴァラールは、手よりも思いによって多くの働きをなし、また声には出さず、沈黙のうちに意見を交わすことができるからである。かれらはこうして、ヴァリノールの闇の夜を徹し、かれらの思いを、エアのかなたからこの世の果てまで往き来させた。しかしながら、力も智慧(ちえ)もかれらの悲しみを和(やわ)らげず、悪が今まさに存在することを知った嘆きを静めなかった。そしてかれらは、二つの木が死んだことよりも、フェアノールの荒廃を悲しんだ。これは、メルコールの仕業(しわざ)の中でも最も忌(い)むべきものの一つであった。というのも、フェアノールは、身心のあらゆる面において、即(すなわ)ち、その豪胆さ、耐久力、美しさ、知力、技の巧み、強健さ、鋭敏さのいずれにおいても等しく、イルーヴァタールの子らのすべてを凌駕(りょうが)し、最もすぐれた者として生まれていたからである。フェアノールの中には赤々と燃える炎があった。このようなことが起こらなければ、かれはアルダの誉れとなるべき驚異の作品を、さらにいくつも作り出していたかもしれない。このような作品をいくらかでも考えつくことのできる者は、かれのほかにマンウェがいるのみであろう。これはヴァラールと共に夜を徹したヴァンヤールの語ったことであるが、マンウェからの使者にフェアノールが託した返答をかれらが復命したところ、マンウェは落涙して面を伏せたという。しかし、フェアノールの最後の言葉、即ち、ノルドール族は少なくとも永遠に歌に歌われる功業をなしとげるであろうという言葉を聞いた時、マンウェは、遠い声を聞く者のように面を上げて言った。「そうあるであろう！　それらの歌に歌われるのに、高き代価を払ったと見なされようが、確と払うことになるであろう。それだけの値を支払うよりほかないからである。かくて、まさにエルがわれらに言われた如く、以前には考えられたこともない美がエアにもたらされ、これまで悪であったものもいつかはよくなるであろう」

しかし、マンドスは言った。「とはいえ、今までのところはまだ悪しきままでありります。わが許に、フェアノールは間もなく参るでありましょう」

しかし、ノルドール族が本当にアマンを出て中つ国に戻ったことをついに知った時、ヴァラールは立ち上がって、メルコールによる禍の数々を癒すため、沈黙のうちに考えた計画を行動に移し始めた。やがてマンウェは、ヤヴァンナとニエンナに命じ、かの女らの持つ生育と癒しの力をことごとく出し尽くすように言った。二人は、持てる力のすべてを二つの木に注いだ。しかし、ニエンナの涙も効なく、致死の傷を癒すことはできなかった。ヤヴァンナは、長い間ただ一人暗闇の中で歌った。ところが、望みが薄れ、ヤヴァンナの歌が途切れがちになったまさにその時、テルペリオンの葉のない枝に、ついに一つの大きな銀の花が生じ、ラウレリンにはただ一つ、金の果実が生じた。

ヤヴァンナはこの二つを摘み取った。すると、木は死んだ。命の失せたその幹は今もヴァリノールに立ち、消え去った喜びの形見となっている。ヤヴァンナはその花と果実をアウレに与え、マンウェがこれを聖め、アウレとその一族が、花と果実の輝きをいつまでも保つため、これを容れる入れものを作った。この二つの容器を、即ち〈太陽と月の歌〉に語られている通りである。この二つの容器を、「ナルシリオン」はヴァルダに与えた。アルダに近く、年経た星々よりもよく光る天の明かりとなりうると考えたからである。ヴァルダは、この二つの容器に、イルメンの低い領域を横切って渡る力を与え、黄道上の定められた道を、西から東へ旅し、また戻ってくるようにさせた。

ヴァラールは、薄明の中で、アルダの地の暗闇を思いやりながら、これらのことをなした。中つ国を光で照らし、その明るさで、メルコールの悪業を阻止しようと決意したのである。なぜならヴァラールは、目覚めた時のまま、その水辺に今も留まるアヴァリのことを憶えていたからであるし、流謫の身のノルドール族をもすっかり見捨ててはいなかったからである。それにマンウェはまた、人間の誕生が近いことを知っていた。ヴァラールは、クウェンディのためにはメルコールを討ったのであるが、ヒルドール、即ち〈後に来る者〉、イルーヴァタールのより若き子らのためには戦いを控えたのだと言われている。ウトゥムノの攻略に際し、中つ国の受けた傷がいかにも痛ましいものであったため、ヴァラールは、さらに悲しむべき事態に立ち至ることを恐れたのである。なんとなれば、ヒルドールは有限の命をもって生まれ、恐怖や激動に耐える力はクウェンディより弱いはずだからである。さらに、人間の誕生の地がどこになるのか、北か、南か、東か、それはマンウェにも明かされていなかった。それ故、ヴァラールは、かれらの住まうべき土地をともかく健全なものにするため、光を送り出したのである。

イシル、〈明るく照らすもの〉――その昔、ヴァンヤールは、ヴァリノールのテルペリオンの花である月をこう名づけた。そして、ラウレリンの果実たる太陽を、アナール、〈金色の火〉と名づけた。しかしノルドール族は、この二つを、ラーナ、即ち〈気紛れなるもの〉、ヴァーサ、即ち目覚めさせ、燃え尽きさせる〈火の核〉と名づけた。なぜなら、太陽が人間の目覚めと、エルフの衰微の印として掲げられた一方で、月は、エルフたちの記憶を大切に留めているからである。

　太陽の船を導くためにヴァラールがマイアールの中から選んだのは、アリエンという名の乙女であり、月の島の舵を取るのは、ティリオンであった。二つの木の存在した頃、アリエンはヴァーナの庭で、その金色の花々の手入れをし、ラウレリンの輝く露を集めて灌（そそ）いだ。しかしティリオンは、オロメに率いられる狩人であり、銀の弓を持っていた。かれは銀を非常に好み、休養を取る時には、オロメの森を去ってローリエンに行き、エステの泉のほとりに横たわり、ちらちらと明滅するテルペリオンの光を浴びて夢心地に浸ったのである。かれは、最後の銀の花をいつまでも世話する仕事を与えられるよう自ら乞うたのである。

　乙女アリエンは、かれより力ある者で、かの女が選ばれたのは、かの女がラウレリンの熱を恐れず、その熱によって傷つくことがなかったからである。かの女はもともと火の精であり、メルコールによって欺かれることもなく、かれに仕えるよう誘われたこともなかった。アリエンの目の輝きは、エルダールさえ、これを仰ぎ見るに耐え得ないほど明るかった。ヴァリノールを去る時、かの女は、ヴァラール同様ヴァリノールでかの女が帯びていた姿と衣を捨て、あたかも裸の炎の如くになり、その遮るところなき耀きは恐ろしいまでであった。

二つのうちで最初に作られ、最初に準備が整えられたのがイシルであり、星々の領域に昇っていったのも最初であったから、新たに生まれた二つの光の中では年長であった。二つの木の中でテルペリオンが年長であったのと同じである。それからしばらく、世界には月の光が満ち、ヤヴァンナの眠りの中で長らく待っていた多くのものが身動きして目覚めた。モルゴスの召使いたちはただ仰天するばかりであったが、外なる陸地に住まうエルフたちは、歓喜してこれを仰ぎ見た。そして西の方(かた)から、月が暗闇の上を昇ってきたまさにその時、フィンゴルフィンは銀のらっぱを吹かせ、中つ国への行軍を始めたのである。そしてかれの率いる軍勢は、その影を自らの前方に長く黒々と落としたのである。

ティリオンは、天空を七度(ななたび)通過した。そして、アリエンの船の用意ができた時には、東の涯(はて)にいた。やがて、アナールが燦然(さんぜん)と輝いて昇ってきた。太陽の最初の黎(れい)

明は、塔の如く聳え立つペローリの山々の山頂が、あたかも大火に燃えるかのようであった。中つ国の雲は燃えるように輝き、滝のように落ちてくる水の音が聞こえてきた。その時、モルゴスは全くなすところを知らず、アングバンドの最も深い地の底に降りてゆき、召使いたちを引き揚げさせ、昼星の光から己が土地を隠蔽しようと、悪臭ある煙や黒雲を濛々と送り出した。

　ところでヴァルダは、この二つの船が、常に空中にあって、しかも同道することなく、イルメンを旅するよう考えた。どちらもヴァリノールを発して東に渡り、そこからまた戻ってくるのであるが、一つが東から引き返す時に、もう一つは西から発進するのである。このようなわけで、新しい日々が始まって最初のうちは、地球の真上を渡るアリエンとティリオンが擦れ違う時、二つの光が互いに混ざり合うことから、二つの木の時代のやり方にのっとって日が数えられていた。しかし、ティリオンは気紛れで速度も定まらず、きめられた道を守ろうとしなかった。そしてかれは、アナールの炎がかれを焦がし、月の島が煤けようとも、アリエンの赫々たる輝きに引き寄せられ、これに近づこうとつとめた。

　そこで、このようなティリオンの気紛れのため、そしてさらには、眠りと休息が地上から追放され、星々の姿も隠されてしまったと訴えるローリエンとエステの嘆願により、ヴァルダは考えを変え、この世が暗闇と薄明に包まれる時間を取っておくことにした。それ故、アナールはヴァリノールでしばし憩い、外なる海の冷たい水の面に横たわった。そこで、太陽が天降(あまくだ)って休息する夕暮れ時は、アマンでは、この上なく明るい光と喜びの時となった。やがて太陽は、ウルモの召使いたちによって引きおろされ、今度は地球の下を速やかにくぐりぬけて、姿を見られることなく東に戻り、そこから再び天に昇るのである。夜が長過ぎて、月光の下に悪が横行するようなことがあると困るからである。外なる海の水は、アナールによって熱せられ、赤々と燃える火の色に輝いた。そしてアリエンが去ったあともしばらくの間は、ヴァリノールには明るさが残った。しかしながら、かの女が地球の下を旅して東に近づくにつれ、赤々とした残照は消え失せて、ヴァリノールは薄闇に包まれ、ヴァラールはこの時、ラウレリンの死を最も深く悲しんだのであった。そして日の出前には、守りの山脈の影が、至福の国に重くのしかかるのであった。

ヴァルダは、月にもまた同じように、地球の下を通って旅をし、太陽が天空から天降った後に東から昇るように命じた。しかし、ティリオンは今もそうであるように、定まらぬ足取りで進み、これからもそうであるように、相変わらずアリエンの方に引き寄せられていた。その結果、この二つが共に天空に見られることがたびたび起こるのである。時には月が近く寄りすぎて、その影で太陽の明るさを遮り、昼のさなかに暗くなることもあるのである。

それ故、その後は、世界の変わる日まで、ヴァラールは、アナールの行き来によって日を数えた。なぜなら、ティリオンは、ヴァリノールでゆっくりすることは滅多になく、むしろ西方の地は、アヴァサールも、アラマンも、ヴァリノールも大急ぎで通り過ぎ、外なる海のかなたの深い裂け目に飛び込み、アルダの底の岩屋や洞窟の間を独り辿ることが多かったからである。ここでいつまでもさまよい歩いたあげく、遅くなって戻ってくることもたびたびあった。

とはいえ、長い闇夜のあとのヴァリノールの明るさは、中つ国よりいや勝り、より美しかった。なぜなら、太陽はここで憩い、天空の光は、この地において、中つ国以上に地上に近かったからである。しかし、太陽も月もウンゴリアントの毒に損なわれる以前、二つの木から発していた昔の光を今に呼び戻すことはできない。その光は、今はシルマリルの中にのみ生きているのである。

ところで、モルゴスは、この二つの新しい光を憎み、ヴァラールによる予期せざる痛打に、しばらくはなす術を知らなかった。やがてかれは、影の精たちをティリオンに差し向けて、これを襲った。そして、星々の通い路の下のイルメンで両者は争ったが、ティリオンが勝利を占めた。

しかしモルゴスは、アリエンを非常に恐れ、かの女のそばには近寄ろうとしなかった。かれにはもはや、それだけの力がなかったのである。というのは、かれの敵意が次第に強まり、自ら考えついた悪を、虚言や邪悪な者たちの形をかりて、かれ自身の中から送り出すにつれ、かれの持てる力はそれらの中に移入され、分散されて、かれ自身は、ますます地上に縛りつけられ、暗い砦の中から出るのを厭(いと)うようになったのだ。かれは、自分と自分の召使いたちを暗闇で蔽(おお)って、アリエンの目から隠した。その目で見られることに、かれらは長く耐えられなかったのである。そして、かれの住処(すみか)に近い土地はすべて煙霧と一面の黒雲に包まれた。

ティリオンに加えられた襲撃を見て、ヴァラールは、モルゴスがその悪意と狡智をもって、いかなる奸計(かんけい)を企(たくら)んでいるか分からぬと危ぶんだのである。中つ国でかれに戦いを仕掛けることには気が進まぬながら、アルマレンが廃墟と化した記憶はかれらの念頭から去らず、同じことがヴァリノールに起こってはならないと決意した。それ故、ヴァラールはこの時、アマンの地の防備を新たに固め、長城の如きペローリの山並を、東も、北も、南も、険阻(けんそ)この上ない、恐るべき高さに築き上げた。

その外側は、黒々として滑らかで、足を掛けるところも、岩棚もなかった。玻璃のように硬い岩の面は断崖絶壁となって落ち込み、山々の頂はいずれも白い氷に覆われ、塔のように聳え立った。

そして山頂には、それぞれ不寝番が置かれ、山々を通り抜ける山道は、カラキルヤ以外には一本も通じていなかった。しかしヴァラールは、カラキルヤを閉じることはしなかった。忠実なエルダールのためであり、緑の丘なるティリオンの都で、今もなおフィナルフィンが、山々の深い裂け目に住むノルドール族の残党を治めていたからである。というのも、エルフの血を引く者はすべて、ヴァンヤール族でさえ、そしてその王のイングウェでさえ、外界の空気と、かれらの誕生の地から海を渡って吹いてくる風を時折吸い込まずにはいられないからである。それにヴァラールは、テレリ族を、同じエルフの血を引く者たちから完全に隔離するつもりはなかったのである。

しかしヴァラールは、カラキルヤに堅固な塔を建て、多くの見張りを置いた。そして、ヴァルマールの平野に出る口には一団の兵士たちを駐屯させたから、鳥であれ、獣であれ、エルフであれ、人間であれ、その他中つ国に住むいかなる生きものであれ、この囲みを突破することはできなかった。

やはりこの頃、詩歌に、ヌルタレ・ヴァリノーレヴァ、即ち〈ヴァリノール隠し〉と歌われていることが行われた。惑わしの島々が置かれ、そのまわりの海は暗闇と惑わしに満ちていた。そしてこれらの島々は、西に旅する者を、トル・エレッセア、即ち〈離れ島〉の手前で捕らえるわなのように、北から南まで一列に並んで小暗い海に浮かんでいた。

この島々の間を通り抜けられる船は、ほとんどないと言ってよかった。なぜなら、霧に蔽われた暗い岩の上で波が絶えずため息をつき、危険な音を立てていたからである。薄明の中を進むうちに、船乗りたちは非常な疲労を覚え、海を憎むようになる。しかし、魔法のかかった島々に一歩でも足を印したら最後、たちまち魔法にとらえられて、世界の変わる日まで、昏々と眠ることになる。かくて、マンドスがアラマンでノルドールに予言した如く、至福の国はかれらに閉ざされることとなった。そして後の時代に、西の地へ航海してきた多くの使者たちのうちヴァリノールに到達した者は、ただ一人を除いては誰もいない——その一人こそ、歌に残るかの最も力ある航海者である。

第十二章　人間のこと

ヴァラールは、守りの山脈の内側にあって今は平穏に玉座に坐し、光を与えたあとは長い間、中つ国のことは放置していた。そして、ノルドール族がその剛勇をもって対峙するほかは、モルゴスと覇を競う者はなかった。流離の者たちを最も心にかけていたのはウルモで、かれは、あらゆる水を通い路にして地上の消息を集めた。

この時以降は〈太陽年〉に算定される。ヴァリノールにおける長き〈二つ木〉の時代にくらべれば、速やかに経過する束の間の時間である。この時代に中つ国の空気は生成と必滅の気を重く孕むようになり、すべてのものは変化と老化を著しく速めた。アルダの第二の春には、土に水に命が満ちみちた。エルダールはその数を増し、新しい太陽のもと、ベレリアンドは次第に緑濃く美しくなっていった。

太陽が最初に昇った時、中つ国の東の方、ヒルドーリエンの地で、イルーヴァタールの乙子(おとご)たる人間が目を覚ました。最初の太陽は西から昇ったから、初めて見開いた人間の目はそちらの方に向けられ、地上を歩き始めたかれらの足も、われ知らず太陽の昇る方へさまよって行くことが多かった。かれらは、エルダールによってアタニと名づけられた。〈第二の民〉の意である。しかし、かれらはまた、人間たちのことを、ヒルドール、即ち(すなわち)〈後(あと)に続く者〉とも呼び、ほかにも多くの名で呼んだ。即ちアパノーナール、〈後(あと)に生まれた者〉、エングワール、〈病を持つ者〉、フィーリマール、〈有限の命の者〉などである。かれらはまた、人間たちを、侵害者、よそ者、不可解なる者、自らを呪う者、不器用な者、夜を恐れる者、太陽の子とも名づけた。

　この物語の中では、人間についてはほとんど語られていない。死すべき命の者が数を増し、エルフの力が衰えてゆく以前の太古の世に関わる話だからである。ただし、太陽と月が現われた最初の時期、世界の北方の地にさまよいこんだ人類の父祖たち、即ちアタナターリは別である。

　ヒルドーリエンには、人間を導き、あるいはかれらをヴァリノールに呼び寄せて住まわすために、一人のヴァラも来なかった。人間も、ヴァラールを愛するよりはかれらを恐れた。そしてヴァラールから遠ざかり、外界と不和であったので、諸神の意図を理解し得なかった。とはいえ、ウルモはかれらのことを心にかけ、マンウェの考えと意向に影響力を及ぼした。ウルモが人間に伝えようとする言葉は、川の水、海の水を通って、しばしばかれらに届けられたが、人間は水の言葉を聞くというようなことには元来不得手であり、まして、エルフと交わる以前の人間にそのような力はなかった。それ故、人間たちは水を愛し、水に心を動かされることはあっても、水の伝える言葉を理解することはなかった。

しかし、伝えられるところによると、間もなくかれらは、いろいろな場所で暗闇のエルフと出会い、かれらによって助けられることになった。そして人間はその揺籃(ようらん)期に、この古き民、即ちヴァリノールに到る旅路に足を踏み出したこともなく、ヴァラールのことも噂や遠い名前としてしか知ることのない、放浪エルフの一族の友となり、弟子となった。

モルゴスはこの時、まだ中つ国に戻ってから間がなく、その勢力はいまだ遠方には及ばず、その上、大いなる光の突然の到来により、その伸長を阻まれていた。陸地にも丘陵にも危険は少なく、ヤヴァンナの思いの中ではつとに古(いにしえ)より考え出され、暗闇の中で種子として蒔(ま)かれていた新しいものたちが、ここでついに蕾(つぼみ)を持ち、開花するに至った。西に、北に、南に、人間の子らはさすらいながら広がった。かれらの喜びは、葉がことごとく緑なす時の、露が乾く前の朝の喜びであった。

しかし、暁は束の間に過ぎ、真昼はしばしばその望みを裏切る。かくて今や、北方の強者たちの大いなる戦の数々が迫りつつあった。ノルドール族とシンダール族と人間が、モルゴス・バウグリルの軍勢と戦って破滅に陥る時である。モルゴスがその昔種子を蒔いた、そしてまた常に新たに己が敵の間に蒔き続けた巧妙な虚言と、アルクウァロンデにおける殺戮及びフェアノールの誓言から生じた呪いは、絶えずその結末に向かって影響を及ぼし続けていた。この時代の出来事でここに語られるのはほんの一部に過ぎず、その大部分は、ノルドール族のことと、シルマリルのこと、そしてかれらの運命に巻き込まれることとなった人間たちのことである。

その頃、エルフと人間は、背丈も体力もほとんど変わらなかったが、智慧と技と美しさにおいて、エルフの方が遥かに勝っていた。そして、かつてヴァリノールに住み、諸神、ヴァラールをわが目で仰ぎ見たことのある者たちは、暗闇のエルフたちが、前記の点で有限の命の人間たちに勝っていたのと同じだけ、暗闇のエルフたちに勝っていたのである。ただ、ドリアスの王国においてのみ、王妃メリアンがヴァラールの一族であったがため、シンダール族も至福の国のカラクウェンディにほとんど遜色なきまでに至ったのである。

　エルフたちは不死であり、かれらの智慧は時代を経るにつれていや増し、いかなる病も疫病もかれらに死をもたらすことはなかった。もっとも、かれらの肉体はこの世の物質からできていたから、これを滅ぼすことはできた。かれらの肉体は、その頃は今より人間の肉体に似ていた。かれらの肉体に精神の火が宿ってまだ間がなかったからである。その火は、やがていつかはかれらを内側から焼き尽くす。

　しかし、人間はさらに脆(もろ)く、武器や奇禍(きか)によって命を落とすことは易く、癒えることは難しかった。そして、病やさまざまな不幸に陥りやすく、年を取って死ぬのである。死後、かれらの霊魂がどうなるのか、エルフたちには分かっていない。人間の霊魂もまたマンドスの館(やかた)に行くのだと言う者もあるが、かれらによると、マンドスの館で人間の待つ場所は、エルフの場所と同じではないという。外なる海の傍(かたわ)らのこの沈黙の館で再び集められた後に、かれらがどこに行くのかを知っている者は、イルーヴァタールお一人のほかには、マンウェは別として、マンドスしかいないという。死者の館から戻ってきた者は、その手でシルマリルに触れたことのある、バラヒルの息子ベレン以外には誰もいない。しかしかれにしても、戻ったあと、有限の命の人間とはついに言葉を交わすことがなかった。死後の人間の運命は、恐らくヴァラールの手にはないのであろうし、アイヌールの音楽の中にすべて予告されていたわけでもないのであろう。

後世、モルゴスが勝利を占め、エルフと人間が、かれの願望通り離間されるに至った時、中つ国になおも住み続けるエルフ族は、次第に衰え、力を失い、人間が陽光をほしいままに享受した。やがてクウェンディは、広大な国々、島々の人気（ひとけ）ない場所をさまよい、月光と星明かりに、そして森と洞窟に親しみ、記憶の中に存在する影の如きものになり果てた。ただ時折、西方に船出して中つ国から姿を消す者がいた。

しかし、黎明（れいめい）期にあっては、エルフと人間は盟友であり、互いに同類と見なしていた。そして人間の中には、エルダールの智慧を学び、ノルドールの大将たちに立ちまじる、勇猛にしてすぐれた者もいた。エルフの栄光と美しさ、かれらの宿命を完全に共有したのは、エルフと人間の血を享（う）けたエアレンディルであり、エルウィングであり、かれらの子供であるエルロンドである。

第十三章　ノルドール族の中つ国帰還のこと

流謫の身となったノルドール族のうち、最初に中つ国に到り着いたのはフェアノールとその息子たちで、ドレンギストの入江の外の海岸ランモス、即ち〈大谺〉の荒地に上陸した。この海岸にノルドールが足を印したその時、かれらの鬨の声が山々に吸収され、増幅されて谺し、数限りない力強き声の重なり合うが如き怒号となり、北方の海岸という海岸をとよもした。そして、ロスガルで焼かれた船の燃えはじける音は、激しい怒りの騒然として起こるが如く海の風に運ばれてゆき、遥か遠くでその音を耳にした者は、何事ならんとこれを怪しんだ。

ところで、炎上する船の火焔を見たのは、フェアノールがアラマンに置き去りにしたフィンゴルフィンだけでなく、オークたちやモルゴスの見張りたちもまた、これを見たのである。不倶戴天の仇敵フェアノールが、西方より軍勢を率いてきたことを知り、モルゴスがこの時どう考えたかは、どの物語にも語られていない。恐らくかれは、フェアノールをほとんど歯牙にもかけていなかったのではないか。なぜならかれは、ノルドール族の剣の力をまだ試したことがなかったからである。そして間もなく分かったところでは、かれはフェアノールの一行を追い戻し、海中に叩き込もうとしていたのである。

月がまだ昇らぬ前の冷たい星々の下を、フェアノールの軍勢は、エレド・ローミンの冴する丘陵を貫通するドレンギストの長い入江を遡り、海岸から広大なヒスルムの地に入っていった。そしてついに、ミスリムの長い湖に来て、この湖の北岸の、同じ名を持つ土地に野営した。しかし、ランモスの騒ぎと、ロスガルで焼かれた船の燃えさかる明かりに警戒を喚起されたモルゴスの軍勢は、エレド・ウェスリン、即ち〈影の山脈〉の山道を通り、まだ設営も充分に整っておらず、防御の備えもできていないフェアノールの陣地を急襲した。こうして、ミスリムの灰色の野に、ベレリアンド戦役の二度目の合戦が戦われた。ダゴール＝ヌイン＝ギリアスとこれを呼ぶ。〈星々の下の合戦〉の意である。なぜなら、まだ月は昇っていなかったからである。これはまた、歌に名高い合戦でもあった。

ノルドール族は数において劣り、その上、不意をつかれたにもかかわらず、たちまち勝利を収めた。というのも、アマンの光がいまだかれらの目から消え去っておらず、加えてかれらは力も強く、動きは迅速で、怒れば情け容赦もなく、身に帯びる剣は長く、恐るべき業物（わざもの）であったからである。オークたちは敗走し、大量の死者を出してミスリムから追い立てられ、影の山脈を越え、ドルソニオンの北の方（かた）に横たわるアルド＝ガレンの大平原まで追撃されていった。

この時、南下してシリオンの谷間に侵入し、ファラスの港のキールダンを包囲していたモルゴス軍が援軍として差し向けられたのであるが、急襲されて潰滅した。なぜなら、フェアノールの息子ケレゴルムがかれらの動きを知り、エルフ軍の一部を率いてこれを待ち伏せ、エイセル・シリオンに近い丘陵から奇襲をかけ、かれらをセレヒの沼沢地に追い込んだのである。ようやくアングバンドに届いた凶報は、モルゴスを愕然たらしめるのに充分であった。合戦は十日間に及び、ベレリアンド征服を目指してかれが用意した全軍勢のうち、かれの許（もと）に戻り着いたのは、わずか一握りに過ぎなかった。

しかし、モルゴスを大いに喜ばすに足ることも起こった。もっとも、これをかれが知ったのは、しばらくあとになってからであった。というのは、仇敵への怒りに駆られたフェアノールが、立ち止まろうともせずあくまでオークの残党のあとを追い、それによってモルゴス自身のところまで行き着こうとしたからである。フェアノールは、剣を揮（ふる）いながら高らかに笑った。ヴァラールの怒りと、禍（わざわい）多き長途の旅に敢えて挑んだ甲斐あって、今こそ復讐の時を迎え得たと喜んだからであり、アングバンドのことも、モルゴスが速やかに整えた防備力の強大さについても、かれは何一つ承知していなかったのである。しかし、たとえ知っていたにしても、それで思いとどまりはしなかったであろう。なぜなら、かれは、己自身の憤怒の焔に焼き尽くされ、異常に気持が昂揚していたからである。

　そして気がついた時には、かれは味方の軍の先頭を遥かに引き離していた。追いつめられたモルゴスの召使いたちは、これを見て攻勢に転じ、さらにかれらの助太刀に、アングバンドからバルログたちが出てきた。こうしてフェアノールは、モルゴスの国土たるドル・ダエデロスの境界で、まわりにほとんど味方もなく、包囲されてしまった。

　かれは火に包まれ、多くの手疵を負いながらも怯むことなく、長い間踏みこたえていたが、ついに、バルログの首領ゴスモグに襲われ、地面に倒れた。後にエクセリオンによってゴンドリンで討ち果たされることになるゴスモグである。フェアノールは、ここで死ぬところであったが、ちょうどその時、息子たちが、味方の軍を率いて救援に駆けつけたため、バルログたちはかれを放って、アングバンドに去っていった。

そこで、息子たちは父親を担ぎ上げ、ミスリムへ向け、かれを連れ戻そうとした。しかし、一行がエイセル・シリオンに近づき、山越えの山道に通じる爪先上がりの小道にさしかかった時、フェアノールは一行の足を止めさせた。かれの傷は致命傷であり、かれは自分で、最期の時が来たことを悟ったからである。

この世の見納めに、エレド・ウェスリンの山腹から眺め渡したかれの目がとらえたのは、中つ国に聳え立つ塔の中の最強のもの、サンゴロドリムの要塞のあまたな尖塔であった。かれは、死を前にした予見の力で、ノルドール族のいかなる力をもってしても、この砦を覆すには至らないであろうことを悟った。しかしかれは、モルゴスの名を三度罵り、息子たちに、あくまでも誓言を守り、父の仇を討つことを託した。そしてかれは死んだが、埋葬もされず、墓も造られなかった。なぜなら、かれの霊魂は火のように激しく燃えていたので、それが肉体を飛び去る時、肉体は燃えて灰となり、煙のように運び去られたからである。かれと似た者は二度と再びアルダには現われず、かれの霊魂もマンドスの館を離れることはなかった。

ノルドール族の最強の者は、かくの如くして逝った。かれの所為から、かれらノルドール族の最も世に知られる功業も、痛恨極まりない悲しみも生じたのである。

ところで、ミスリムには、灰色エルフたちが住んでいた。山脈を越えて北の方に放浪してきたベレリアンドのエルフたちである。ノルドール族はかれらに出会って、長い間分かれ住んでいた血縁の者たちに出会ったように喜んだが、最初のうちはなかなか言葉が通じ合わなかった。長い別離の間に、ヴァリノールのカラクウェンディとベレリアンドのモリクウェンディの言葉は、互いに遠く隔たってしまったのである。

ミスリムのエルフたちの口から、ノルドール族は、ドリアスの王エル・シンゴルの勢威と、かれの王国のまわりにめぐらされた魔法帯のことを聞き知った。一方、北方におけるノルドール族の数々の功業は、やがて南の方なるメネグロスの地に、そしてブリソンバールとエグラレストの港に風の便りにもたらされ、ベレリアンドのエルフたちはみな、力ある同族を中つ国に迎えて、驚きと望みに胸をふくらませた。ベレリアンドのエルフたちは、自分たちが最も難渋している時、思いもかけず西方から戻ってきたこの同族のことを、最初は、自分たちを救うためにヴァラールによって遣わされた使者たちであると心から信じたのである。

・

さて、フェアノールが死んだちょうどその時、息子たちの許にはモルゴスからの使者が来て、敗北を認めて、講和の話し合いを申し出た。モルゴスは、シルマリルの一個を引き渡してもよいとさえ言ってきた。その時、長子である丈高きマエズロスは、モルゴスと交渉すると見せかけ、指定された場所でかれの使者たちと会おうと弟たちを説得した。しかし、あまり信義を重じないのは、ノルドール族もモルゴスも同じだった。それ故、双方の使節は共に決められた以上の軍勢を引き連れてきたのであるが、モルゴスの遣わした人数の方がさらに多く、その中にはバルログもいた。マエズロスは要撃され、かれと行を共にした者はすべて殺された。しかし、かれ自身はモルゴスの言いつけで生きたまま捕えられ、アングバンドに連れ去られた。

マエズロスの弟たちは退却し、ヒスルムに大規模な野営地を築いた。しかし、モルゴスはマエズロスを人質としておさえ、ノルドールが戦いをやめて西方に戻るか、あるいはベレリアンドを去って、ずっと南の世界に行ってしまわなければかれを釈放しない、と言ってきた。しかしフェアノールの息子たちは、たとえ自分たちがどのように行動しようとも、モルゴスは自分たちの裏をかき、マエズロスを釈放しようとはしないことを知っていた。それにかれらは、自らの誓言によって縛られてもいた。いかなる理由があろうと、仇敵に対する戦いをやめるわけにはいかなかったのである。

そこでモルゴスは、マエズロスを、サンゴロドリムの絶壁から吊り下げた。右の手首に鋼の枷を嵌め、岩壁で身動きできないさらし者にしたのである。

さて、フィンゴルフィンとかれに従う者たちが、軋む氷の海峡を渡り進軍してきたという噂が、ヒスルムの野営地に届いた。時はまさに、全世界が月の出現に驚嘆している時であった。

しかし、フィンゴルフィンの軍勢がミスリムに進軍してきた時、今度は、赫々たる太陽が燃え立つように西の空に昇ってきた。フィンゴルフィンは、青と銀の王旗を幾旒もなびかせ、あまたの角笛を吹き鳴らした。すると、かれの進軍する足許に突然花々が開き、星々の時代は終わった。大いなる光が昇った時、モルゴスの召使いたちはアングバンドに逃げ込み、フィンゴルフィンは、敵が地下に隠れひそんでいる間に、ドル・ダエデロスの要害を抵抗も受けずに通り過ぎた。その時、エルフたちはアングバンドの門を激しく叩き、戦いを挑むトランペットの響きは、サンゴロドリムの城砦をゆるがした。マエズロスは、責め苦のさなかにこれを聞き、声を張り上げて叫んだ。しかし、その声は岩間の反響で消し去られた。

一方、フィンゴルフィンはフェアノールとは気質が異なり、モルゴスの策略に乗らないよう用心を怠らなかったので、ドル・ダエデロスから直ちに兵を引き、ミスリムに向かった。その地に行けばフェアノールの息子たちが見出せる、と風の便りに聞いていたからである。それにかれは、自分が率いてきた一族郎党たちに充分に休息を取らせ、再び力を取り戻すのに、影の山脈という防塁を必要としたのである。かれは、アングバンドの難攻不落の堅固さを目のあたりに見て、これがただトランペットの音だけで屈服するとは思わなかった。

それ故、ようやくヒスルムに辿り着くと、ミスリム湖の北の湖岸近くに、野営地を兼ねた最初の住居を構えた。フィンゴルフィンに従う者たちの心には、今はフェアノール一族に対する一片の愛情すら残っていなかった。氷の海を辛苦して渡った者たちの苦しみはそれほど大きく、フィンゴルフィンは、息子たちも父親と同罪であると見なしていたからである。

そこで、両軍の間に争いの起こる惧れもあったのであるが、フィンゴルフィンとフィナルフィンの息子フィンロドの一族郎党は、途中で痛ましいまでの損失を蒙ったとはいえ、フェアノールに従う者にくらべれば、まだまだ数において勝っていた。かれらを前にして、フェアノールの一党は退き、居住地を南の湖岸に移した。そこで両者は、湖を挟んで居住することになったのである。

フェアノールの家中には、ロスガルで船を焼いたことを心底悔やみ、かれらの見捨てた友が北方の氷海を渡ったと聞き、その剛勇に驚嘆の思いを禁じ得ない者も多かった。かれらは喜んで友人たちを迎えたいと思っていたであろうが、面目なさに、それさえできなかったのである。

このように、自分たちの身に引き受けた呪いのため、ノルドール族は何一つ成就せずにいたが、一方モルゴスも、遅疑逡巡していた。陽光の恐ろしさは、オークたちにとってかつて経験のない新しい強烈なものであった。しかしモルゴスは、思案から覚め、敵の分裂に気づいて笑った。アングバンドの地下要塞の中で、かれは煙と蒸気を生ぜしめた。それは鉄山脈の峰々から濛々と立ち昇り、遠くミスリムからも望見され、この世に太陽が初めて現われたばかりの朝ごとの晴朗な大気を汚したのである。東から一陣の風が吹いて、この煙霧をヒスルムの上空に運び、生まれたばかりの陽光を翳らせた。その煙霧は地上に下って、野や窪地に渦を巻き、ミスリムの湖水の上にも広がり、荒涼として悪臭を放つ湖と化せしめた。

その時、フィンゴルフィンの息子である、剛勇の誉れ高きフィンゴンが、敵に戦いの準備を完了させせぬうちにノルドール族を分かつ確執を癒そうと決意した。それというのも、モルゴスの地下の鍛冶工場の轟きで、北方の大地が震えていたからである。遠い昔、メルコールがまだ鎖を解かれず、ノルドール族の間に虚言が入り込んでおらぬヴァリノールの至福の日々に、フィンゴンはマエズロスと大変仲が良かった。かれは、フェアノールの一行が船を燃やした時、マエズロスがかれのことを忘れないでいたことをまだ知ってはいなかったが、かつての友情を思って、かれの胸は痛んだ。

そこでかれは、ノルドールの公子たちの数ある勲の中でも特に世に知られて然るべき功業をなしとげたのである。かれは単身、誰にも相談せず、マエズロスを探しに出掛けた。そして、モルゴスが作り出した暗闇に助けられて、姿を見られることなく、敵の要害の地に入り込んだ。サンゴロドリムの山の肩まで高く攀じ登ると、かれは、荒涼たる土地を絶望して眺めやった。モルゴスの砦の中まで抜けられるような道も、割れ目も、かれの目には見つからなかった。そこでかれは、地の下の暗い穴に今も身を竦ませているオーク共をものともせず、やおら竪琴を取り出すと、昔、まだフィンウェの息子たちの間に争いが生じる前にノルドール族が作ったヴァリノールの歌を歌った。かれの歌声は、それまで恐怖と苦悩の叫びのほかにはどのような声も届いたことのない陰気な谷間に響きわたった。

かくてフィンゴンは、求めていたものを見出した。というのは、遥か頭上から、突然、消え入るような声がかれの歌を引き継ぎ、かれの歌に応えたその声が呼びかけたのである。身を苛(さいな)む苦痛のさなかに歌ったのは、マエズロスだった。しかしフィンゴンは、かれのいとこが吊るされている絶壁の下まで攀じ登っていったが、それ以上はどうしても進めなかった。かれは、モルゴスの残酷な仕掛けを見て泣き、マエズロスは、望みの潰えた苦しみに悶え、フィンゴンにその矢で射殺してくれるように頼んだ。

フィンゴンは、矢をつがえ、弦を引きしぼった。そして、もはやこの方におすがりするよりほかはないと考え、マンウェに呼びかけて言った。「おお、空飛ぶすべての鳥を愛し給う王よ、羽根あるこの矢に務めを果たせ給え。難渋せるノルドール族への憐れみを、今一度幾許(いくばく)なりとも思い起こし給え！」

かれの祈りは、すぐに応じられた。なぜなら、すべての鳥たちを大切にし、かれらから中つ国のさまざまな知らせをタニクウェティル山頂で受取っていたマンウェは、以前、大鷲(おおわし)族を送り出し、北方の峨々(がが)たる岩山に棲(す)まわせて、モルゴスを見張るよう命じていたからである。マンウェは、流謫のエルフたちに今も憐れみをかけていたのである。そして大鷲たちは、その頃、中つ国に起こっていたさまざまな出来事を、悲しむマンウェの耳に届けていた。

さて、フィンゴンが弓をいっぱいに引きしぼったちょうどその時、空中から、大鷲の王ソロンドールが舞い降りてきた。かれは、かつて存在した鳥たちのうちの最強の者で、翼の全長は三十尋(ひろ)に及んだ。かれはフィンゴンの手を止め、そのままかれを持ち上げ、マエズロスが吊るされている岩壁まで運んだ。しかしフィンゴンは、魔術で鍛えられた手枷を、マエズロスの手首から外すことも、切断することも、あるいは岩から引き抜くこともできなかった。そこで再び、マエズロスは苦痛に耐えられず、自分を殺してくれるように頼んだ。しかしフィンゴンは、かれの手を手首の上で切断し、二人はソロンドールによってミスリムに連れ戻された。

この地で、マエズロスの傷もやがて癒えた。かれの体内には生命の火が熱く燃えていたからであり、ヴァリノールで育てられた者たちのみが持つ古(いにしえ)の世の体力を保持していたからである。かれの肉体は責め苦の苦痛から回復し、再び元気を取り戻したが、苦痛の影は心に残った。そしてかれは、失った右手以上に巧みに、左手で必殺の剣を揮った。フィンゴンはこの時の功業により、大なる高名をかち得て、全ノルドール族によって讃(たた)えられた。そしてフィンゴルフィンとフェアノール両家の怨恨も和(やわ)らげられた。アラマンで置き去りにしたことに対し、マエズロスが許しを乞うたからである。そしてかれは、全ノルドール族に君臨する王権の権利を放棄して、フィンゴルフィンに言った。「われらの間になんらの悶着がなかったとしても、王権は当然、殿の許に参りましょう。この地におけるフィンウェ王家の中で最年長であられるだけでなく、大そう御賢明でおいでですから」。しかし、かれの弟たちはみながみな、心からこれに同意していたわけではなかった。

それ故、マンドスが予告した通り、フェアノールの家系は〈奪われたる者たち〉と呼ばれた。それは、上級王の地位がエレンデにおいても、ベレリアンドにおいても、長子たるフェアノール家からフィンゴルフィン家に移ったことと、シルマリルの喪失とによるのである。

しかし、ここに再び団結したノルドール族は、ドル・ダエデロスの国境に見張りを置き、アングバンドは西からも、南からも、東からも包囲された。そしてノルドール族は、あまねく使者を送ってベレリアンドの国々を探らせ、そこに住む者たちと交渉せしめた。

さて、シンゴル王は、西方からかくも多数の勢威ある公子たちが新しい国土を求めてきたことを、必ずしも心から歓迎しているわけではなかった。そしてかれは、自分の王国を開こうとはせず、王国を取り巻く魔法帯を取り除こうともしなかった。というのも、メリアンの智慧（ちえ）に助けられた思慮深き王は、今は屏息（へいそく）しているモルゴスの状態がいつまでも続くとは思っていなかったからである。

ノルドール族の公子たちの中でフィナルフィン家の者だけが、ドリアスの境界の中に入ることを許された。かれらは、シンゴル王自身と近い血縁関係にあることを主張できたからである。かれらの母が、オルウェの娘、アルクウァロンデのエアルウェンだからである。

謫所(たくしょ)にあるノルドール族の中で最初にメネグロスに来たのは、フィナルフィンの息子アングロドで、かれは兄のフィンロドの使いとして、シンゴル王と長時間話し合い、北方におけるノルドール族の功業のこと、一行の人数のこと、そして兵力のことをかれに告げた。しかし、誠実であると共に分別があり、すべての痛恨事も今や許されたと考えていたので、同族殺害については一言も口には出さず、ノルドール族が流謫の身となった事情についても、フェアノールの誓言のことにも触れなかった。

シンゴル王は、アングロドの言葉に注意深く耳を傾けた。そして、アングロドが立ち去る前に言った。「そなたを遣わした者に、このように伝えてもらおう。ヒスルムにノルドール族が住むことを許す。さらに、ドルソニオンの高地と、無人の荒地であるドリアスの東の地に住むことを許す。そのほかの地には、わが民が多く住み、かれらの自由が制限されるようなことがあってはならない。ましてや、かれらをその家から追い立てるようなことは論外である。それ故、御身(おんみ)ら西方の公子たちは、よくよく身の処し方に気をつけるがよいぞ。予がベレリアンドの王であるのだから、この地に住もうという者は、何人(なんぴと)であれ、予の命令に服さねばならぬ。なお、ドリアスには、客人として予が招いた者、もしくは已(や)むをえざる必要あって予に面会を求める者以外は、何人なりと滞在させるわけにはゆかぬ」

　さて、ノルドール族の公子たちは、ミスリムで会合していた。そこへ、ドリアスからアングロドがシンゴル王の伝言を携えて戻ってきた。ノルドール族にとっては、その伝言は歓迎の言葉としては冷たいものに思われた。フェアノールの息子たちはこれを聞いて怒った。

　しかし、マエズロスは笑って言った。「王とは自分のものを保持できる者のこと。さもなければ王の名が泣こう。シンゴルは、かれの力の及ばぬ土地でしか、われらが住むことを許さぬ。実のところノルドール族が来なければ、今日かれの王国といえるのは、ドリアスのみであったろうが。故に、ドリアスはかれに統治せしめよ。そして隣人に、われらが見出したモルゴスのオークではなく、フィンウェの息子たちを持つことができるのを喜ぶがよい。われらはほかの地で、われらの望むよう、事を進めようぞ」

しかし、フィナルフィンの息子たちに愛情を持たず、兄弟たちの中でも最も気が荒く、怒りっぽいカランシルが大声で叫んだ。「いや、そうはいかぬ！　フィナルフィンの息子たちに動きまわられて、手前勝手な話を、一方的に洞窟の暗闇エルフのところに持っていかれてはかなわぬぞ！　かれと交渉する代弁者にかれらを選んだのは誰だ。たとえかれらはベレリアンドに身を置こうとも、かれらの父はノルドールの公子であることをそう簡単に忘れてもらっては困る。もっとも、かれらの母は異なる一族の出であるが」

アングロドは、憤然として会議の場から退出した。マエズロスは実際カランシルを強くたしなめたが、両家に従うノルドール族の大多数は、かれの言葉を聞いて不安を覚え、いつかは短気な言葉や暴力沙汰となって爆発しかねない、フェアノールの息子たちの激越な精神を恐れた。さて、マエズロスは弟たちを制止し、共に会議場を去り、その後間もなく、ミスリムを去って、アロスの先の東の方、ヒムリングの丘の周辺の広い土地に移って行った。この地域は以後、〈マエズロスの辺境〉と名づけられた。この地の北方には、アングバンドからの襲撃に対し、防壁となるべき山や川がほとんどなかったからである。

この地にあって、マエズロスとその弟たちは警戒を怠らず、かれらの許に馳せ参じようとする者はこれをすべて糾合し、西に住まう同族とは必要已むを得ざる場合を除いてほとんど交渉を持たずにいた。これは、少しでも争いの機会を少なくするために、また、襲撃を受ける危険が最も大きいところを進んでわが身に引き受けようとしたが故に、マエズロス自身が考え出したことだと言われる。かれ自身は、フィンゴルフィン家及びフィナルフィン家と友好を保ち、互いに意見を交わすため、時折かれらのところを訪れた。しかしかれもまた、かの誓言によって縛られていることに変わりはなく、今はそれがしばらく眠っているだけのことであった。

ところで、カランシルの一党は、ゲリオン川の上流をさらに東に奥まったところに定住した。レリル山の麓のヘレヴォルン湖周辺と、そこから南にかけてである。かれらは、エレド・ルインの山頂に登って、東の方を見渡し、驚きの目を瞠った。かれらの目に映った中つ国は、広大な未開の地がどこまでも広がっているように見えたからである。

このような経緯で、カランシルの一党は、ドワーフと出会った。ドワーフたちは、モルゴスの襲撃とノルドールの中つ国到来以来、交易のために、ベレリアンドへ行くのをやめてしまっていたのである。しかし、この二つの種族の間には、両者共に手の技を愛し、学ぶことに熱心であったにもかかわらず、愛情らしきものは生まれなかった。なぜなら、ドワーフは秘密好きで、恨みを懐きやすく、また、カランシルは尊大で、ナウグリムの容貌の美しくないことに対して、蔑みの気持を隠そうともしなかったからである。そして、かれの率いる民も主君に倣ったのである。とはいえ、両者は共にモルゴスを恐れ憎んでいたので、同盟を結び、そこから大きな利益を得た。というのも、ナウグリムはその頃、手の技の仕事について多くの秘伝を習い覚え、その結果、ノグロドとベレグオスト両都の金銀細工師と石工は、同族の中でもその存在を知られていた。そして、ドワーフたちが再びベレリアンドに旅をするようになると、ドワーフの鉱山との取引はすべて、まずカランシルを通して行われた。かくて、かれの懐には大いなる富が転がり込んだのである。

太陽年で二十年が経った時、ノルドールの王フィンゴルフィンが大宴会を催した。頃は春、所は、早瀬川ナログの源たるイヴリンの泉の近くであった。ここは、この土地を北から守る影の山脈の麓、緑の麗しい土地であった。この時の宴の喜びは、その後の悲しみの日々にあって長く記憶された。そしてこれは、メレス・アデルサド、即ち〈再会の宴〉と呼ばれた。ここには、フィンゴルフィンとフィンロドの一族の長や民たちの多くが出席した。フェアノールの息子たちの中からは、マエズロスとマグロールが、東の辺境国の戦士たちを伴って参会した。また、灰色エルフたちも多数出席した。ベレリアンドの森を放浪する者たちや、主君キールダンに従ってきた港のエルフたちである。さらに緑のエルフたちも、オッシリアンド、即ち、遥か遠く長城の如く連なる青の山脈の裾に七つの川の流れる国から訪れた。ただドリアスからは、マブルングとダエロンという二人の使者が、王からの挨拶を携えてきたに過ぎない。

メレス・アデルサドでは、善意をもって多くの話し合いがなされ、同盟と友好の誓いが新たにされた。この宴では、灰色エルフの言葉が、ノルドール族によってさえ最も多く使われた。というのは、ノルドール族はベレリアンドの言葉をたちまち覚えてしまったが、シンダールは、ヴァリノールの言葉になかなか習熟しなかったからである。

ノルドール族の気持は昂揚し、胸は希望にふくらんだ。かれらの中には、中つ国に自由と美しい王国を求めよと言ったフェアノールの言葉はやはり正しかったのだと思う者も大勢いた。いかにもその後、長い平和の時代が続いたのである。その間、かれらの剣が、モルゴスによる荒廃からベレリアンドを守り、モルゴスの力はその城壁の背後に閉じ込められていた。その頃は、新しい太陽と月の下に喜びがあり、全土が満ち足りていた。とはいえ、北方にはやはり大いなる影が垂れこめていたのである。

再び三十年が経ち、フィンゴルフィンの息子トゥルゴンは、自分の居住地であるネヴラストを出て、トル・シリオンの島で友人のフィンロドを探し出すと、二人でシリオンの川に沿い、南に旅をした。北方の山々にここしばらく飽きていたからであった。歩いているうちに、薄暮の湖沼の先のシリオンの川辺で夜が訪れ、二人は、夏の星空の下、その岸辺で眠った。ところが、その川をウルモが上ってきて、二人を深く眠らせ、重苦しい夢を見させた。覚めたあとも、夢から受けた不安は二人の心から払拭（ふっしょく）されなかったが、どちらも、そのことについては一言も相手に話さなかった。というのも、二人の記憶は鮮明ではなく、その上どちらも、ウルモが警告を夢に託して伝えたのは自分だけだと思っていたからである。

しかし、それからあと、二人は心が落ち着かず、これから先どのようなことが起こるのだろうかという不安から逃れることができなかった。かれらは、しばしば独りだけで、まだ歩いたことのない土地を歩き、人知れず隠れた力がひそむ場所をあまねく探し求めた。なぜなら、二人とも、モルゴスがアングバンドから不意に打って出て、北方のエルフ軍を潰滅せしめることがないように、禍の日に備え、隠れ場所をしっかり作っておくよう命ぜられたと思ったからである。

さて、ある時、フィンロドと妹のガラドリエルが、ドリアスの親戚シンゴル王の客となったことがあった。その時、フィンロドは、メネグロスの堅固さと荘厳、その宝物庫に武器庫、柱を連ねた石造りの館を目のあたりにして、驚きを禁じ得なかった。そして自分も、どこか山々の下に深い隠れた場所を選び、常に警戒怠りない城門の背後に広大な館を築きたい、という願いを持った。そこでかれは、その気持をシンゴルに打ち明け、夢の話をした。シンゴルは、かれに、ナログ川の深い峡谷のことと、その峻嶮な西岸にあるファロス高地の下の洞窟群のことを話した上、かれが立ち去る時、まだほとんど知る人のいないその場所にかれを導いてくれる道案内をつけてくれた。こうしてフィンロドは、ナログの洞窟に来て、そこに、メネグロスの館の作りを模倣し、奥深い館と武器庫を築き始めた。そしてこの要害の地は、ナルゴスロンドと呼ばれた。この建造に当たって、フィンロドは青の山脈のドワーフたちの助けを借りたが、かれらは充分な報酬を与えられた。フィンロドは、ノルドール族の公子の誰よりも多くの財宝を、ティリオンから持ってきていたからである。

この頃、かれのために、ナウグラミール、即ち〈ドワーフの頸飾り〉が作られた。

上古の世のドワーフの作品の中で最も名高いものである。これは金属の頸飾りで、ヴァリノールからもたらされた無数の宝石が嵌め込まれていた。しかし、この頸飾りにはある力がこめられていて、その軽さは、これを帯びる者に、まるで麻の撚糸を下げているほどにしか感じさせず、またこの頸飾りを頸にさげれば、何人であれ、いつもこの頸飾りがよく似合って、みやびに美しく見えたのである。フィンロドは、一族郎党の多くを連れて、ここナルゴスロンドに本拠を置いた。かれは、ドワーフの言葉でフェラグンド、即ち〈洞窟を切り拓く者〉と呼ばれた。その後、かれは死ぬまで、この名前で呼ばれた。しかし、フィンロド・フェラグンドは、ナログ川の傍らのこの洞窟群に住んだ最初の者ではなかった。

　かれの妹のガラドリエルは、一緒にナルゴスロンドには行かなかった。なぜなら、ドリアスには、シンゴルの縁者ケレボルンが住んでいて、この二人の間には強い愛情が育っていたからである。ガラドリエルは隠れ王国に留まり、メリアンと共に住んで、かの女から、中つ国に関するすぐれた知識や智慧を学んだ。

　一方トゥルゴンは、丘の上に建てられた都、塔と木々の美しいティリオンの都を忘れかねていた。そして、求めるものが見つからないままネヴラストに戻り、海辺のヴィンヤマールで平穏に暮らしていた。すると次の年、ウルモ自身がかれのところに姿を見せ、もう一度シリオンの谷間に一人で行くように命じた。トゥルゴンは出掛けた。そしてウルモに案内されて、環状山脈の中にあるトゥムラデンの隠れた谷間を見出した。その谷間の真ん中に、石の丘があった。このことをかれは誰にも話さず、もう一度ネヴラストに戻り、そこで密かに案を練って、流謫の身でいつもなつかしく思い起こす、トゥーナ山頂のティリオンの都に倣って、都市の設計にとりかかった。

さて、モルゴスは、ノルドールの公子たちが戦争のことなどほとんど念頭になく、遠くまで逍遥して歩いているという間者の報告を信じ、敵の軍事力と警戒ぶりを試そうとした。そこで、またもや、ほとんどなんらの予告もなく、かれの力は蠢動し始めた。北方の地は突然、地鳴り鳴動し、大地の亀裂は火を噴き出し、鉄山脈は焔を吐き出した。そして、アルド＝ガレンの平原をオークたちが怒濤のように渡ってきた。そこからかれらは、西は、シリオンの山道を遮二無二下り、東は、マエズロスの丘陵と、青の山脈から分岐した山々との間の切れ目に位置する、マグロールの土地に押し入ってきた。

しかし、フィンゴルフィンとマエズロスは眠ってはいなかった。本隊からはぐれてベレリアンドにさまよいこみ、悪逆無道を働いているオークたちの群れをほかの者たちが探し出している間に、かれらはドルソニオンを襲おうとしている本隊を両側から挟撃することにより、モルゴスの召使い共を敗退せしめ、アルド＝ガレンの平原を渡ってかれらを追跡し、アングバンドの門の見えるところで、最後の一兵に至るまで徹底的に潰滅せしめた。これは、ベレリアンドの戦いにおける三つ目の大合戦であり、ダゴール・アグラレブ、即ち〈赫々たる勝利の合戦〉と名づけられた。

この合戦は確かに勝利に終わったが、同時に警告にもなった。公子たちはこれを心に銘じ、以後は包囲をさらに縮め、見張りを強化し、整備した。アングバンドの包囲の始まりである。これは、太陽年で数えて四百年になんなんとする間続いた。ダゴール・アグラレブの後、長い間、モルゴスの召使いたちは一人として城門の外に出ようとはしなかった。ノルドールの公子たちを恐れたからである。フィンゴルフィンは豪語して言った。「自分たちの中から裏切る者が出ない限り、モルゴスは二度と再び、エルダールの囲みを突破することも、あるいは不意をついて自分たちを襲うこともできないであろう」と。しかしながら、ノルドール族はアングバンドを攻略することも、シルマリルを奪い返すこともできなかった。また、アングバンド包囲のこの期間に、戦いが完全に終息していたわけでもなかった。なぜなら、モルゴスは新たな悪事を考え出し、時折、敵を試みたからである。また、モルゴスの拠点を完全に包囲してしまうこともできなかった。なぜなら、サンゴロドリムの数々の塔は、湾曲する長城の如き鉄山脈から突き出ており、この山脈が両翼から城砦を守っていたので、雪と氷に阻まれて、ノルドールはこれを越えることができなかったのである。こうしてモルゴスは、後背部と北には敵の憂えがなく、その方面からかれの間者が時々出動して、迂回した道を通り、ベレリアンドに入った。モルゴスが何より欲していたことは、エルダールの間に恐怖と内輪もめの種子を蒔くことであったので、かれはオークに命じて、捕えることのできるエルダールがあれば、生きながら捕え、アングバンドに連れてこさせた。捕虜の中には、かれの目の恐ろしい力に威圧され、もはや鎖の必要もなく、どこにいようとも常にかれを恐れて、命令を実行して回る者もいた。かくてモルゴスは、フェアノールの反乱以後に起こったことをすべて知ることができ、そこに、さまざまな内紛を敵方に生ぜしめる種子を見出して喜んだ。

ダゴール・アグラレブから百年近く経った頃、モルゴスは、フィンゴルフィンに奇襲を仕掛けようとした（マエズロスが常に警戒怠りないことを知っていたからである）。かれは、雪と氷の極北の地に軍隊を送り、軍隊はそこから西に向かい、再び南下して、沿岸を下り、ドレンギストの入江に来た。フィンゴルフィンが軋む氷の海峡から下ってきた道筋である。こうしてかれらは、ヒスルムの国土に西から押し入ろうとしたのであるが、そこに至るまでに見つけ出され、入江の奥の丘陵で待ち伏せていたフィンゴンに襲われ、オークたちはほとんどが海に追いやられた。

この時の合戦は、オークたちの数が特別多かったわけでもなく、また、そこで戦ったのはヒスルムの民の一部に過ぎなかったため、大きな合戦の一つには数えられていない。しかしこのあと、多年にわたって平和が続き、アングバンドからあからさまな襲撃を受けることはなかった。なぜなら、モルゴスは、今度こそ、オークが単独ではとてもノルドール族に敵わないことに気づいたからである。そこでかれは、何か別の妙案はないかと心中を模索した。

再び百年が過ぎた時、グラウルング、即ち〈北方の火龍〉たるウルローキの第一号が、夜半に、アングバンドの門から出てきた。かれはまだ若く、成龍の半分にも達していなかった。というのも、龍の命は長く、成長が遅かったからである。しかし、エルフたちはかれを目の前にし、仰天して、エレド・ウェスリンやドルソニオンに逃げた。かれは、アルド＝ガレンの野を蹂躪した。その時、ヒスルムの領主フィンゴンが、一団の弓の上手を伴い、馬でこれを追い、たちまち包囲した。グラウルングは身を完全に鎧(よろ)うほど充分に成長していなかったので、飛び来る矢に耐えられず、アングバンドに逃げ帰り、長い年月の間、二度と出てこようとしなかった。フィンゴンは大いに讃えられ、ノルドール族は喜んだ。この新しい存在の持つ完全な意味と脅威を予知した者はほとんどいなかったのである。しかしモルゴスは、グラウルングがあまりにも早く自分の存在を露(あらわ)にしたことに機嫌を損じた。

　グラウルングの敗北後、ほとんど二百年にわたる長い平和が続き、その間に起こったことと言えば国境地方の小競り合いぐらいで、ベレリアンド全土は繁栄し、豊かさを加えた。北方の軍隊に守られて、ノルドール族は住居を造り、塔を建てた。この時代に、かれらは多くの美しいものを作り、詩や歴史物語や伝承の本を書いた。

　多くの場所で、ノルドール族とシンダール族は融合して一つの民となり、同じ言葉を話した。しかし、両者の間には依然として次のような違いはあった。即ち、ノルドール族は精神的、肉体的にすぐれた力を持ち、戦士としても賢者としてもすぐれていた。かれらは石で家を建て、丘の斜面や開けた土地を好んだ。しかしシンダール族は、美しい声を持ち、フェアノールの息子マグロールを除けば、かれら以上に音楽に習熟している者はいなかった。かれらは、林と川辺を好んだ。灰色エルフの中には、定まった住所を持たずに処々方々を漂泊する者もおり、かれらは行く先々で歌を作った。

第十四章　ベレリアンドとその国土のこと

これは、遠い古(いにしえ)の世に、ノルドール族が渡ってきて住んだ中つ国(なかつくに)北西部の地勢を記したものであるが、同時に、エルダールの領袖(りょうしゅう)たちがいかにしてそれぞれの国土を守ったかということ、及び、ダゴール・アグラレブ、即(すなわ)ちベレリアンドの戦いの三度(みたび)目の合戦後のモルゴス包囲陣のことを語るものである。

遥かに遠い昔のことであるが、メルコールは、この世界の北方に、エレド・エングリン、即ち〈鉄(くろがね)山脈〉を築き、ウトゥムノの城砦(じょうさい)の防壁とした。この山脈は、常冬(とこふゆ)の極寒地帯と境を接し、東から西へ大きく湾曲していた。エレド・エングリンが西で再び北に湾曲するところで、メルコールは、山脈の背後にまた別の砦を築き、ヴァリノールから受ける惧(おそ)れのある襲撃への備えとした。そして、すでに語ったように中つ国に戻ってくると、かれは果てしなく地下牢の続くアングバンド、即ち〈鉄の地獄〉に居を定めた。というのも、諸神による戦いの時、ヴァラールは、ウトゥムノの大要塞に拠るモルゴスの制圧を急ぐあまり、アングバンドを完全に破壊することも、地の底深く掘られた地下坑を残る隈なく探すこともしなかったからである。

　エレド・エングリンの下に、かれは長大なるトンネルを穿ち、その出口は山脈の南にあった。ここに、かれは堅固な門を設け、門の上にも背後にも、山の高さに達するほど、サンゴロドリムの巨大な塔を幾重にも積み重ねた。地下溶鉱炉の灰や鉱滓、トンネルの残土で造られ、黒々と見るからに荒涼たるこれらの塔は、恐るべき高さに聳えていた。塔の頂から吐き出される煙は、北の空を暗く汚し、アングバンドの城門の前には、汚れ果て、荒れ果てた風景が、アルド＝ガレンの広大な平原を南の方に何マイルも広がっていた。しかし、太陽の出現後は、ここにも芝草が色濃く育ち、アングバンドが包囲され、その城門が閉じられている間は、地獄の入り口の前の穴や割れた岩の間にさえ、緑のものが見られた。

　サンゴロドリムの西には、ヒーシローメ、即ち〈霧の国〉があった。これは、ノルドール族が最初に野営した時、モルゴスが送りつけた雲のために、ノルドールの言葉でこのように命名されたのであるが、後にこの地域に住んだシンダールの言葉では、ヒスルムと呼ばれるようになった。アングバンドの包囲が続いている間はこ

オン

アルド＝ガレン

アングロド

アエグノール

ロスラン

ドルソニオン

ルゴン

マエズロス

ヒムラド

ヒムリング

マグロール

エルド・ゴルゴロス

ナン・ドゥンゴルセブ

ケレゴルムとクルフィン

エスガルドゥイン

サルゲリオン

カランシル

シンゴルと

メネグロス

ナン・エルモス

リアス

メリアン

アロス川

の大瀑布

東ベレリアンド

アムロドとアムラス

ゲリオン川

ノルドール族及び
シンダール族の国々

エレド・ローリン
ヒスルム
フィンゴルフィン
エレド・ウェスリン
エイセル
ミスリム
ドレンギスト
フィンゴン
ドル=ローミン
オロドレス
(トゥルゴン)
ネヴラスト
イヴリン
ヴィンヤマール
シリオン川
ブレシル
テイグリン
西ベレリアンド
ナルゴスロンド王国
フィンロド
ナルゴスロンド
ブリソンバール
キールダン
エグラレスト
ナログ川
シリオン川
シリ

こも美しい土地であったが、空気は冷涼で、冬は寒かった。西はエレド・ローミン、即ち海に隣接した〈谺山脈〉を境とし、東と南は、大きく湾曲したエレド・ウェスリン、即ち〈影の山脈〉を境としていた。この山脈は、東はアルド＝ガレン、南はシリオン流域に面していた。

　フィンゴルフィンと、かれの息子フィンゴンがヒスルムを支配し、フィンゴルフィンの民は大部分が、ミスリムの大きな湖の周辺に住んだ。フィンゴンには、ミスリム山脈の西に横たわるドル＝ローミンが割り当てられた。しかし、かれらの本拠となるべき城砦は、エレド・ウェスリンの東のエイセル・シリオンにあった。そこからかれらはアルド＝ガレンを見張り、フィンゴルフィンの騎兵隊は、アルド＝ガレンの野に馬を駆り、サンゴロドリムの影の下までも遠出したのである。というのも、最初はわずかであったかれらの馬も、たちまち数が殖え、アルド＝ガレンの草は青々と豊かに伸びていたからであった。これらの馬は、その先祖の多くがヴァリノールから渡来しており、マエズロスがフィンゴルフィンに、かれの蒙った損失の償いとして贈ったものである。マエズロスは、船で馬をロスガルに運ぶことができたからである。

　ドル＝ローミンの西、谺山脈の先にネヴラストがある。なお、この谺山脈は、ドレンギストの入江の南岸では内陸へ切れ込んでいた。さて、ネヴラストというのは、シンダリンで〈此岸〉の意味であり、最初はドレンギストの入江以南の沿岸全域につけられた名前であったが、後にドレンギストとタラス山との間の沿岸地方だけに使われるようになった。ここには長い間、フィンゴルフィンの息子、賢者トゥルゴンの王国があり、周囲を海と、エレド・ローミンと、重畳たるエレド・ウェスリンの続きの丘陵によって区切られていた。この丘陵は、イヴリンから西へ、岬のタラス山まで連なっていた。ネヴラストはヒスルムよりもベレリアンドに属するもののように考える者もいたが、それはネヴラストが、海からの湿潤な風によってもたらされる雨に恵まれ、ヒスルムを吹く冷たい北風を山々によって遮られる、比較的温暖な土地であったからである。この土地は、周囲を山脈と、内側の平原より高い海岸沿いの大絶壁とに囲まれた盆地で、川は一条も流れていなかった。真ん中に大きな湖があり、その湖は、広大な沢地に囲まれていたので湖岸がはっきり識別できなかった。リナエウェンというのがこの湖の名前である。丈の高い葦や、浅い水たまりなどを好む鳥たちがたくさん棲みついていたことからつけられた名である。ノルドール族がこの地に移ってきた頃、多数の灰色エルフたちが、ネヴラストの海岸寄りの地方、特に南西のタラス山周辺に住みついていた。というのも、この場所には、その昔、ウルモとオッセがたびたび現われたからである。かれらはみな、トゥルゴンを主君と仰ぎ、ノルドール族とシンダール族の混合は、この地で最も早く行われた。トゥルゴンは、海辺のタラス山の山麓に、自らヴィンヤマールと名づけた館（やかた）を造り、ここに長い間住まっていた。

アルド＝ガレンの南には、ドルソニオンという名の、東西およそ六十リーグにわたる広大な高地が広がっていた。この高地には、それも特に北と西の山腹に多かったのであるが、大きな松林がたくさんあった。アルド＝ガレンの平原から緩やかな斜面を登ると、上は寒々と物寂しい高地になっていて、そこには、山頂がエレド・ウェスリンの山々の峰よりも高い裸の岩山がいくつも聳え立ち、その麓にはたくさんの小さな湖があった。ドリアスに面した南側は、土地が急激に落ち込み、恐ろしいほどの断崖になっていた。

ドルソニオンの北の斜面からは、フィナルフィンの息子、アングロドとアエグノールが、常に警戒怠りなくアルド＝ガレンの平原を見張っていた。二人は、ナルゴスロンドの領主である兄のフィンロドに臣下として仕え、ごく少数の民を率いていた。一つには土地が痩（や）せていたためと、もう一つには、背後の広大な高地が防壁の役目をなし、モルゴスもいたずらにこれを越えようとすることはあるまいと考えられていたからである。

ドルソニオンと影の山脈の間には、狭い谷間があり、険しく切り立った岩壁は松で覆われていたが、谷間自体は青々と緑に埋まっていた。ベレリアンドに急ぐシリオン川が、この谷間を流れていたからである。フィンロドは、シリオンの山道を押さえ、川の真ん中にあるトル・シリオンの島に、堅固な物見の塔ミナス・ティリスを築いた。ナルゴスロンドが造営されると、かれはこの砦の守りを、主として弟のオロドレスの手に委ねた。

ところで、麗しく広大なベレリアンドの地は、歌に名高い長大なるシリオンの両側にあった。シリオン川は、エイセル・シリオンを源とし、アルド＝ガレンの縁をめぐり、その後峠を越えると急に下り、渓流の水を集めながら水嵩を増す。さらに南へ百三十リーグ、多くの支流の水を集め、ついには満々たる水を湛えた大河となって幾条にも分かれた河口を通り、バラル湾の三角州に達するのであった。シリオンについて北から南へ進むと、右手の西ベレリアンドには、まずシリオン川とテイグリン川の間にブレシルの森があり、次いでテイグリン川とナログ川の間には、ナルゴスロンドの王国があった。

ナログ川は、ドル＝ローミンの南の岩壁を落下するイヴリンの滝に源を発し、ほぼ八十リーグほど流れた後に、ナン＝タスレン、即ち〈柳の国〉でシリオンに合流していた。ナン＝タスレンの南には、さまざまな花々で埋まり、ほとんど住む者とてない草原があった。その先は、葦の生い茂る沼地や島々の横たわるシリオンの河口付近で、三角州の砂地には、海鳥を除いて、生きているものは何一つ見当たらなかった。

しかし、ナルゴスロンドの王国は、ナログ川の西にも広がり、ネンニング川まで達していた。ネンニング川は、エグラレストで海に注いでいた。フィンロドはシリオン川から海岸に至るベレリアンドのエルフ全体を統べる上級王となったが、ファラスだけは含まれていなかった。ここには、今も船を愛するシンダールのエルフ族が住んでいて、船造りのキールダンがかれらの主君であった。キールダンとフィンロドとの間には友情と協力があり、ノルドールの助力によって、ブリソンバールとエグラレストの港が新たに築かれた。堅固な城壁に囲まれ、二つは共に美しい町になり、石造りの波止場や突堤を備えた港になった。

エグラレストの西方にある岬に、フィンロドは、西の海を見張るバラド・ニムラスの塔を築いた。もっとも、この塔は結局不必要であることが分かった。なぜなら、モルゴスは、船を建造することも、あるいは海から戦いを仕掛けることも、一度として試みたことがなかったからである。かれの召使いたちはみな水を避け、緊急已(や)むを得ない限り、進んで海に近づこうとする者はいなかった。

ナルゴスロンドのエルフの中には、港のエルフたちの助けを借りて、新しい船を建造し、バラル島という大きな島の探険に出掛けてゆく者もいた。禍(わざわい)多き日に備え、最後の避難所となるべき場所を用意しようと考えたのである。しかし、この島に住むことは、ついにかれらの回(めぐ)り合わせにはならなかった。

以上述べたように、ノルドールの偉大な領主たち、即ちフィンゴルフィン、フィンゴン、マエズロス、そしてフィンロド・フェラグンドの中で、フィンロドが最年少であったにもかかわらず、領国は他に抜きんでて大きかった。しかし、全ノルドール族の上級王と見なされていたのはフィンゴルフィンで、かれに次ぐのがフィンゴンであった。かれらが領土として統治しているのは、わずかに北方の地ヒスルムに過ぎなかったのであるが、その民の剛勇なること、よく艱難(かんなん)に耐え得ること、ほかに並ぶ者はなく、オークによって最も恐れられ、モルゴスによって最も憎まれていた。

シリオンの左手には、東ベレリアンドがあった。シリオン川からゲリオン川、即ちオッシリアンドの境界までは、最も広いところで百リーグあった。まず、シリオン川とミンデブ川の間には、大鷲（おおわし）の棲処（すみか）であるクリッサエグリム山脈の連峰の下に、人住まぬディンバールの地があった。ミンデブ川とエスガルドゥイン上流の間には、誰のものでもない、恐怖みなぎるナン・ドゥンゴルセブがあった。この土地の片側はドリアスの北辺で、メリアンの力がその境界を守っていたが、もう一方の側は、〈恐怖の山脈〉エレド・ゴルゴロスが、切り立つ絶壁となって、ドルソニオン高地から急に落ち込んでいたのである。

すでに語ったように、ウンゴリアントがバルログの火の鞭（むち）を遁（のが）れて逃げ込んだのはこの土地で、かの女はここにしばらく棲みつき、山峡をかの女の死の如き暗闇で満たしていたのであるが、かの女が去ったあとも、その厭（いと）うべき子孫が隠れひそみ、邪悪な蜘蛛（くも）の糸を紡いでいた。エレド・ゴルゴロスから流れ出る乏しい水は穢（けが）されて、これを飲むのは危険であった。この水を口に含むと、心は狂気と絶望の闇に沈むのである。すべての生ある者はこの地を避けて近づこうとせず、ノルドール族がナン・ドゥンゴルセブを通るのは、よほど必要に迫られた場合に限られ、その時は、悪しき者の巣くう山々からなるべく離れた、ドリアスの国境に近い道を使った。この道は、ずっと昔、モルゴスが中つ国に戻ってくる以前に作られた。この道を東に行くと、エスガルドゥインがある。この川には、モルゴス包囲の頃はまだヤント・

ヤウルの石橋が渡されていた。この橋を渡ると、ドル・ディーネン、即ち〈沈黙の地〉がある。ここを通り、アロッシアハ（〈アロス川の浅瀬〉の意である）を渡ると、もうベレリアンドの北辺である。ここにはフェアノールの息子たちが住んでいた。

南の方には、ドリアスの守られたる森があった。隠れ王シンゴルの住処である。かれの王国には、何人もかれの同意なくして入ることはできなかった。この森の北部のより狭い地域はネルドレスの森で、東と南を、小暗きエスガルドゥインが区切っていた。エスガルドゥインはこの国のほぼ真ん中で、西に湾曲していた。アロス川とエスガルドゥインの間には、ネルドレスよりさらに木が密生し、面積も大きいレギオンの森があった。エスガルドゥインがシリオン川の方に向かって湾曲しているちょうどその湾曲部の南側の堤に、メネグロスの洞窟があった。ドリアス全土がシリオン川の東に位置していたわけであるが、テイグリンとシリオンの合流点から薄暮の湖沼に至る狭い森林地帯だけが、シリオンの西側にあった。

この狭い森はドリアスの住民からニヴリム、即ち〈西境〉と呼ばれていた。そこにはオークの大木が茂り、やはりメリアンの魔法帯の中に入れられていた。そうすることにより、ウルモを尊崇するが故にシリオンを愛するメリアンが、その川の一部なりと完全にシンゴルの支配下に置くことを願ったのである。

ドリアスの南西、ちょうどアロス川がシリオン川に注ぎ込む地点に、川を挟んで大きな湖沼地帯があった。川はここで、淀みながら幾条もの細流に分かれて流れた。この地域はアエリン＝ウイアル、即ち〈薄暮の湖沼〉と名づけられた。常に靄（もや）に包まれ、ドリアスの魔法に蔽（おお）われていたからである。

ところで、ベレリアンド北部の土地は、全体にこのあたりまで南に向けて下り勾配になっていたのであるが、ここからしばらく平坦な土地が続いていたため、シリオンの流れもここで滞留したのである。しかし、アエリン＝ウイアルの南で、土地は突然急勾配で落ち込み、シリオンの下流地域は、この落差によって上流地域から分かたれていた。そしてこの急な落差は、南から北を眺める者の目には、西はナログ川よりさらに西方のエグラレストから、東は遠くゲリオン川を背景にアモン・エレブに至るまで、途絶えることなく続く丘陵の連なりのように見えた。ナログ川はこの丘陵の間に深い峡谷を作り、早瀬となって流れていたが、滝はなかった。峡谷の西岸は土地が高く、タウル＝エン＝ファロスの広大な森林高地になっていた。

この山峡の西側、リングウィルの泡立つ短い流れがファロス高地からナログ川へ逆巻き落ちるところに、フィンロドはナルゴスロンドを建設した。一方、ナルゴスロンドの山峡より二十五リーグばかり東の地点では、北から流れてきたシリオン川が薄暮の湖沼の下流で大瀑布となって流れ落ち、そのあとは急に地下にもぐっていた。落下する水の力でえぐられた大きなトンネルに流れ込んでいたのである。そして三リーグ南で、丘陵の麓のシリオンの門と呼ばれる岩のアーチから、轟音（ごうおん）と水煙を伴って、再び地上に流れ出るのである。

　ベレリアンドを北と南に分けるこの落差は、ナルゴスロンドから東ベレリアンドのラムダルまでを、アンドラム、即ち〈長城〉の名で呼ばれた。ラムダルは〈長城の終わり〉の意味である。しかし、東の方にゆくにつれ、アンドラムは次第に緩やかな丘に変わった。ゲリオンの谷全体が南に傾斜していたからである。ゲリオン川は、途中に滝も早瀬もない代わり、シリオン川にくらべ終始流れが急であった。

　ラムダルとゲリオン川の間に、なだらかな斜面を持った丘が一つ、大きく山裾を広げて立っていたが、ただ一つ孤立して立っていたため、実際よりずっと大きく見えた。この丘の名をアモン・エレブと言った。オッシリアンドに住んでいたナンドール族の王デネソールは、アモン・エレブの山頂で死んだ。かれは、オークが初めて大挙して来襲し、ベレリアンドの星明かりの下の平和を破った時、シンゴルを助けてモルゴスと一戦を交えるべく兵を進めたのである。この丘にはまた、マエズロスが、大敗を喫したあとに住んだことがある。

アンドラムの南のシリオン川とゲリオン川に挟まれたところは、絡まり合う樹木の生い茂る原生林が広がり、わずかに少数の暗闇のエルフが漂泊して歩くほかは、誰も足を踏み入れぬ未開の地で、タウル＝イム＝ドゥイナス、即ち〈二つの川に挟まれた森林〉と呼ばれた。


ゲリオン川は大河であった。二つの水源から発し、上流は二股の枝のように分かれていた。小ゲリオンの方はヒムリング山から流れ出し、大ゲリオンの方はレリル山から流れ出ていた。この二つの川の合流点を南に四十リーグ下ったあたりから、支流が幾条も流れ込んでいた。海に出るまでのこの川の全長はシリオンのほぼ二倍になったが、川幅と水量ではシリオンが勝（まさ）っていた。シリオンの水源地であるヒスルムとドルソニオンには、東の地方より多量の雨が降ったからである。

エルド・ルインからは、ゲリオンの六つの支流が流れ出ていた。アスカル（後にラスローリエルと名づけられる）、サロス、レゴリン、ブリルソール、ドゥイルウエン、アドゥラントの六つで、いずれも山岳から急勾配で流れ落ちる激湍（げきたん）であった。

北のアスカルと南のアドゥラントの間、そしてゲリオン川とエルド・ルインの間に、遥かなる緑なす国、オッシリアンド、即ち〈七つの川の国〉があった。

ところで、アドゥラントの渓流は、その途中、ほとんど真ん中あたりのところで二つに分かれ、それからまた一つに合流していた。二つに分かれた川によって囲まれた島を、トル・ガレン、即ち〈緑の島〉と呼んだ。ベレンとルーシエンが中つ国に戻ってきたあと住んだのは、この島である。

オッシリアンドには、緑のエルフたちが川に守られて住んでいた。なぜなら、ウルモが、中つ国西部のすべての川の中で、シリオンの次にゲリオンを愛していたからである。オッシリアンドのエルフたちは森を知り、森に暮らす術を心得ていたから、よそ者がたまたまかれらの土地を端から端まで歩いて通ったとしても、かれらの一人すら目にすることはできなかったであろう。かれらは、春と夏には緑の衣に身を包み、かれらの歌声はゲリオンの川向こうでも聞くことができた。それ故、ノルドール族はこの国を名づけて、リンドン、即ち〈楽の音の国〉と呼んだ。そして、その先の山並をエレド・リンドンと名づけた。なぜならかれらが初めてこの山脈を見たのは、オッシリアンドからだったのである。

ドルソニオンの東では、ベレリアンドの国境が襲撃に対し非常に無防備であった。

ゲリオンの谷を北から守るのは、あまり高くもない丘陵があるに過ぎなかった。この地域、即ちマエズロスの辺境国との国境、及びその後背の地に、フェアノールの息子たちが多くの民と共に住んでいた。かれら一族の乗手たちは、アルド＝ガレンの東に広漠と広がる北の平原、広大にして無人のロスランに馬を走らせた。モルゴスが、東ベレリアンドに出撃を試みることがあってはいけないからである。マエズロスの拠る城砦は、〈常に寒きところ〉の意であるヒムリングの丘にあった。この丘は山の肩が広く、頂が平らな裸山で、たくさんの低い丘に囲まれていた。

ヒムリングとドルソニオンの間には山道があり、その山道の西側は非常に峻嶮（しゅんけん）であった。これはアグロンの山道と呼ばれ、ドリアスに到る門であった。この山道には常に北方から身を切るような風が吹き通っていた。ケレゴルムとクルフィンは、アグロンの防備を固め、強力な武力でこの地と、その南のヒムラド全土を守備した。ヒムラドは、ドルソニオンに発するアロス川と、その支流で、ヒムリングから発するケロン川に挟まれた土地を言った。

ゲリオンの二股の上流の間は、マグロールの守備範囲であった。ここには一箇所、丘陵が途切れているところがあり、第三の合戦以前に東ベレリアンドに侵入してきたオークは、ここを通って来たのである。それ故、ノルドール族はこの平原に常に騎馬隊を常駐させていた。マグロールの守備するこの丘陵の途切れ目より東は、カランシルの民が防備していた。

そこには、レリル山及びその周辺の低い山々が、エレド・リンドンの主山脈から西に突き出るように連なっていた。そして、レリル山とエレド・リンドンに楔形に挟まれたところに湖があったが、南を除いて三方を山で囲まれた湖は暗く翳っていた。この深くて暗い湖をヘレヴォルン湖といい、カランシルの住居はそのほとりにあった。ゲリオン川とエレド・リンドン、そしてレリル山とアスカル川に挟まれた広大な土地を、ノルドール族はサルゲリオンと呼んだ。〈ゲリオン川の先の国〉の意である。あるいはまた、ドル・カランシル、即ち〈カランシルの国〉とも呼んだ。ノルドール族が初めてドワーフに出会ったのはこの土地である。しかし、サルゲリオンは以前、灰色エルフたちによって、タラス・リューネン、即ち〈東の谷〉と呼ばれていたこともある。

このように、フェアノールの息子たちは、マエズロスの統率の下に東ベレリアンドの支配者となったが、かれらの民が主に居住したのはこの国の北部で、南は、緑の森で狩りをするため馬を駆けさせるに過ぎなかった。しかし、アムロドとアムラスは南の地に定住し、アングバンド包囲が続く間は、ほとんど北方に出てくることはなかった。この地に、よそから時折エルフの公子たちが訪れることがあり、遠方から来る者もいた。それというのも、ここは未開ではあるが、非常に美しい土地だったからである。

公子たちの中で最もたびたび訪れたのは、フィンロド・フェラグンドである。かれは、あてもなく逍遥（しょうよう）することを大層好み、オッシリアンドまでも足を伸ばし、緑のエルフたちの友情をかちえた。しかし、ノルドール族の王国が続く間は、かれらのうち一人として、エレド・リンドンを越えた者はいなかった。そして、東の地域で起こったことは、ほとんど何一つベレリアンドに伝えられなかった。

第十五章　ベレリアンドのノルドール族のこと

ネヴラストのトゥルゴンが、ウルモの案内により、トゥムラデンの隠れた谷間を発見したいきさつは、すでに述べた。この谷間は、(後に分かったことであるが)シリオンの上流の東に位置し、峨々たる高い山に取り囲まれていたので、ソロンドール一族の大鷲のほかには、いかなる生きものもこの中へ入ったことはなかった。しかしこの環状の山脈の下には、世界がまだ暗い頃、外に流れ出てシリオンの流れと合流する水の力によって穿たれた深い抜け穴があった。トゥルゴンは、この抜け穴を発見して、山脈に取り囲まれた緑の平野に出た。そして、その平野に立つ小島のような丘が、硬い滑らかな石でできているのを見た。この谷間は昔、大きな湖だったのである。

トゥルゴンは、自分の望み通りの場所が見つかったことを知り、ここに、トゥーナ山上のティリオンの都を思い出すよすがともなるべき美しい都を建てようと決心した。しかし、とりあえずネヴラストに戻り、しばらくは平穏にそこに留まっていた。とはいえ、その間(かん)、終始かれは、いかにして自分の計画を達成するかに思いを致していたのである。

　ダゴール・アグラレブの後、ウルモがかれの心に植えつけた不安が、ここで再びかれの心に戻ってきた。そこでかれは、民の中から、最もよく艱難(かんなん)に耐え、最もよく技に秀(ひい)でた者を多数召し出して、密かにかの隠された谷間に伴った。かの地で、かれらは、すでにトゥルゴンが頭に見取り図を描いておいた都の建設に取りかかった。工事現場に外から近づく者がないように、周囲には見張りが立てられた。それにまた、シリオンを流れるウルモの力もかれらを守護したのである。

　トゥルゴンは、依然としてネヴラストで暮らすことが多かったのであるが、五十二年の歳月を費やした隠れた労苦が実って、ついに都は完全な形で出来上がることとなった。トゥルゴンは、都の名称を、ヴァリノールのエルフの言葉でオンドリンデ、即(すなわ)ち〈水の音なう岩山〉と命名したと言われる。丘の上にいくつもの噴水があったからである。シンダリンでは、この名は、ゴンドリン、即ち〈隠れ岩山〉と変えられた。

　トゥルゴンは、ネヴラストを出発し、海辺の都ヴィンヤマールの館(やかた)を去る支度をした。するとそこに、またもウルモが現われ、かれに話しかけて言った。「トゥルゴンよ。いよいよ汝がゴンドリンに赴くべき時が来た。われはわが支配力をシリオンの谷間に、またその中なるすべての水に及ぼすであろう。故に、何者も汝が行くを見ず、汝の意に反して、隠されたる入り口を見出す者もないであろう。エルダリエのすべての王国のうち、ゴンドリンは最も長くメルコールに抗して存続するであろう。だが、汝の手の業、汝の心の策にあまりに執着してはならぬ。ノルドール族の真の望みは西方にあり、大海よりもたらされることを憶えておくがよい」

そしてウルモは、トゥルゴンに警告して、かれもまたマンドスの下した定めの下に置かれているが、ウルモにはそれを取り除く力はないと言った。「それ故、ノルドールの呪いは、終局には汝にも下り、汝の城郭のうちに裏切りが目覚めるであろう。その時、汝の都は大火の危険にさらされるであろう。だが、この危険がいよいよ現実のものになる時があれば、ほかならぬこのネヴラストより、汝に警告する者が現われるであろう。そしてその者から、滅亡と大火を越えて、エルフと人間にとっての望みが生じるであろう。それ故、この館に武具と剣を置いてゆくがよい。来るべき日に、かれがそれを見出し、かくて汝がかれをそれと知り、欺かれることがないように」

そしてウルモは、残してゆくべき兜と鎧と剣の種類と大きさをトゥルゴンに告げた。

それからウルモは、海に戻っていった。そしてトゥルゴンは、民のすべてを送り出した。その数は、フィンゴルフィンに従ったノルドール族の三分の一にも達した。かれはまた、それよりもさらに多数のシンダールの軍勢をも送り出した。かれらは次々と隊伍を組み、隠密裡に、エレド・ウェスリンの影の下を去っていった。かれらは見られることなくゴンドリンに到着し、かれらがいずこに去ったかを知る者は一人もいなかった。最後にトゥルゴンが立ち上がり、王家の一族と共に、音もなく丘陵を通り抜け、山脈の下の門を通過した。そして門の扉は、かれらの背後で閉じられた。

その後長い間、この中に入った者は、フーリンとフオルしかいなかった。そしてトゥルゴンの軍勢は、およそ三百五十年以上のちの嘆きの年まで、二度と再び出陣してゆくことはなかった。

環状山脈の中では、トゥルゴンの民たちが数も殖(ふ)え、栄えていった。そしてかれらは、営々として手の技を働かせ続けた。ために、アモン・グワレス山頂のゴンドリンは、海のかなたのエルフの都ティリオンにも比すべき、まことに麗しい都となった。城壁は白く高く繞(めぐ)らされ、階(きざはし)は滑らかで、王の居城の塔は堅固に高く聳(そび)え立った。そこにはきらめく噴水が戯れ、トゥルゴンの王宮の庭には、古の代の二つの木に似せたものが立っていた。これは、トゥルゴン自身がエルフの手の技により作り上げたものである。金で作った木はグリンガルと名づけられ、銀で花を作った木はベルシルと名づけられた。しかし、ゴンドリンにおけるありとある嘆賞すべき事物の中でも最も美しいものは、トゥルゴンの娘イドリルであった。かの女はケレブリンダル、即ち〈銀の足〉と呼ばれ、その髪はメルコールが来る前のラウレリンの金のようであった。

このようにして、トゥルゴンは無上の喜びのうちに長い年月を送った。しかし、ネヴラストは荒れ果て、ベレリアンドが滅びる日まで、ついに無人の地と化してしまった。

ところで、ゴンドリンの都が密かに建造されている間、フィンロド・フェラグンドは、ナルゴスロンドの地中深く、王国の建設を進めていた。しかし、かれの妹ガラドリエルは、すでに述べた如く、ドリアスのシンゴルの王国に住んでいた。メリアンとガラドリエルは時折、ヴァリノールのこと、かつての幸福のことを語り合うことがあった。しかし、二つの木が死んで暗闇が訪れた時からあとのことになると、ガラドリエルは常に口を閉ざして、それ以上語ろうとはしなかった。

　そこである時、メリアンは言った。「そなたとそなたの一族にのしかかる、何か悩みがおありですね。そこまではそなたを見ていて分かりますが、それ以上のことはわたくしの目には見えませぬ。いかに目を凝(こ)らし、思いを凝らしても、わたくしには、西方で起こったこと、あるいは起こっていることは何一つ見取(みと)ることができないのです。アマンの地を影がすっぽりと蔽(おお)い、それは遠く海の上にまで張り出しているからです。そなたはどうして、これ以上わたくしに話してはくれないのですか」

「心を悩ますあの悲しい出来事は過去のことだからです」と、ガラドリエルは言った。「わたくしは、追憶に妨げられることなく、この地に残されている喜びをすべて受け取りたいと思うのでございます。恐らくこれからも、悩むことは十二分にあるでしょう。とはいえ、まだ望みも明るく輝いているように思われるのでございます」

　そこでメリアンは、かの女の目を覗き込んで言った。「わたくしは、最初言われていたように、ノルドール族がヴァラールの使者としてこの地に来たのだとは思っておりませぬ。ノルドール族が来たのは、確かに、われらが難渋している時ではありましたけれど。そのようにわたくしが考えるのは、かれらがヴァラールのことを決して口にせず、また、ノルドールの公子方がシンゴルに何一つ伝言を、たとえばマンウェから、あるいはウルモから、あるいはシンゴル王の弟たるオルウェや、海を渡って行った王の身内の者たちからもたらさなかったからです。ガラドリエルよ、どのような理由があって、ノルドールの高貴な者たちが、追放者のようにアマンから追い出されてきたのですか。また、フェアノールの息子たちがあのように傲慢で、あのように激越なのは、どのような禍事（まがごと）を背負うているからだというのでしょうか。わたくしの言っていることは真実に近いのではありませぬか」

「近うございます」と、ガラドリエルは言った。「ただ、わたくしたちは追い出されたのではなく、自らの意志で、そしてヴァラールの御意志に逆らって渡ってきたのでございます。大いなる危険を冒し、ヴァラールの御心（みこころ）を無視してわたくしたちがこの地に参りましたのは、モルゴスに復讐し、かれが盗んだものを取り戻すためなのでございます」

　そこでガラドリエルは、メリアンに、シルマリルのこと、フォルメノスにおけるフィンウェ王殺害のことを話した。しかしかの女は、誓言のこと、同族殺害のこと、あるいはロスガルで船が燃やされたことについては依然として一言も触れなかった。

しかし、メリアンは言った。「今度はそなたは多くを語ってくれましたが、わたくしは、さらに多くを読み取りました。ティリオンからの長い道程のことについては、そなたは口を濁しておいでだが、わたくしには悪しきことが見えます。このことを、シンゴル王は指針のために当然お知りになるべきでしょう」

「そうかもしれませぬ」と、ガラドリエルは言った。「しかし、わたくしの口からは申し上げられません」

メリアンは、この時はもう、それ以上ガラドリエルとこのことについては話さなかったが、シルマリルのことで聞いたことをすべてシンゴル王に告げた。

「これは重大なことでございます」と、かの女は言った。「ノルドール自身が理解している以上に重大なことでございます。アマンの光とアルダの運命は、今では、すでに亡いフェアノールの作品であるあの宝玉の中に閉じ込められているからでございます。わたくしは予言いたします。エルダールの力によって、あの品々が取り戻されることはございますまい。それらを力ずくでモルゴスから取り戻すまでに、世界は繰り返される合戦によって破壊されましょう。ごらんなさいませ！　かの宝玉はフェアノールの命を奪いました。ほかにも多くの命を奪ったことでございましょう。しかし、かの宝玉によってすでにもたらされ、これからももたらされる死の最初のものが、殿の御友人であるフィンウェ殿の死でございます。モルゴスは、アマンから逃げる前に、フィンウェ殿を殺害したのでございます」

そこでシンゴルは、悲しみと不吉な予感に心を塞(ふさ)がれてしばし黙していたが、ようやく口を開いて言った。

「これで、ノルドールが西方から来たわけがようやく分かった。ずっと以前よりおかしいとは思っていた。われらに力をかすために来たわけではない（偶然の結果、われらが助けられることにはなったが）。なぜなら、ヴァラールは、中つ国(なかつくに)に留まった者たちのことは、よほどの窮地に陥らない限り、手出しせずに思うままにさせようと思っておいでなのだ。ノルドールが来たのは、復讐と自分たちの失ったものを取り戻すためだ。とはいえ、それだけかれらは、モルゴスに敵対する盟友として当てにできるということだろう。かれらが万一にもモルゴスと盟約を結ぶようなことは、今は考えられないのだから」

しかし、メリアンは言った。「そのような目的で来たのは事実でございましょう。しかし、かれらの目的はそれだけには止(とど)まりますまい。フェアノールの息子たちにお気をつけなさいませ！　かれらには、ヴァラールのお怒りの影がさしています。それにかれらは、わたくしの感ずるところでは、アマンにおいて、その同族に悪しきことをなしたのではないかと思われるのでございます。ノルドールの公子たちの間には、今はただ眠っているに過ぎない禍の種子があるのでございます」

シンゴルは答えた。「私にとってそれが何であろう。フェアノールのことは、噂にしか聞いておらぬ。その噂によれば、かれはいかにも傑物であったようだ。かれの息子たちのこととなると、私を喜ばすようなことはほとんど耳にしたことがない。とはいえ、われらの仇敵にとっては、最も執念深い敵になりそうだ」

「かれらの剣も、かれらの思慮も、諸刃の働きをなすことでございましょう」と、メリアンは言った。

そのあと二人は、もうこれ以上そのことについては話さなかった。


ほどなく、シンダール族の間に、ベレリアンド渡来前のノルドール族の行為が、密やかに囁かれ出した。このような風説の出所は明らかであった。その上、この忌まわしき真実は、嘘でさらに上塗りされ、毒を注入されていた。しかし、シンダール族はいまだ用心を知らず、言われた言葉をそのまま信じて疑わなかったのである。それ故、モルゴスは(そう考えるのももっともなことだが)悪意の第一弾の対象にかれらを選んだのである。シンダール族が、かれを知らなかったからである。

キールダンは、これらの暗い風説を耳にして心を騒がせた。かれは賢者であったから、その噂の真偽はさておき、今になってこのような風説が広まったのは、悪意によるものであることをたちまち看て取ったのである。もっとも、かれはこれが、ノルドール族の公子たちの悪意から出たものと考えた。即ち、諸王家相互の妬みが原因ではないかと考えたのである。それ故、かれは、自分の聞いたことをすべて伝えるために、使者をシンゴルの許に送った。

たまたまその時、フィナルフィンの息子たちが再びシンゴルの客となっていた。妹のガラドリエルに会いに来たのである。事の次第を聞き、大いに立腹したシンゴル王は、憤激してフィンロドに言った。「かかる重大事を予に隠しておくとは、そなたもけしからぬではないか。今や予は、ノルドールの悪業をすべて聞き知っておるのだからな」

フィンロドは答えて言った。「殿よ、わたくしは殿にいかなる害をなしたのでありましょう。あるいは殿の御領内で、殿の御心を痛めるいかなる悪事を、ノルドールがなしたというのでありましょう。殿の御王権に対しましても、また殿の御身内のどなたに対しましても、ノルドールは悪しき考えを持ったことも、悪しきことをなしたこともございませぬ」

「エアルウェンの息子よ、そなたには驚くな」と、シンゴルは言った。「母方の一族を殺した血塗れた手のまま、親戚の食卓に連なり、しかも一言も弁解もしなければ、許しを乞おうともしない！」

そこで、フィンロドは非常に心を悩ましたが、黙して語らなかった。なぜなら、ノルドールのほかの公子たちを告発することなくして、自分の立場を釈明することはできなかったからである。シンゴルを前にしてそのようなことをするのは、かれの忌むところであった。

しかし、アングロドの心には、カランシルに言われた言葉の記憶が再び苦々しくこみ上げてきた。そしてかれは叫んだ。「殿よ、わたくしは殿が、どこから、どのような虚言を耳にされたのか存じませぬ。しかしわれらは、血塗れた手でやって参ったのではありませぬ。われらには罪はありませぬ。ただ破壊的なフェアノールの言葉に耳を傾け、短い間とはいえ、あたかも酒に酔いしれたかの如くアマンの地を出てきたのは、われらの愚かしさから出たことではございましょう。旅の道程で、われらはいかなる悪も行わぬどころか、われら自身著しい虐待を受けたのです。わ れらはそれを許しました。このためにわれらは、殿に告げ口をする者、ノルドールの同族に不実なる者と悪口されているのです。これが当たっていないことは殿も御承知の通りです。われらは同族への忠誠心から、殿の御前では沈黙を守り、このように殿のお怒りを買っているのですから。しかし今となっては、もはやこれ以上、かかる非難に黙って耐えるわけにはいきませぬ。真実をお話し申し上げましょう」

アングロドは恨みをこめて、フェアノールの息子たちを難じ、アルクウァロンデでの流血のこと、マンドスの下した定めのこと、そしてロスガルにおける船の焼失のことを語った。そしてかれは叫んだ。「軋(きし)む氷の海峡の苦しみに耐えたわれらが、何故(なにゆえ)、同族殺害と裏切り者の名を身に帯びねばならぬのでしょうか」

「とはいえ、マンドスの影はあなた方の上にもさしております」と、メリアンが言った。

しかし、シンゴルは長い沈黙の後に、口を開いて言った。「今は立ち去れ！　予は腸(はらわた)が煮えくりかえる思いだ。そなたたちは、また後に来たくなれば、来られるがよい。わが縁者であるそなたたちに対しては、わが門扉(もんぴ)は永久に閉ざされることはない。そなたたちは自ら手をかしたわけではない禍に巻き込まれたのだ。フィンゴルフィン並びにその一族とも予は親交を保つこととする。かれらは、かれらの犯した悪に、苦しみをもって償ったからだ。これらすべての禍をもたらしたかの悪しき力を持つ者をわれらは憎むが故に、われらの悲しみもかの者への憎しみの中に没しよう。だが、予の申すことを聞け！　二度と予の耳に、アルクウァロンデでわが縁者を殺害した者たちの用いる言葉を聞かすことはならぬぞ！　あるいは、予の王国内のいずれにあっても、予の勢威の続く限り、この言葉を公然と話すことはならぬ。ノルドールの言葉で話すことも答えることも罷りならぬという命令を、全シンダール族の耳に達せしめよ。ノルドールの言葉を用いる者はすべて、悔悟せざる同族殺し、同族の裏切り者と見なされるであろう」

　そこで、フィナルフィンの息子たちは、重い心を懐いてメネグロスを立ち去ったが、マンドスの言葉がいつか真実となり、フェアノールに従ったノルドール族のうち一人として、フェアノールの一族に落とされた影から逃れ得る者はないことを悟った。なお、シンゴルが言ったことは、その通り実現した。というのは、シンダール族はすべてかれの命令を聞き、その後ベレリアンド全土を通じ、シンダール族はノルドールの言葉を拒否し、これを声高に話す者たちを避けた。しかし一方、流謫者たちは、日常の用にはすべてシンダールの言葉を用い、西方の正統語は、ノルドールの公子たちの間でのみ話された。しかしながら、ノルドールの言葉は、ノルドール族がわずかでも住んでいるところではどこでも、伝承の言葉として生き続けた。ナルゴスロンドが完全に出来上がり（しかしトゥルゴンは、まだヴィンヤマールの館に住まっていた）、フィナルフィンの息子たち全員がこの地の祝宴に集うたことがあった。ガラドリエルもドリアスから来て、しばらくナルゴスロンドに住まった。ところで、フィンロド・フェラグンド王は妻を持たなかったので、ガラドリエルがその理由（わけ）を尋ねた。かの女の言葉を聞くうちに、フェラグンドにはふと、前途が見通せた。かれは言った。「予もまたある誓言をなすだろう。それを成就し、暗闇に入ってゆくには、自由でなければならぬ。それに、わが王国には息子に継がせるべきものは何一つ残らないであろう」

とはいえ、この時まで、かれは、かかる冷厳な考えに支配されていたわけではないと言われている。なぜなら、かれが愛したのは、実はヴァンヤール族のアマリエであり、かの女はかれと共に流謫の身にはならなかったのである。

第十六章　マエグリンのこと

フィンゴルフィンの娘、ノルドールの白い姫君、アルエゼル・アル＝フェイニエルは、兄トゥルゴンと共にネヴラストに住まっていた。そして、兄と共に隠れ王国に移り住んだ。しかしアルエゼルは、防備固いゴンドリンの都に倦み、時が経つにつれ、昔ヴァリノールでしていたように、広大な大地に馬を走らせ、森の中を歩きたいという願いにより強く惹かれていった。ゴンドリンの都が完成してから二百年が経った時、かの女はトゥルゴンに、都を立ち去る許しを求めた。

トゥルゴンはそれを好まず、長い間許しを与えないでいたが、ついに根負けして言った。「お前がそうしたいというのなら、行くがよい。とはいえ、私の智慧にはそわぬことである。ここから、私にとっても、お前にとってもよくないことが起こるような予感がするのだ。だが、お前を行かせるとはいっても、われらの兄フィンゴンの許だけだ。よそへ行ってはならぬ。そして、そなたにつけてやる者たちは、できるだけ早く、ゴンドリンに戻らせるのだぞ」

しかし、アルエゼルは言った。「わたくしは兄上の妹であって、召使いではありませぬ。自分でよいと思えば、兄上の許されるところ以外でもわたくしは行きます。それに、護衛の者を惜しまれるのなら、一人で参ります」

トゥルゴンは答えた。「私は、私の持っているものを何一つお前に惜しんではいない。しかし、私としては、ここへ入る道を知る者を一人といえども、ゴンドリンの壁の外に置きたくないのだ。それに、妹よ、お前のことは信用するにしても、ほかの者たちの口の固さをそうそう当てにするわけにはいかないのだ」

トゥルゴンは、王家の三人の貴族を指名して、アルエゼルと共に行かせることにした。そしてかれらに命じて、もしかの女を説得できれば、ヒスルムのフィンゴンの許に連れてゆくように言った。「くれぐれも用心をするように。モルゴスはいまだ北方に閉じ込められているとはいえ、中つ国には姫が知ることのない危険がいくらでもあるのだからな」

やがて、アルエゼルはゴンドリンを去っていった。かの女を見送って、トゥルゴンの心は重く沈んだ。

アルエゼルは、シリオン川のブリシアハの浅瀬まで来ると、同行の貴族たちに言った。「ここから北には行かず、南に向かいましょう。わたくしはヒスルムに行くつもりはないのです。それより、昔の友、フェアノールの息子たちを見つけたいと思っているのです」

かの女の気持を変えることはできず、一行はかの女の命ずるまま南に騎首を向け、ドリアスに入る許しを求めた。しかし、ドリアスの国境を見張る関守(せきもり)たちは、かれらの入国を拒んだ。シンゴル王は、血のつながるフィナルフィン王家の者以外、一切のノルドールに魔法帯の通過を許さなかったからである。ましてやフェアノールの息子たちの友人とあれば、許されるはずがなかった。

関守たちはアルエゼルに言った。「姫がお尋ねのケレゴルムの土地にいらっしゃるのであれば、シンゴル王の御領土内の御通行は一切罷(まか)りなりませぬ。メリアン王妃の魔法帯の外を、南へなりと、あるいは北へなりとおいでにならねばなりますまい。最も速い道は、ブリシアハからディンバールを抜け、当王国の北の境界沿いに東に向かう道です。そうなされば、エスガルドゥインの橋を渡り、アロスの浅瀬を越えて、ヒムリングの丘の後ろに横たわる国においでになれましょう。ケレゴルムとクルフィンは確かにそこに住んでいるはずですから、多分お見つけになれましょう。とはいえ、途中の道は危険に満ちみちておりますぞ」

そこでアルエゼルは、再び騎首を転じ、悪しき者たちの出没するエレド・ゴルゴロスの谷と、ドリアスの北の境界との間の危険な道を求めた。一行がナン・ドゥンゴルセブの危険地帯に近づくにつれ、暗闇が次第にかれらを取り込み、アルエゼルは仲間ともはぐれて、道に迷った。仲間たちは、かの女が敵の罠に落ちたのではないか、あるいはこの土地を流れる毒を含んだ川の水を呑んだのではないかと、いつまでも空しくかの女の姿を探し求めたが、このあたりの峡谷に棲むウンゴリアントの残忍な子孫たちの目を覚まさせることとなり、かれらに追跡されて命からがらやっと危地を脱し、ようやくゴンドリンに戻り着いた。かれらの話が伝えられると、ゴンドリンは大きな悲しみに包まれ、トゥルゴンはいつまでも一人で坐したまま、黙って悲しみと怒りに耐えた。

一方アルエゼルは、空しく仲間を探し求めたあげく、そのまま馬を乗り進めた。フィンウェのすべての子供たちがそうであるように、恐れを知らず、剛気な気性の持ち主だったからである。そしてかの女は、あくまで行くべき道を変えようとはせず、エスガルドゥインとアロス川を渡り、アロス川とケロン川の間のヒムラドの地に来た。当時、まだアングバンドの包囲が破られる以前、ケレゴルムとクルフィンが住んでいたところである。

たまたまその時、二人は家を留守にして、カランシルと共にサルゲリオンの東に馬を駆っていた。しかし、ケレゴルムの臣下たちは、アルエゼルを喜んで迎え、主君の戻るまで賓客として留まるように言った。

しばらくの間、かの女は満ち足り、森林の中を自由に駆けまわることに大きな喜びを見出していた。しかし、その年も次第に押しつまってゆこうとするのにケレゴルムは戻らず、かの女は再び落ち着きを失い、新しい道、まだ足を踏み入れていない林間の空地を求めて、次第に遠く馬を駆るようになった。こうしてその年も逝こうとする頃、アルエゼルはたまたまヒムラドの南にさしかかり、ケロン川を渡った。そして気づいた時には、すでにナン・エルモスの森にとらえられていた。

この森は、遠い昔、まだ樹々が若かった頃、メリアンが中つ国の薄明に照らされて歩いたところであり、今もなお、魔法がかけられていた。ナン・エルモスの樹々は、今では、ベレリアンド全土で最も高く、最も暗く生い茂り、日の光は全く射さなかった。ここに、エオルが住んでいた。かれは〈暗闇エルフ〉と呼ばれ、昔はシンゴルの身内の一人であったが、ドリアスでは落ち着かず、居心地が悪く思われたので、当時かれの住んでいたレギオンの森のまわりにメリアンの魔法帯が置かれた時、そこを避けて、ナン・エルモスに移った。

そこでかれは、深い闇の中に暮らし、星空の下の夜と薄明を愛した。かれはまた、ノルドールを避けて暮らしていた。モルゴスが中つ国に戻ってきたのも、ベレリアンドの静けさが乱されたのも、かれらのせいであると考えたからである。しかし、ドワーフに対しては、昔からどのエルフ族も持たなかったほどの親近感を持ち、ドワーフたちはかれから、エルダールの国々の出来事をいろいろ聞き知ったのである。ところで、青の山脈から下ってくるドワーフたちは、東ベレリアンドを横断する二本の街道を使って往来していた。北の方の道は、アロスの浅瀬の方に向かっており、ナン・エルモスの近くを通っていた。エオルはここでナウグリムとよく出会い、かれらと話を交わしたのである。かれらとの親交が深まるにつれ、かれは時々、ノグロドやベレグオストの地下深い館に客として滞在したのである。

そこでかれは、金属細工をいろいろ学び、すぐれた腕前に達した。かれはさらに工夫を重ねて、ドワーフの鋼にひけを取らない堅牢な金属を作り出した。これは、堅牢であると同時に鍛えが利き、かれはこれを薄くしなやかに打ち延ばしたが、その薄さにもかかわらず、いかなる刃、いかなる矢もこれを通すことができなかった。かれは、これをガルヴォルンと名づけた。黒玉のように黒々と輝いていたからである。そして遠くに出掛ける時には、どこへ行くのにもこのガルヴォルンに身を包んで行った。

エオルは、鍛冶の仕事のために背が屈んでしまっているとはいえ、ドワーフとは似ても似つかぬ、テレリ族の高貴な一族の血を引く丈高きエルフであった。顔こそ恐ろしげであったが、生来の品は争われず、目は、闇の中であろうと、暗がりであろうと、奥の方まで見通すことができた。そして、アルエゼル・アル＝フェイニエルがナン・エルモスの境界近い高い樹々の間をさまよっていた時、たまたまエオルは、小暗い森の中に、白くきらめくかの女の姿を目ざとく見つけたのである。

かの女は際立って美しく見えた。かの女をわがものにしたいと思ったかれは、かの女のまわりに魔法をかけ、かの女が外に出る道を見失って、歩けば歩くほど森の奥のかれの住居に引き寄せられるように図った。森の奥にはかれの鍛冶場と薄暗い館があり、かれの使っている、主人同様に沈黙と隠れた場所を好む召使いたちがいた。

アルエゼルが、さまよい歩いた末に疲れきって、やっとかれの館の戸口に辿り着いた時、かれは、かの女の前に姿を現わし、かの女を暖かく迎え、家の中に請じ入れた。アルエゼルはそのままそこに留まった。なぜなら、エオルがかの女を娶ったからである。それから長い時が経つまで、かの女の身内の者は誰一人、かの女の消息を聞くことがなかった。

アルエゼルにとって、この結婚が全く不本意なものであったとか、あるいはナン・エルモスでの生活がいつまでもかの女にとって嫌悪すべきものであったとは、必ずしも言えないようである。エオルの命令で、昼の太陽の光をこそ避けねばならなかったが、星明かりの中、あるいは三日月の光を受けて、遠くまでかれと共に逍遙（しょうよう）することもあった。あるいは、自分の気持の赴くままに、一人で出て歩くこともできた。ただフェアノールの息子たちや、ノルドールの誰かれに会いに行くことは禁じられていた。

アルエゼルは、ナン・エルモスの暗闇の中で、エオルの息子をもうけた。かの女は、口にこそ出さなかったが、禁じられているノルドールの言葉で、かれにローミオンという名をつけた。〈薄明の息子〉の意味である。しかし、子供の父親は、子供が十二歳になるまで名前をつけなかった。十二歳になった時、父親はかれをマエグリンと呼んだ。〈鋭く見通す目〉の意である。エオルは、息子には自分より物を見抜く力があり、その洞察力は、模糊（もこ）たる言葉の向こう側に心の秘密をも読むことができるのを認めたからである。

マエグリンは、背丈もすっかり伸びきるほど成長するにつれ、顔形、姿形はノルドールの親族の方に似てきたが、気持や精神は紛れもなく父の子であった。自分の利害に多少とも関係があることを除き、口数は非常に少なかったが、いったん口を開くと、その声には聞く者を動かし、逆らう者を圧倒する力があった。かれは背が高く、髪が黒く、目の色も黒っぽかったが、ノルドール族の目がそうであるように、光を湛(たた)えた鋭い目を持ち、肌の色は白かった。しばしばかれは、エオルと共に、エレド・リンドンの東にあるドワーフの都を訪ねたが、そこで、ドワーフたちが教えてくれること、とりわけ、山中にある金属の鉱石を見つける術(すべ)を熱心に学んだ。

　しかしながら、マエグリンは母親の方を愛しており、エオルが遠出している時には、いつまでも母親の傍(かたわ)らに坐り込んで、かの女が話してくれるかの女の一族のこと、エルダマールでのかれらの暮らしのこと、そしてまたフィンゴルフィン王家の公子たちの力と勇気のことなど、喰い入るように聞き入ったと言われる。かれは聞いたことをすべて胸中にしまいこんで忘れなかったが、中でも、トゥルゴンについて聞いたこと、とりわけトゥルゴンには世継ぎがいないという事実は、注意深くかれの脳裏に刻まれた。トゥルゴンに世子がいないのは、ヘルカラクセの海峡を渡った際に、妻のエレンウェを失い、娘のイドリル・ケレブリンダルが唯一人の子供だったからである。

このような話をしているうちに、アルエゼルの心の中には、今一度身内の者に会いたいという願望が目覚めてきた。ゴンドリンの光、陽光と戯れる噴水、春風わたる空の下に広がるトゥムラデンの緑の芝生、このようなものに倦み果てた日があったとは、われながら不思議に思われた。その上かの女は、息子と夫が留守の間は、ただ一人暗闇にいることも多かったのである。

また、アルエゼルが語って聞かせた話が発端となり、マエグリンとエオルの間に最初の口論が生じた。アルエゼルは、トゥルゴンの住まう場所のことも、その地に行き着く方法のことも、決してマエグリンに明かそうとはしなかったので、かれはいずれ、母親を言いくるめてその秘密を聞き出すか、あるいはかの女の心に隙がある時に、その心を読み取ることを期待して時節を待つことにした。だが、その前に、かれはノルドール族をその目で見、遠からぬところに住むという同族のフェアノールの息子たちと言葉を交わしたいと望んだのだ。

しかし、かれがこのような意図を父親に打ち明けると、エオルは激怒して言った。

「わが息子マエグリンよ、お前はエオルの家の者だ。ゴロズリムの一員ではない。この土地はすべてテレリ族のものだ。私は、われらの同族の殺害者であり、われらの住まう国への侵略者、簒奪(さんだつ)者たる者と関わりは持たぬぞ。息子にも持たせぬ。この件に関しては、お前は私に従わねばならぬ。さもないと、部屋に閉じ込めてでも外出を許さぬからな」

マエグリンはこれには答えず、冷たく押し黙っていた。そして、もう二度とエオルと出掛けようとはせず、エオルもまた、息子に不信の気持を懐いた。

やがてめぐってきた夏至の日に、慣習に従い、ドワーフたちのノグロドの祝宴に招待されたエオルが馬を駆って出掛けてゆくと、マエグリンと母親は、留守中しばらくは、どこへ行こうと自由であった。二人はしばしば、陽光を求めて森の外れまで馬を進めた。そしてマエグリンの心には、ナン・エルモスを永久に去りたいという願いが止めようもなく強まってきた。

かれはアルエゼルに言った。「母上、機会のあるうちにここを立ち去ろうではありませんか。母上にとっても、私にとっても、こんな森にいてどんな望みがあるというのです。ここでは、私たちは囚われの身も同然です。それにここにいても、私には何の益もないでしょう。父から教わるべきことも、ナウグリムの方から明かしてくれることも、すっかり学んでしまったんですから。ゴンドリンを訪ねて行こうではないですか。母上が私の道案内人になって下さい。そうすれば、私は母上の護衛になります！」

それを聞いてアルエゼルは喜び、誇らしげにわが子を打ち仰いだ。そしてエオルの召使いには、フェアノールの息子たちに会いに行くと言いおいて家を出た。二人は、ナン・エルモスの北の外れに向かって馬を進めた。そこで細いケロンの流れを横切り、ヒムラドの地に入り、アロスの浅瀬へと馬を進め、それからドリアスの境界沿いに西へ向かった。さて、エオルは、マエグリンの予想したより早く東から戻り、妻と息子がわずか二日前に立ち去ったことを知った。かれは怒り心頭に発し、昼の明るさにも躊躇（ちゅうちょ）することなく二人のあとを追った。

ヒムラドの地に入ると、かれはわが身の危険を思い出し、激しい怒りをようやく抑え、用心し始めた。ケレゴルムとクルフィンが勢力ある領主たちで、エオルには全く好意を懐いておらず、それに加えてクルフィンは、危険な癇癪持ちだったからである。一方、アグロンの偵察隊はマエグリンとアルエゼルがアロスの浅瀬に馬を進めるのを見ており、何か変事が起こっているのではないかと感づいたクルフィンは、アグロンの山道から南に降り、浅瀬の近くに野営していた。エオルは、ヒムラドの地に足を踏み入れてからあまり遠くまで行かないうちに、クルフィンの乗手たちに呼び止められ、かれらの主君の許に連れてゆかれた。

クルフィンは、エオルに言った。「暗闇のエルフよ、いかなる用件があって、予の土地に来られたのか。恐らく急を要する御用であろうな。日の光を大そう厭(いと)われる御身(おんみ)が、こうして昼の日中(ひなか)出て歩かれるのだからな」

　エオルはわが身の危険を知って、心にこみ上げる痛烈な言葉をこらえた。「クルフィン殿、わたくしの聞き知りましたところでは、わが息子と、わが妻ゴンドリンの白き姫が、わたくしの留守中、殿をお訪ねすべく出掛けたようです。それで、わたくしもかれらと行を共にするのがよかろうと思った次第です」と、かれは言った。

　そこでクルフィンは、エオルを嘲笑して言った。「御身が一緒なら、姫たちも期待したほどの暖かい歓迎は受けられなかったかもしれぬな。だが、そんなことはどうでもよい。どうやら姫たちは、当方に用があったわけではないようだからな。かれらがアロスの浅瀬を渡り、そこから急ぎ西に向かった時から、まだ二日にもならぬ。どうやら御身は、予を欺こうという気のようだな。でなければ、御身自身が欺かれているのではないか」

　エオルは答えた。「殿よ、それでは、事の真偽を確かめるため、ここを立ち去る許しをお与え下さるでありましょうな」

「許しは与えるが、好意は与えぬ」と、クルフィンは言った。「御身が予の土地を立ち去ることが早ければ早いほど、予にとっては嬉しいのだ」

そこでエオルは、馬に乗りながら言った。「クルフィン殿、難渋致しておる時に、かかる御親切な親戚を見出すとは全く結構なことでございますな。戻ってくるまで、このことは忘れませんぞ」

するとクルフィンは、敵意も露（あらわ）にエオルを見て言った。「予の前で、『わが妻』などとひけらかして言う権利は御身にはない。ノルドール族の娘を盗み、贈り物もせず、許しも求めずにこれを娶る者は、その身内と親戚関係を持つことはできぬ。予は御身に立ち去る許しを与えた。それを受けて行け。エルダールの掟（おきて）により、今回はそなたを殺さないでおこう。さらに忠告を付け加えれば、今はナン・エルモスの暗闇にある御身の住居に戻れ。予の心の警告するところでは、もし御身が今、もはや御身を愛しておらぬ者たちを追跡するなら、そなたは二度と再びその地に戻ることはなかろうぞ」

エオルは、全ノルドール族への憎しみに心を奪われ、急ぎ馬を駆けさせて去った。なぜなら、かれは、マエグリンとアルエゼルがゴンドリンに逃げようとしていることに、今やはっきり気づいたからである。かれは、怒りと屈辱に追い立てられ、アロスの浅瀬を渡り、二人が通っていった道を死物狂いに馬を駆けさせた。しかし、かれが追っていることを二人は知らず、この上なく速く駆ける馬に乗っていたにもかかわらず、かれは一度も二人の姿を見かけることがなかった。そして二人は、ついにブリシアハの浅瀬に着いて、馬を乗り捨てた。

するとその時、運悪く二人の所在がエオルに知られてしまう出来事が起こった。二人の乗り捨てた馬が声高に嘶いたのである。エオルの馬はそれを聞きつけ、たちまちそちらに向かった。そしてエオルは、遠くにアルエゼルの白い衣を認め、かの女が山中に入る秘密の道を求めてどちらの方に進んでゆくか、しっかりと頭に刻みつけた。

さて、アルエゼルとマエグリンは、ゴンドリンの外門、山脈の下の地下暗き衛兵所に来た。そこでかの女は喜んで迎えられ、それから七つの門を通り抜け、マエグリンと共に、アモン・グワレス山頂のトゥルゴンの許に着いた。王は、驚嘆してアルエゼルの話すことに聞き入った。そしてかれは、妹の子マエグリンを好ましく眺めた。ノルドールの公子たちの中に入れて恥ずかしくないものをかれの中に見たのである。

「アル＝フェイニエルがゴンドリンに戻ってきたのは、まことに喜ばしい」と、かれは言った。「これでわが都も、姫を亡き者と思いなしていた頃にくらべ、一段と美しくなり勝るであろう。マエグリンには、わが王国の最高の栄誉を与えてつかわすぞ」

マエグリンは、深々と一礼して、トゥルゴンを主君、王として、その意を体することを誓った。そのあとかれは、ただ黙って注意深く目を配りながら立っていた。ゴンドリンの至福と壮麗は、母の話から想像していたことを遥かに上回っていたからである。そしてかれは、この都の国力、この都に住む者たちの数、目にする数々の見慣れぬ美しい事物に、ただただ驚きの目を瞠(みは)ったのである。しかし、何にも増してかれの目を惹(ひ)きつけたのは、王の傍らに坐す、王女イドリルだった。かの女は、その母の一族ヴァンヤール族の金髪を持ち、かれの目にはあたかも、全王宮がそこから光を得る太陽のように見えたのである。

ところでエオルは、アルエゼルを追ってゆくうちに、枯れ川と秘密の通路を見出した。そこでかれは、密かに忍び込んで、衛兵所のあるところまで来たが、そこで捕えられ、尋問を受けた。衛兵たちは、アルエゼルを妻であると主張するかれの言い分を聞いて驚き、急遽(きゅうきょ)都に使者を走らせた。

使者は王宮に来て、叫んだ。「わが君、密かに暗き門のところまで忍び込みましたる者を引っ捕えてございます。その者の申しますところでは、名をエオルといい、上背あるエルフでございます。髪は黒く、見るからに狷介(けんかい)な、シンダールの輩(やから)にございます。しかしながら、その者は、アルエゼル姫を妻であると主張し、殿の御前に連れてゆくよう要求致しております。恐ろしく怒り狂っております故、これを留めることも難しいほどでございます。しかし、わが君の法の命ぜられます通り、かれを殺してはおりませぬ」

その時、アルエゼルが言った。「ああ！　それではやはり、わたくしの恐れていました通り、エオルがわたくしたちのあとをつけて参ったのです。それにしても、なんと隠密につけてきたものでございましょう。秘密の道にさしかかる時、わたくしたちは追う者の足音も聞かず、姿も影も見ませんでしたのに」

それからアルエゼルは、使者に向かって言った。「その者の話していることに嘘偽りはありませぬ。それはエオルです。わたくしはかれの妻であり、かれはわたくしの息子の父親です。かれを殺さないで、ここに連れてきてください。もし王が望まれるのなら、王のお裁きをお受けするために」

そのように事は運ばれ、エオルは、トゥルゴンの王宮に連れこられ、高い玉座の前にむっつりと尊大な様子で立った。かれも息子に劣らず、目に見るすべてのものに驚嘆の念を禁じ得なかったのであるが、心はそれ以上に怒りとノルドール族への憎しみにいっぱいになっていた。

しかし、トゥルゴンは敬意をもってかれを遇し、立ち上がって、かれの手を取ろうとした。そしてかれは言った。「ようこそおいでなされた、わが縁者よ。私は御身を縁者と思っているのだ。御身はここで好きなように暮らされるがよい。ただ、この地に滞留し、わが王国から出ていってはならない。ここに来る道を見出した者は、何人といえどもここから出ることを許されぬのがわが掟であるからだ」

しかし、エオルは手を引っ込めて言った。「私はあなたの掟を認めない。あなたにしろ、あるいはこの地におけるあなたの一族の誰にせよ、あちこちに領土を保有し、国境を設ける権利は全くない。ここはテレリ族の土地だ。この土地にあなた方は戦争と、あらゆる不穏なものを持ち込んだ。そして常に尊大、かつ不当な振る舞いをしているのだ。あなたの秘密などは全く私の関知するところではない。それに私は、あなた方の様子を探るために来たのではない。私に属するもの、即ち妻と息子を取り戻しに来たのだ。しかし、あなたの妹であるアルエゼルに対し、あなたに幾分の権利があるというのなら、アルエゼルはここに留まるがよい。小鳥は籠に戻らせよう。そのうちすぐにまた、籠の中に飽きてくるだろうが。前にそうなったように。しかし、マエグリンはそういうわけにはゆかぬ。私の息子を私に返さぬというわけにはゆかぬのだ。さあ、エオルの息子マエグリン！　父が命ずる。父の敵、父の一族の殺害者の家を立ち去るか、さもなくば呪われてあれ！」

しかし、マエグリンは一言も答えなかった。

そこでトゥルゴンは、高い玉座に坐し、裁きの杖を手に持ち、厳しい声で言った。

「暗闇のエルフよ、私はそなたと言い合いはせぬ。だが、ノルドールの剣によってのみ、そなたの日の射さぬ森は守られているのだ。森の中を好き勝手に逍遥する自由を、そなたはわが一族に負うているのだ。われらがいなければ、とうの昔にそなたはアングバンドの地下牢に捕えられ、奴隷労働に酷使されていただろう。それに、ここでは私が王だ。そなたが望もうが望むまいが、私の下す判決が法なのだ。そなたに残されていることは、次のどちらかを選ぶことだけだ。ここに留まるか、もしくはここで死ぬのだ。これは、そなたの息子にとっても同様である」

エオルは、トゥルゴン王の目にひたと視線を据えたまま、怯む気配も見せず、一言も発せず、身動きもせず立ちつくしていた。その間、王宮の広間は森閑と静まり返り、アルエゼルは、かれが危険な性質の持ち主であることを知っていたから、密かに恐れた。

すると、出しぬけに、まるで蛇のようにすばやく、かれはマントの下に隠し持っていた投げ槍をひっつかんで、「私はあとの方を選ぶぞ、息子もだ！　私のものをお前に渡しはせぬ！」と叫び、マエグリン目がけてこれを投げつけた。

しかし、アルエゼルが飛んでくる槍の前に飛び出し、槍はアルエゼルの肩に突き刺さった。エオルはたちまち大勢に組み伏せられ、縛り上げられて、連れ去られた。そしてアルエゼルは、傷の手当てを受けた。しかしマエグリンは、父親を打ち眺めるだけで、一言も声を発しなかった。

エオルは翌日、王の裁きの庭に引き出されることが決まった。アルエゼルとイドリルは王に慈悲を乞うたが、その日の夕方、それほど由々しい傷とも見えなかったアルエゼルの容態が急変し、かの女は意識を失って、夜になってついに事切れた。投げ槍の先に毒が塗ってあったからであり、手遅れになるまで、誰もそのことに気づかなかったからである。

それ故、トゥルゴンの前に引き出されたエオルには、いかなる慈悲も与えられなかった。かれは、ゴンドリンの丘の北側の黒い岩の断崖カラグドゥールに連れ出された。切り立ったこの絶壁から投げ落とすためである。

マエグリンは傍らに立っていたが、一言も口を利かなかった。しかし最後に、エオルは叫んで言った。「それではお前は、お前の父と、父の一族を見捨てるのだな、悪縁の息子よ！　この地でお前は、お前の望みのすべてを失うであろう。そしてお前も、いつかここで私と同じ死を迎えるだろう」

そこでエオルは、カラグドゥールから投げ落とされ、かく命を終えたのであるが、これはゴンドリンに住む者すべてにとって、正しい処置に思われた。しかし、イドリルは心を騒がせ、その日からあと、血のつながるマエグリンに不信の念を懐くに至った。しかし、マエグリンの運は栄え、ゴンドリンのエルフの中で次第に頭角を現わし、みなから一様に誉めそやされ、トゥルゴンの覚えもめでたかった。というのもかれができる限りのことを熱心に迅速に学ぼうとしていたさなかにあっても、かれにもまた教えられることがたくさんあったからである。

かれは、鍛冶や採鉱に最も向いた適性を持った者たちをすべて自分の周辺に集め、エホリアス（ゴンドリンを囲む山脈のことである）の山中を探り、さまざまな金属の豊かな鉱脈を見出した。かれが最も珍重したのは、エホリアスの北部、アングハバール鉱山の硬い鉄である。この鉄からかれは、鍛え上げた金属と鋼をたくさん作り上げ、その結果、ゴンドリンの武器は、さらに堅牢に、さらに切れ味の鋭いものとなっていった。これは、この国の将来に大いに資するところがあったのである。

マエグリンは思慮深く油断のない性格で、同時にまた、危急の時には大胆かつ勇敢であった。このことはその後、実証されることとなった。なぜなら、かの痛ましいニルナエス・アルノエディアドの年、トゥルゴンが囲みを解いて、北方のフィンゴンを助けるべく出陣していった時、マエグリンは、王の摂政としてゴンドリンに留まろうとはせず、自らも出陣して、トゥルゴンの傍らにあって戦い、戦場にあっては、情け容赦もなく、恐れを知らないことを証明したからである。

かくて、何一つマエグリンの運に逆らうものはなく、かれの前途は洋々たるものに見えた。かれは、ノルドールの公子たちの中にあっても力ある者の一人にのし上がり、ノルドールの王国の中でも最もほまれ高い国にあって、一人を除き誰よりも卓越した存在となった。しかしかれは、その心を明かすことをせず、万事が思い通り運ばなかったとしても、黙ってそれに耐え、自分の本心を隠していたので、その心を読むことのできる者はほとんどいなかった。いたとすれば、それはイドリル・ケレブリンダルである。なぜなら、ゴンドリンに来た最初の日から、マエグリンは悩みを懐くこととなり、それは年経るに従い深まるばかりで、かれから一切の喜びを奪ってしまったからである。かれは、イドリルの美しさを愛し、望みもなくかの女を得たいと欲したのである。

エルダールはこれほど近い親族とは結婚せず、それまでは誰一人そうしたいと望んだ者もいなかった。それは措（お）くとしても、イドリル自身がマエグリンを全く愛していなかった。そして自分への思いを知ると、かえってますますかれを疎ましく感じた。なぜなら、近い親族へのこのような思いは、かの女にとって、エルダールが昔から受け取っていたように、奇異なもの、心にある歪んだものの現われとして映じたからである。同族殺害のもたらした悪しき果実であり、それによって、マンドスの呪いの影が、ノルドールの最後の望みの上に落ちたのである。

しかし、歳月が流れ去っても、マエグリンは依然としてイドリルを期待の目でうかがい、待つことをやめず、かれの愛はかれの心の闇と変わった。そしてかれは、ほかのことでなお一層、己の望みを遂げることにつとめ、それによって権力を得ることさえできるなら、いかなる苦労も重荷も回避しようとはしなかった。

かくなるわけで、禍の不吉な種子が蒔かれたのはゴンドリンにおいてであり、それも、国中に仕合せが満ちみちた、王国の最盛期においてであった。

第十七章　西方に人間の来住せること

ノルドール族がベレリアンドに来て三百年以上が経った、長い平和の時代のことである。ナルゴスロンドの王フィンロド・フェラグンドは、シリオンの東に旅をし、フェアノールの息子、マグロールとマエズロスと共に狩りに出た。しかし、狩猟に倦(う)んだかれは、遠くに連峰が光るエレド・リンドンの山並に向かい、一人馬を進めた。ドワーフ道を通って、サルン・アスラドでゲリオン川を渡り、アスカル川の上流を横切って南に折れ、オッシリアンド北部に入っていった。

サロス川の水源を下ったところ、エレド・リンドン山麓の小さな丘と丘との間の谷間で、かれは夕闇に瞬(またた)くいくつかの明かりを見た。遠くに歌声も聞かれた。一体何者であるのか、かれは大いに怪しんだ。この土地に住む緑のエルフたちは、火を燃やすことをせず、夜間歌を歌うこともしなかったからである。最初かれは、オークの侵略者が北方の包囲を突破して南下してきたのではないかと恐れたが、近づいてみて、そうではないことを知った。歌い手たちが用いている言葉は、かれが聞いたことのないもので、ドワーフの言葉でも、オークの言葉でもなかったからである。そこでフェラグンドは、樹間の闇の中に音もなく佇(たたず)んで、野営地を見おろした。そこには、見慣れぬ者たちがいた。

この者たちは、後に始祖ベオルと呼ばれる人間の族長の一族及びかれにつき従う者たちの一部であった。ベオルは一行を率いて、東の国を旅立ち、放浪の生活を重ねながら、ようやく青の山脈を越え、人間として初めてベレリアンドに足を踏み入れたのである。そして今、かれらは、これですべての危難を遁(のが)れ、ついに恐怖を知らない土地に辿り着いたものと信じ、喜びのあまり、歌を歌っていたのであった。

しばらくかれらを打ち眺めているうちに、フェラグンドの胸中には、かれらへの愛とでもいうべきものがふつふつと湧き起こってきた。しかし、一同が寝静まってしまうまで、かれは樹間に身を隠していた。それからかれは、眠っている人間たちの間に入ってゆき、火の番をする者もないまま消えようとしている焚火(たきび)のそばに腰を下ろした。そして、眠り込んでいるベオルの傍(かたわ)らに置かれた、無骨な作りの竪琴(たてごと)を手に取り、かつて人間の耳が聞いたことのないような音楽を奏(かな)でた。未開の地の暗闇エルフのほかには、人間たちはまだ音楽の師を持たなかったのである。

人間たちは目を覚まし、奏でながら歌うフェラグンドの声に聞き入った。かれらはみな、何か美しい夢を見ているように思っていたのであるが、気がついてみると、まわりの仲間たちもみな目覚めていたのである。フェラグンドが竪琴を奏でている間中、かれらは、互いに口も利かず、身動きすらしなかった。音楽の美しさ、歌のすばらしさに魅せられていたからである。エルフ王の歌う言葉には智慧があり、これに耳を傾ける者は、それだけで以前より賢くなるのであった。なぜなら、かれの歌うことは、アルダの創造のことであれ、大海の暗がりのかなたのアマンの至福のことであれ、まざまざと目に映じる光景のように眼前に浮かんでくるからであった。そしてかれのエルフ語は、銘々の心の中で、それぞれの器量に応じ理解された。

こういうわけで、人間は、エルダールの中で最初に出会ったフェラグンド王を、ノーミン、即ち〈智慧〉と呼び、その名にちなみ、かれの同族をノーム、即ち〈智慧ある者たち〉と名づけた。実は、最初かれらは、フェラグンドのことを、ヴァラールの一人ではないかと思ったのである。遥か西方にはヴァラールがましますと噂に聞いていたのであり、西への旅をかれらに思い立たせたのもこの噂であったと言う者もいる。フェラグンドはかれらの間で暮らし、かれらに本当の知識を教えた。一方、人間たちはかれを愛し、かれを主君と仰ぎ、その後ずっと変わることなく、フィナルフィン王家に忠誠を尽くした。

ところで、エルダールは、ほかのいかなる種族にも増して言葉に熟達していた。フェラグンドは、人間が言葉で表現したいと思っている考えを自分が読み取ることができ、従ってかれらの用いる言葉が容易に理解できることに気づいた。そしてまた、この人間たちは、山脈の東の暗闇のエルフたちと久しく交渉があり、用いる言葉の多くをかれらから学んだとも言われている。クウェンディの諸言語はみな起源を同じくしているので、ベオルとその民の言葉は、多くの語や仕組みにおいてエルフ語と似ていた。それ故、フェラグンドがベオルと話を交わすことができるようになるまでに大して時間はかからなかったのである。フェラグンドがベオルのところにいる間に、二人はいろいろなことを話し合うようになった。しかし、フェラグンドが、人間の誕生とかれらの旅のことについて質問すると、ベオルはほとんど何も言おうとしなかった。事実、かれはほとんど何も知らなかったのである。かれの一族の父祖たちは、過去についての話はほとんどせず、沈黙で記憶に蓋をしていたからである。

「われらの背後には闇があります」と、ベオルは言った。「われらはそれに背を向けてきたのです。思いの中でさえ、そこに戻りたいとは思いません。われらの心は西に向けられてきました。そこに光を見出すことをわれらは信じているのです」

　しかし、後にエルダールの間で言われたことであるが、初めて昇る太陽と共に、人間がヒルドーリエンで目覚めた時、モルゴスの間者たちがこれを見張っていて、すぐにかれの許に注進がもたらされたという。モルゴスはこのことを大事件に思い、サウロンに戦いの指揮権を委ね、暗闇に乗じて密かにアングバンドを出発し、自ら中つ国の奥地に乗り込んでいった。かれと人間との交渉のことは、その当時エルダールは何も知らず、後になってわずかに聞き知ったに過ぎない。しかし、人間の心に暗い影がさしていることを（同族殺害とマンドスの下した定めの影がノルドール族にのしかかっているように）、エルダールは、自分たちが初めて知り合ったエルフの友たる人間たちの中にさえ、はっきりと認めたのである。新しく生まれた美しいものを何であれ堕落させ、破壊するのが、いつも変わらぬモルゴスの最大の望みであったから、人間のところに赴いた時も、かれは次のような目的を懐いていたに違いない。恐怖と虚言によって、人間をエルダールの敵となし、東からかれらを連れ出して、ベレリアンドを攻撃せしめようというのである。しかし、この企みはなかなか熟さず、ついに完全に成就するには至らなかった。なぜなら、人間の数は（伝えられるところによると）最初は非常に少なく、一方モルゴスは、エルダールの増大する力と連合に恐れを懐き始め、アングバンドに戻ってしまったからである。

あとにはごく少数の召使いと、力においても狡智においても劣る者たちが残されただけであった。

さて、フェラグンドは、ベオルから、ほかにも同じような気持を懐いて西に向かっている人間がたくさんいることを聞き知った。

「私の一族には、ほかにもこの山脈を越えた者がいます」と、ベオルは言った。「かれらはここからあまり遠くないところを旅しています。また、われらの言葉がかれらの言葉から岐（わか）れて出てきたハラディンの族（やから）は、いまだにこの山脈の東側の山腹の谷間に留まり、知らせがあるまでは、敢えて危険を冒して進もうとはしていないのです。ほかにもまだ、われらと言葉が似ている人間たちがおり、われらは時折かれらと交渉を持ちます。西への大移動では、かれらはわれらに先んじていたのですが、われらは途中でかれらを追い越しました。というのも、かれらはマラハ(Marach)と呼ばれる一人の族長によって統べられているので、おびただしい数であるにもかかわらず、互いに離れることなく行動を共にし、移動に時間がかかるのです」

さて、オッシリアンドの緑のエルフたちは、人間の来住を迷惑に思ったのであるが、大海のかなたより渡ってきたエルダールの諸侯の一人がその中に混じっていることを耳にすると、フェラグンドの許に使者を送って言った。「殿よ、もし殿に、新来者たちを支配するお力がおありなら、かれらにもと来た道を戻るよう、さもなくば、疾く疾く前進するよう命じていただきたい。なんとなれば、この地によそ者が参って、われらの平和な暮らしが破られることをわれらは欲しないからです。それに、あの者たちは樹木を伐採し、獣を狩ります。われらは、そのような者たちと親しくするわけにはゆかないのです。かれらが自分から立ち去ろうとしなければ、われらは、あらゆる手段を用いてかれらを悩ますことになりましょう」

そこで、フェラグンドの忠告を受け、ベオルは漂泊中の一族すべてを取りまとめ、ゲリオン川を渡り、アムロドとアムラスの国に住む場所を定めた。ナン・エルモスの森の南、ケロン川の東岸のドリアスの境界に近いところである。そこで、この土地の名は以後、エストラド、即ち〈野営地〉と呼ばれるようになった。しかし、それから一年後、フェラグンドが自国に戻ることを望むと、ベオルはかれに扈従する許しを乞うた。こうして、かれは終生ナルゴスロンドの王に仕えることとなり、ベオルというかれの名はここからつけられたのである。それ以前の名はバラン（Balan）と言った。ベオルというのは、かれの一族の言葉で〈家臣〉を意味した。

かれはその民の統治を長男のバラン（Baran）に委ね、かれ自身は、二度とエストラドには戻らなかった。

フェラグンドが去って間もなく、ベオルの話に出ていたほかの人間たちが、同じくベレリアンドに来住した。最初に来住したのはハラディンの族であるが、緑のエルフたちに冷遇され、北上して、フェアノールの息子カランシルの国のサルゲリオンに落ち着き、ここでしばしの平和を享受したのである。カランシルの一族は、かれらの存在をほとんど気にも留めなかったからである。次の年には、マラハ（Marach）がその民を率い山脈を越えてきた。かれらは背の高い、好戦的な族で、整然たる隊伍を組んで進んできたため、オッシリアンドのエルフたちは身を隠して、かれらを要撃しようとはしなかった。しかしマラハは、ベオルの一族が緑なす肥沃な地に居を定めたことを耳にし、ドワーフ道を下って、ベオルの息子バラン（Baran）の居住地の東南の地に定住した。この両者は非常に友好的な関係にあったのである。

フェラグンド自身も、たびたび立ち戻って人間に会いに来たのであるが、ほかにも西の地のエルフたちが、ノルドールたるとシンダールたるとを問わず、数多くエストラドまで旅をしてきた。前々からその到来が予告されていたエダインに会ってみたいと切に願っていたからである。ところで、ヴァリノールでは、アタニ、即ち〈第二の民〉というのが、人間の到来を予告する伝承の中でかれらに与えられた名前であったが、ベレリアンドの言葉では、この名前はエダインとなり、さらにこの地では、その名は、エルフの友である三氏族についてのみ使われたのである。

　フィンゴルフィンは、全ノルドール族の王として、歓迎の使者をかれらの許に遣わした。そこで、エダインの熱意ある若者たちが多数、同族の許を去って、エルダールの王侯貴族に仕えた。その中にマラハ（Marach）の息子マラハ（Malach）がいた。かれは十四年間、ヒスルムに定住し、エルフ語を習得して、アラダンの名を与えられた。

　エダインは、エストラドでの暮らしにいつまでも安んじているわけではなかった。さらに西へ進むことを望んでいる者が大勢いたからである。しかし、かれらは西へ行く道を知らなかった。前方にはドリアスの境界があり、南に向かえば、シリオンの流れと、渡るに渡れぬその沼沢地帯があった。そこで、ノルドールの三王家の王たちは、人間の息子たちに将来の力の萌芽（ほうが）を見て、エダインの中で望む者があれば誰でも、その居を移し、自分たちのところに来て住んでもよいと言ってやった。こうしてエダインの移住は始まったのである。最初はわずかな数から始まったのであるが、後には数家族、さらには一家眷族引き連れて、エストラドを立ち去ったのである。そして五十年ばかり後には、ついに何千という人間が三王家の土地に入ったのである。

かれらはたいてい、北に向かう、長い道を辿ったため、この道はエダインに親しいものとなった。ベオルの族はドルソニオンに来て、フィナルフィン王家の統治する土地に定住した。アラダンの族は大部分が（というのは、アラダンの父マラハ(Marach)は、死ぬまでエストラドに留まったからである）さらに西へ進み、一部はヒスルムに来たが、アラダンの息子マゴルとその族の多くは、シリオンを渡って下り、ベレリアンドに入り、しばらくの間、エレド・ウェスリンの南側山腹の谷間に住んだ。

この一連の移住に際し、フィンロド・フェラグンド以外には誰一人、シンゴル王と相談した者はなかったと言われている。そのこともあってシンゴル王は面白からず思ったのであるが、もう一つには、人間たちについての第一報がもたらされるよりずっと以前に、かれは人間たちの来住する夢を見て憂慮していたのである。そこでかれは、人間たちが、北方以外の土地には決して住まぬこと、かれらが仕えている諸侯は、かれらの行動すべてに責任を取るべきことを命じ、次のように言った。「わが王国の存続する限り、たとえ、予の愛するフィンロドに仕えるベオルの家の者であろうとも、人間は誰もドリアスに入ってはならぬ」

メリアンはこの時、かれには何も言わなかったが、後にガラドリエルに向かってこのように言った。「世界は今、速やかに大いなる出来事に向かって動いています。いつか人間の一人、それもほかならぬベオル一族の者が実際にこの地に来るでしょう。その時は、メリアンの魔法帯もかれを妨げることはないでしょう。わらわの力より大きな運命がかれを遣わしてくるからです。かれの訪れによって生まれる歌は、全中つ国が姿を変えた後も歌われ続けるでありましょう」と。

一方、エストラドにはまだ多くの人間が残っていた。ずっと後まで、ここには異なる部族の者が混じり合って住んでいたが、かれらは、ベレリアンドの滅亡に際し、それに巻き込まれるか、あるいは命からがら東に逃げ帰った。というのは、放浪の生活は終わったと考える老人たちのほかに、自分たちの思い通りにやってゆきたいと考える者も少なからずおり、かれらは、エルダールとエルダールの目の光を恐れたからである。こうして、エダイン同士の間にやがて不和が芽生えていったのである。そのことに、モルゴスの影を認めようと思えばできるかもしれない。人間がベレリアンドに入ってきたこと、人間たちとエルフたちの間の友好関係が次第に強まってきていることに、かれが気がつかぬはずはなかったからである。

不平分子の統率者は、ベオル家のベレグ（Bereg）と、マラハ（Marach）の孫の一人アムラハであった。かれらは、公然と言い放った。「われらが長い旅を重ねてきたのも、中つ国のあまたな危険と、そこに住む凶悪な者たちから遁れたいと思えばこそであった。西の地には光明があると聞かされたからだ。ところが、今になって聞くと、光明は大海のかなたにあるというではないか。神々が至福のうちに住み給うその地には、われわれは行かれぬのだ。もっとも、神々のうちの一人は違う。というのも暗黒の王は、ここ、われらの前にいるからだ。そしてかの王に終わりなき戦いを挑んでいる、賢明だが恐ろしいエルダールもいる。かの王は北方に住まうという。そこには、われらが逃れてきた苦痛と死があるだけだ。われわれはそちらの方には行かぬぞ」

そこで、人間の会議と集会が召集され、非常に多数の者が参集した。エルフの友たちはベレグ（Bereg）に答えて言った。「げに暗黒の王からすべての禍（わざわい）は生じたのであり、われらはそこから逃れてきたのだ。だが、かの者の願望は全中つ国を支配することだ。今われらは、いずこへ向かえば、かの者から追われずにすむというのか。ここでかの者を打ち負かすか、さもなくば、せめて包囲するほかはあるまい。エルダールの剛勇によってのみ、かの王は押さえられているのだ。われらがこの国に連れてこられたのも、あるいはこの目的のため、いざという時にかれらを助けるためではなかろうか」

これに対し、ベレグ（Bereg）が答えた。「それはエルダールに委せておけ！　われらの命は、それでなくても短い」

しかしここに、誰の目にもイムラハの息子アムラハと見える人物が立ち上がって、聞く者の心を震撼させる恐ろしい言葉を吐いた。「これはみな、エルフの伝承に過ぎん。警戒心のない新参者たちを欺くための作り話だ。大海の向こうに岸はない。西方に光明などあるものか。お前たちは、エルフの騙し火のあとについて世界の果てまで来たのだ！　お前たちの誰が神々の中の最小なる者でも見たことがあるのか。誰が北方の暗黒の王をその目で見たことがあるというのか。中つ国の支配を目指しているのはエルダールなのだ。富を渇望して大地を穿ち、そこに秘せられた宝を得んとし、今も地の底に棲むものたちの眠りを覚まし、かれらの怒りを買ったのだ。これまでも、またこれからも、それは変わるまい。オーク共にはオーク共の国を持たせておけばよいのだ。われらはわれらの国を持とうぞ。エルダールが許す気になれば、世界にはまだまだほかにわれわれの居場所がある！」

耳を傾けていた者たちは、そこでしばらくは言葉もなく驚愕していたが、やがて、かれらの心には恐怖の影がさした。そしてかれらは、エルダールの国々から遠く離れようと決心した。ところがその後、アムラハがかれらのところに戻ってきて、自分はそのような議論の場には居合わせず、また、みなの伝えるような発言もしたことがないと否定した。人々は驚きかつ不審に思った。そこで、エルフの友たちは言った。「これで、あなたたちも次のことだけは信じるだろう。つまり、暗黒の王は本当にいるのだ。そして、かれの間者や密使たちがわれらの間にいるのだ。それというのも、かれはわれわれを恐れ、われわれがかれの敵たちに与えることのできる力を恐れているからだ」

それでもまだ、次のように答える者たちがいた。「だからなおさら、かれはわれわれを憎むのだ。われわれが、自分たちには一文の得にもならぬというのに、エルダールの王たちとかれとの争いに手を出し、この地に長く住めば住むほど、その憎しみもいや増すのだ」

そのようなわけで、まだエストラドに留まっていた者の多くがここを立ち去る気持になった。そしてベレグ（Bereg）が、ベオルの民のうち一千を引き連れて南に去った。そしてかれらは、その時代の歌にはもはや歌われることはなかったのである。

しかし、アムラハは悔い改めて言った。「こうなったら、私自身が、この大嘘つきと喧嘩をしてやるぞ。わが生涯をかけてな」そしてかれは北に向けて去り、マエズロスに仕えた。しかし、かれの民のうちベレグ（Bereg）と同じ気持の者たちは、新しい指導者を選び、山脈を越えてエリアドールに入り、忘れ去られた。

この間、ハラディンの族はサルゲリオンに留まり、安んじて暮らしていた。しかしモルゴスは、嘘と謀りではエルフと人間を完全に離間させることはできないのを看て取ると、怒りに駆られ、手当たり次第、能う限りの危害を人間に与えようとつとめた。そこでまず、オークの襲撃隊を送り出した。かれらは東に進んで包囲の目を遁れ、ドワーフ道の山道を使って、エレド・リンドンを密かに越えて西に戻り、カランシルの領土の南の森林に住むハラディンの族を襲った。

さて、ハラディンの族は、君侯の統治下に入らず、多数が寄り集まって一つの場所に住むということもせず、各々離れた家屋敷で暮らし、己のことは己で処するというふうであったから、なかなか一つにまとまるということがなかった。しかし、かれらの中にハルダドという名の男がおり、かれは人の上に立つだけの力も持っておれば、その性豪胆でもあった。かれは、見出せる限りの勇敢な男たちを集め、アスカルとゲリオンの二つの川に挟まれた三角地に退き、その一番奥の角地を、川から川まで防御柵を築いて囲った。そしてその柵の中に、救える限りの婦女子を連れてきて守った。ここでかれらは包囲を受け、ついに食物が底をついた。

ハルダドには双子の子供たちがいた。娘のハレスと、息子のハルダルである。二人はともに防御に当たり、勇敢であった。ハレスは、人並すぐれた勇気と力を持つ女性であったからである。しかし、ついにハルダドは、オークに出撃を仕掛けて討ち死にした。そしてハルダルは、父親の亡骸（なきがら）がオーク共に切り刻まれるのを阻止しようと走り出たところを斬られ、父と枕を並べて討ち死にした。そこでハレスが残る者を統合したが、誰も望みを持っているわけではなかった。川に身を投げて死んだ者たちもいた。しかし、七日経って、オーク共が最後の攻撃を仕掛け、防御柵をすでに突破した時、突然トランペットが響きわたり、カランシルが軍勢を率いて北から現われ、オーク共を川の中に追いやった。

カランシルは、思いやりのこもった目を人間たちに向け、ハレスには特に敬意を表して、父親と弟の死に対する償いを申し出た。そしてかれは、おそまきながら、エダインの中に存在する剛勇を認めてハレスに言った。「もし、そなたがここを引き払い、北の方に移住して住むなら、エルダールはそなたたちに友情と保護と、そなたたち自身の自由に使える土地を与えてとらせるぞ」

しかし、ハレスは誇り高く、指導を受けたり支配されたりすることを好まなかった。ハラディンの大多数も同じ気持であった。それ故かの女は、カランシルに礼を述べた上で次のように答えた。「わたくしの気持はもはや定まっております。この山脈の影を離れ、西に行くつもりでございます。わたくしども一族の中には、そちらに向かいました者たちもおりますので」

そこでハラディン族は、オークを前にして夢中で森の中に逃げ込んだ者たちの中から見出し得る限りの生存者を集め、また、焼かれた家屋敷の中に残った家財をかき集めて、ハレスを首長に戴いた。かの女は一同を率いて、ようやくエストラドに到り、そこにしばらくの間留まった。

しかし、かれらはそれからも自分たちだけで固まって住み、その後、エルフにも人間にも、ハレスの族として知られた。ハレスは、存命中はずっと族長の地位に留まったが、生涯結婚しなかったので、族長の地位は後に、弟ハルダルの息子のハルダンに伝えられた。

ところで、ハレスは間もなく、再び西に移動することを望んだ。そして、ほとんどの者がこの意見に反対であったにもかかわらず、かの女はまたも一同を率いて出発した。かれらは、エルダールの助けも案内も受けずに旅をし、ケロンとアロスの二つの川を渡り、恐怖の山脈とメリアンの魔法帯に挟まれた危険の多い土地を進んでいった。この土地は、後代にくらべると当時はまだそれほど危険に満ちてはいなかったが、有限の命の人間が助けも借りずに旅する道ではなかった。それをハレスは、あらゆる困苦欠乏に耐え、多くの仲間を失い、ただかの女の意志の力で無理にも一同を引っ張って、ようやくこの恐るべき道を通過したのである。そしてついに、一行はブリシアハの浅瀬を渡った。この旅に出たことを心底悔やむ者は多かったが、今となっては戻ることはできなかったのである。

それ故、新しい土地では、許される限り、旧来の生活に戻っていった。テイグリン川の先のタラス・ディルネンの森に、それぞれ独立した屋敷を構え、そこに居住した。中にはナルゴスロンドの王国のずっと奥まで入り込む者もいた。しかし、ハレス姫を敬慕し、かの女の赴くところにはどこへなりと赴くことを厭わず、かの女の支配の下に暮らしたいと思う者も大勢いた。この者たちを引き連れて、かの女は

テイグリンとシリオンの間のブレシルの森に入った。各地に散在した同族の多くは、

その後の禍多き日々に、この地に戻ってきた。

ところで、ブレシルは、メリアンの魔法帯の中には入っていないが、シンゴル王が王国の一部であるとして所有権を主張していたから、王は当然、ハレスにその土地の使用を拒むところであった。しかしシンゴルと親しくしているフェラグンドが、ハレスの族に降りかかった災禍を聞き及んで、ハレスのために特別の恩典が得られるよう尽力したのである。即ち、ハレスの族が、エルダールのすべての敵からテイグリンの渡り瀬を守り、その森に一人たりとオークを入れさせないということを条件として、かの女に自由にブレシルに住むことを許すというのであった。

ハレスは、これに答えて言った。「わが父ハルダド、わが弟ハルダルは今はいずこにおりましょうか。ハレスが、己の肉親を滅ぼした者たちに誼みを通じるのではないかと、ドリアスの王が危ぶんでおいでだとすれば、エルダールの考えられることは、人間には理解し難く存じます」

ハレスは、死ぬまでブレシルに住まい、ハレスの族は、森の丘に緑の塚を築いた。トゥール・ハレサ、即ち〈姫塚〉、シンダリンでハウズ=エン=アルウェンである。

このようにして、エダインは、エルダールの国々のあちこちに住まうようになっ

たのであるが、放浪する者もあれば、族、族ごとにまとまって定住する者もあった。そして、そのほとんどが、間もなく灰色エルフの言葉を習い覚えるようになった。自分たち同士の共通語としてだけではなく、エルフの所有する知識を習得したいと切望する者が多かったからである。

しかし、しばらくすると、エルフと人間が秩序もなく混住するのは好ましいことではなく、人間にはかれら自身の君主が必要であることに気づいたエルフの王たちは、人間が自分たちだけで暮らせるような地域を別に定め、それを自由に管轄する族長を任命した。かれらは、戦争になればエルダールの盟友であるが、自らの指揮者の命令に従って進軍するのである。しかし、エダインの多くは、エルフと親しくすることを大いに喜び、許しが得られる限りはエルフの中で暮らした。そして若者たちは、しばしば、エルフの王たちの軍隊にしばらくの間奉公した。

ところで、マラハ・アラダンの息子たるマゴルの、そのまた息子であるハソルの息子ハドル・ローリンドルは、若い頃、フィンゴルフィン王家に仕え、王に愛された。フィンゴルフィンはそこで、かれにドル＝ローミンの統治権を与えた。ハドルは、この地にその族をほとんど集め、エダインの族長の中では最も強大な力を持つ者となった。ハドル家ではエルフ語のみが話されたが、自分たちの言葉を忘れてしまったわけではない。そしてかれらの言葉から、ヌーメノールの共通語が出てくるのである。しかし一方、ドルソニオンでは、ベオルの族（やから）とラドロス地方の統治権は、始祖ベオルの孫であるボロンの息子ボロミルに与えられた。

ハドルの息子は、ガルドールとグンドールである。ガルドールの息子は、フーリンとフオルである。フーリンの息子は、グラウルング殺しのトゥーリンである。そしてフオルの息子が、称（たた）うべきエアレンディルの父トゥオルである。一方、ボロミルの息子はブレゴルで、またその息子がブレゴラスとバラヒルであり、ブレゴラスの息子がバラグンドとベレグンドである。バラグンドの娘が、トゥーリンの母モルウェンで、ベレグンドの娘が、トゥオルの母リーアンである。そして、バラヒルの息子が隻手（せきしゅ）のベレンで、かれは、シンゴル王の娘ルーシエンの愛をかちえて、死者の間から戻ってきたのである。この二人から、エアレンディルの妻エルウィングと、そのあとに続くヌーメノールの王たちがこの世に送り出されるのである。

これらの者たちはすべて、ノルドールの定めに絡めとられた。そして、古（いにしえ）のエルフの王たちの歴史の中で、今なおエルダールによって記憶されている偉大な功業をなしとげた。またこの頃、人間の強さがノルドールの力に加わり、かれらの望みは昂揚した。モルゴスは厳重に包囲されたが、なぜなら、ハドルの族（やから）は、寒くて長い放浪の旅にも耐え得る力を持っていたので、時に北方の地の懐深く入り込み、敵の動静を見張ることを恐れなかったからである。

三家の人間は、子孫も殖えていよいよ栄えたが、三家のうちでも際立っていたのは、エルフの諸侯と並び立つ金髪のハドルの家門であった。かれの民は、体力すぐれ、背丈は高く、常に心の覚悟ができており、大胆にして動揺せず、怒るも速ければ、笑うも速く、人類の青春期にあって、イルーヴァタールの子らの間で重きをなした。かれらの大部分は、黄色い髪と青い目を持っていたが、ベオル家のモルウェンを母に持つトゥーリンはそうではなかった。ベオル家の人々は、黒もしくは茶色の髪と灰色の目を持ち、人間の中では最もノルドール族に似ており、かれらから最も愛されてもいた。なぜなら、かれらは学ぶことに真摯で、手の技に長じ、悟りが速く、物事を長く記憶に留めることができたからである。そしてかれらは笑うより憐憫を懐きがちな性格だった。森に住むハレスの族もかれらに似ていたが、身長において劣り、知識の吸収にもさほど熱心ではなかった。かれらは用いる言葉の数も少なく、人間があまり多く集まることを好まなかった。多くが孤独を愛し、エルダールの国土のすばらしさが目に新鮮に映る間は、自由に緑の森林地帯を歩きまわった。しかし、西方の王国におけるかれらの時代は短く、仕合せも薄かったのである。

エダインの寿命は、人間としては、ベレリアンド移住後、前より延びてきたのであるが、始祖ベオルは九十三歳まで生きてついに死んだ。かれは、その生涯の実に四十四年間をフェラグンド王に仕えて死んだのである。かれが、傷のためでもなく、嘆きのためでもなく、ただ老衰のために死の床に横たわった時、エルダールは初めて人間の命のはかなさと、かれら自身は知ることのない老いによる死を見たのである。かれらは、友人たちを失ったことをひどく悲しんだが、ベオルは、最後には進んで自分の命を手放し、安らかに死んでいった。そしてエルダールは、人間の不思議な宿命を目の前に見て、改めて驚き怪しんだのである。かれらの伝承のどこにもそのことについて述べたところはなく、人類の運命の行き着く先は、エルダールにも隠されていたからであった。

それでも、古の代のエダインは、自分たちが受け取れる限りの技能と知識をたちまちエルダールから学び取り、かれらの息子たちの代になるにつれ、智慧と技はいや勝(まさ)り、ついにかれらエダインは、今なお山脈の東に住み、エルダールに会ったこともなく、ヴァリノールの光をその目で見た者たちの顔を打ち仰いだこともない、ほかのすべての人類を遥かに凌駕(りょうが)するに至ったのである。

第十八章　ベレリアンドの滅亡とフィンゴルフィンの死のこと

さて、北方王国の王にしてノルドール族の上級王フィンゴルフィンは、その国民の数も殖え、戦力も強まり、また同盟者である人間が数も多く勇敢であるところから、もう一度アングバンド襲撃を考えるようになった。というのも、味方の包囲陣が完全でない間は、危険の最中での暮らしであり、モルゴスは、地底深く穿たれた城砦で誰はばかることなく悪知恵を働かせ、かれが手の内を明かして見せるまでは何人にも予測のつかない数々の悪事に思いを凝らすことができるのを知っていたからである。このようなかれの意図は、かれの限られた知識の範囲では賢明であったろう。というのも、ノルドール族はいまだモルゴスの力の全容をとらえてはおらず、それにまた、慌てようと手間取ろうと、かれらが独力で仕掛けるモルゴスとの戦いには、最終的に望みがないことを悟っていなかったからである。

しかし、国土は麗しく、各王国の領土は広大で、ほとんどのノルドールは現状に満足し、それがそのまま続くことを期待し、なかなか腰を上げてモルゴスを攻めようとはしなかった。そうなれば、勝敗を問わず、必ず多くの者が亡びるからである。それ故、ノルドール族は、フィンゴルフィンの言うことに耳を傾ける気はほとんどなかった。中でもフェアノールの息子たちには、当時その気持がなかった。ノルドールの領袖（りょうしゅう）たちの中で王と気持を同じくするのは、アングロドとアエグノールのみであった。この二人は、サンゴロドリムを遥かに望見する地に住まっていたから、モルゴスの脅威は常にかれらの心を占めていたのである。かくて、フィンゴルフィンの計画はついに実ることなくして終わり、中つ国（なかつくに）はいましばらくの平和を享受することとなった。

　しかし、ベオルとマラハ(Marach)から数えて六代目の人間の世代がまだ完全に成人とならない頃、フィンゴルフィンが中つ国に来てからちょうど四百五十五年経った時であった。フィンゴルフィンが長らく恐れていた禍（わざわい）が、かれの最も暗い予想をも上回る恐ろしい不意打ちとなって起こったのである。モルゴスは長い時をかけ、密かに武力を蓄えていたのであるが、その間も心中の敵意はいよいよ燃えさかり、ノルドール族への憎しみはいよいよ激しさを加えていたのである。そしてかれは、ただ仇敵（きゅうてき）を滅ぼすだけでは足りず、かれらが領土となし、麗しい国土となした国々を破壊し、汚すことを欲したのである。伝えられるところによると、計画が充分に熟するまでしばらく辛抱して時を待ちさえすれば、ノルドール族は完全に滅亡したであろうに、モルゴスは憎しみに駆られるあまり思慮分別を忘れたのではないか、という。エルフの剛勇を軽視し、人間のことは勘定にも入れなかったということであろう。

冬の季節が来た。夜は暗く、月も出なかった。冷たい星空の下に、広漠たるアルド＝ガレンの平原は、ノルドール族の守る丘陵の砦からサンゴロドリムの山麓に至るまで、茫々と広がっていた。野営の篝火の火勢は弱く、見張りの数は少なかった。平原に野営するヒスルムの騎兵たちの中で、目覚めている者はほとんどいなかった。その時である。突然モルゴスが、炎の大河となって燃える火を一挙に放ったのである。サンゴロドリムを発した火の川は、バルログよりも速く流れ下って全平原を覆った。鉄山脈は、さまざまな毒々しい色合いの火焔を噴出し、その煙は空中を悪臭で満たし、生ある者の命を奪った。

かくて、アルド＝ガレンは滅び、草原は火に舐め尽くされ、焼け焦げて荒涼たる不毛の荒れ地と化し、あらゆる生物の息の根を止める灰土に覆われ、何一つ育たぬ、生命なき地となった。その後、アルド＝ガレンの名は変えられ、アンファウグリス、即ち〈息の根を止める灰土の地〉と呼ばれ、たくさんの黒焦げになった骨が野ざらしのまま、ここを墓所とした。というのも、多くのノルドールが、火中に命を落としたからであった。走る焔に追いつかれ、丘陵まで逃げ切ることができなかったのである。ドルソニオンの高地とエレド・ウェスリンが火の奔流を一応堰き止めたが、アングバンドに面した山腹の森は一面に火がつき、防備の兵たちは煙によって混乱に巻き込まれた。第四の大合戦、ダゴール・ブラゴッラハ、即ち〈俄かに焔流るる合戦〉は、このようにして始まったのである。

この焔の先頭を切って、龍の始祖たる金色龍グラウルングが、今こそ全き力を発揮し進んできた。その龍尾に続くのがバルログたちであり、さらにその背後には、黒山の如きオークの大軍が、ノルドールがかつて目に見ることはおろか、想像だにしなかったほどのおびただしい数をもって押し寄せてきた。かれらは、各所にあるノルドールの砦を襲い、アングバンドの包囲を破って、ノルドール族及びその同盟者たる灰色エルフと人間たちを手当たり次第殺害したので、緒戦からわずか数日のうちに、モルゴスの敵の中でも最も豪胆なる者たちが数多く滅ぼされた。不意打ちになすところを知らず、追い散らされて、持てる力をついに振るい起こすことができなかったのである。その後、ベレリアンドの地で、戦いが完全に終熄するということはなかったが、〈俄かに焔流るる合戦〉は、モルゴスの猛攻撃が次第に下火になった春の訪れと共に終わったと考えられる。

かくてアングバンドの包囲は終わり、モルゴスの敵は四散して分断された。灰色エルフの大多数は南に遁れ、北方の戦いを放棄した。ドリアスに迎え入れられた者も多く、その折に、シンゴルの王国とシンゴル王の力はますます強化された。王妃メリアンの魔法の力が王国の周辺にめぐらされ、禍はまだこの隠れ王国に入ることができなかったからである。灰色エルフたちの中にはまた、海辺の砦に難を避けた者もいれば、ナルゴスロンドに逃げ込んだ者もいた。また、オッシリアンドに逃げて身を隠した者もいれば、山脈を越えて、住むべき家もなく荒野をさまよう者もいた。中つ国の東にいる人間の耳にも、戦争と、モルゴスの包囲がついに破られたという噂が伝わっていった。

襲撃の矛先をまともに受けたのはフィナルフィンの息子たちであり、アングロドとアエグノールが討ち死にした。この二人のほかに、ベオル家の長たるブレゴラス、及びこの族の戦士の大多数が討ち死にした。一方、ブレゴラスの弟バラヒルは、はるか西の方、シリオンの山道に近いところで戦っていた。そこには、南から急遽戦いに加わったフィンロド・フェラグンド王がおり、味方の軍勢から切り離され、少数の手の者と共に、セレヒの沼沢地で包囲されていた。そして、殺されるか捕えられるかするところであったのを、バラヒルが部下の中でも最も勇敢な者たちと共に駆けつけて救い出し、かれのまわりに槍衾（やりぶすま）を作り、血路を開いて戦場から脱出したのである。その際、多くの者が討ち死にした。こうして、フェラグンドは危機を遁れ、ナルゴスロンドの地下深い砦に戻った。そしてかれは、バラヒルとの友情をあくまで守り、バラヒル及びその一族がいかなることであれ難渋することがあればこれを助けるという誓いを立て、この誓いの証（あかし）として、バラヒルに自分の指輪を与えた。バラヒルは、後継ぎとして今やベオル家の長であったから、ドルソニオンに戻っていった。しかし、かれの民の大多数はわが家を捨て、ヒスルムの山砦に遁れた。

モルゴスの猛攻撃は非常に大がかりであったから、フィンゴルフィンとフィンゴンは、フィナルフィンの息子たちを助けに来ることができなかった。多くの戦死者を出してエレド・ウェスリンの砦に退却を余儀なくされたヒスルムの軍勢は、オークたちから辛うじて砦を守りおおせた。エイセル・シリオンの防壁の前で、金髪のハドルは、主君フィンゴルフィンの後衛を守って討ち死にした。時に六十六歳であった。かれと共に、かれの次男グンドールも多くの矢に射抜かれて死んだ。エルフたちは二人の死を深く悼んだ。そのあと、丈高きガルドールが父のあとを継ぎ長となった。そして、高く堅固な影の山脈が火の奔流を喰い止めたのと、オークもバルログもこれを打ち負かし得なかった北方のエルフと人間の剛勇があったために、ヒスルムは最後まで攻略されずに残り、モルゴスの攻撃部隊を側面から脅(おびや)かす存在となった。しかし、フィンゴルフィンは海のようにおびただしい敵に包囲されて、同族の部隊から切り離されることになった。

というのも、戦いはフェアノールの息子たちに利あらず、東の辺境の地は敵の強襲を受け、ほとんど余すところなく敵の手に落ちてしまっていたからである。アグロンの山道は、モルゴスの軍勢に大きな損失を与えたのではあるが、ついに敵の手に奪取された。そしてケレゴルムとクルフィンは、敗北を喫し、ドリアスの国境を経て南西に遁れ、ついにナルゴスロンドに辿り着き、フィンロド・フェラグンドの許(もと)に避難場所を求めた。かくて、ナルゴスロンドの国力は、かれらの一族が加わることにより高められることにはなったが、後になって判明するように、かれらは東方の同族の許に留まっていた方がよかったであろう。

マエズロスはこの上ない剛勇をもって数々の勲(いさおし)をあげ、オーク共はかれを前にして逃げ出した。サンゴロドリムで受けた責め苦以来、かれの精神は、白い火のように体内で燃え、あたかも死者の国から還ってきた者のようであった。こうしてヒムリング山頂の大砦は奪われずにすみ、留まっていた最も勇敢なる者たちの多くが、ドルソニオンの民たると、東の辺境の民たるとを問わず、ヒムリングのマエズロスの許に再び結集したのである。そしてかれは、オーク共がこの道を使ってベレリアンドに侵入することができないよう、しばらくの間、再びアグロンの山道を閉じた。

しかし、ロスランの平原にあったフェアノールの民の乗手たちは、オークの軍勢についに抗しきれなかった。グラウルングが来たからである。かれは、マグロールの山間（やまあい）を通り抜け、ゲリオンの二本の腕に挟まれた土地を余すところなく破壊しつくした。そしてオークらは、レリル山の西の山腹にある砦を奪い、カランシルの領土であるサルゲリオン全土を荒らし、ヘレヴォルン湖を汚した。そこからさらにゲリオンを渡り、火と恐怖もて、東ベレリアンドの奥深く入り込んだ。

マグロールはヒムリング山のマエズロスの許に加わり、カランシルは遁れて、己が民の残党と、二人の狩人、アムロドとアムラスの四散した民を一つにまとめ、退却して、南のラムダルを越えた。かれらは、アモン・エレブの山頂に絶えず見張りを立てると共に、幾許（いくばく）かの戦力を保持し、また緑のエルフたちの助けも得た。そしてオークらは、オッシリアンドにも、タウル＝イム＝ドゥイナスにも、南の荒野にも侵入することはなかった。

その時、ヒスルムに届いたのは、ドルソニオンが滅び、フィナルフィンの息子たちが敗北を喫し、フェアノールの息子たちがその領土を追われたという知らせであった。この時、フィンゴルフィンの目に映じたのは（映じたと見えたのは）ノルドール族の完全な没落であり、ノルドール諸王家の再建しがたい敗北であった。かれは憤怒（ふんぬ）と絶望に駆られ、愛馬ロハッロールに跨（また）がり、単身敵陣に向かったが、誰にもこれを引き留めることはできなかった。ドル＝ヌ＝ファウグリスの灰土の中を、かれは疾風の如く駆け抜けた。その来襲を目にした者はみな、オロメその人が来たのかと思い、驚き惑うて逃げた。狂気の如き激しい怒りに駆られていたかれの目は、まるでヴァラールの目のように輝いていたのである。こうしてかれは、ただ一人アングバンドの城門に到り着くと、角笛を吹き鳴らし、再び真鍮（しんちゅう）の門扉（もんぴ）を強打して、モルゴスに一騎討ちを挑んだ。モルゴスは現われた。

モルゴスがその城砦の門を開けて現われたのは、この一連の戦いの中ではこれが最後であった。かれは、この挑戦に応じることに乗り気でなかったと言われる。なぜなら、かれの力は、この世のすべての者の中で最大のものではあったのだが、ヴァラールに対してだけは恐れを知っていたからである。しかし、かれは今、配下の将たちの面前でこの挑戦を拒むわけにはゆかなかった。なぜなら、フィンゴルフィンの角笛の甲高い音色は岩壁に響きわたり、かれの声は鋭く澄んで、アングバンドの地底にまで届いたからである。あまつさえ、フィンゴルフィンはモルゴスのことを名指して、臆病者、奴隷の主と呼んだ。そこでモルゴスは現われた。地下の玉座からゆっくり登ってきた。その足音は、地の下を揺るがす雷の如く轟いた。

立ち現われたモルゴスは、黒の鎧に身を固め、塔のように王の前に立ちはだかった。頭には鉄の王冠を戴き、紋章のない黒一色の巨大な盾が、嵐を孕む雲のように王の上に影を落とした。しかしフィンゴルフィンは、その影の下にあって、星のように光芒を放った。なぜなら、かれの鎧には銀がかぶせてあり、青い盾には水晶が嵌め込まれていたからである。そしてかれは、氷のようにきらめく愛剣リンギルを抜き放った。

モルゴスは、地獄の鉄槌グロンドを高々と振り上げ、電光の如く打ち下ろした。フィンゴルフィンはひらりと身を躱し、グロンドは大地を劈いて大きな穴を明けた。そしてそこから煙と火が発した。モルゴスは何度もフィンゴルフィンに打ちかかり、そのたびにフィンゴルフィンは、黒雲の下から稲妻がはじけるように跳びのいた。かれは七つの傷をモルゴスに負わせ、モルゴスは七度苦痛の叫びをあげた。その声を聞くたびに、アングバンドの軍勢は周章狼狽して倒れ伏し、その叫喚は北方の地の津々浦々に響きわたった。

しかし、王の疲労はようやく色濃く、モルゴスは盾で王を押さえつけた。三度王は崩れ落ちて膝を突き、三度立ち上がって、破れた盾と凹んだ兜で立ち向かった。しかし、周囲の大地はあばたのように穴だらけ、裂け目だらけであったから、かれは躓いて、モルゴスの足許に仰向けざまに倒れ、モルゴスは得たりと王の頸に左足をかけた。その重みは、あたかも山が一つ落ちてきたかのようであった。しかし、ここを先途と、死物狂いの力を振りしぼって、フィンゴルフィンは愛剣リンギルもて、わが上に置かれた足に切りつけた。すると、どす黒い血が煙を上げて噴き出し、グロンドの作った穴を満たした。

かくの如くして、ノルドールの上級王、古のエルフ王の中でも最も誇り高く、剛勇並びなきフィンゴルフィンは死んだ。アングバンド城門でのこの果たし合いを、オーク共が鼻にかけることはなかった。またエルフたちも、これを歌に歌うことはない。かれらの悲しみがあまりにも深いからである。とはいえ、この時の物語は、今もエルフたちの記憶から忘れられてはいない。というのは、大鷲の王ソロンドールが、ゴンドリンと、遠く離れたヒスルムに知らせをもたらしたからである。

モルゴスはエルフ王の亡骸を摑み、これを折って、狼共に投げ与えようとした。しかし、クリッサエグリムの峰なる高巣から急ぎ飛び立ってきたソロンドールが、モルゴスに襲いかかり、顔に傷を与えた。ソロンドールの羽ばたきは、マンウェの風音のようであった。かれは、強い鉤爪で王の亡骸を摑むと、たちまちオークの投げ矢も届かぬ高みへ舞い上がり、王を運び去った。そしてその亡骸を、隠れ王国ゴンドリンの谷を北から見おろすある山頂に置いた。すると、トゥルゴンが来て、父の亡骸の上に高い石塚を築いた。

ゴンドリンの最期の時が来て、トゥルゴンの身内の中から裏切り行為が生じるまで、一人のオークといえども、フィンゴルフィンの塚山を越えることはおろか、墓所に近づくことさえ敢えてしなかった。モルゴスはその日から後、ずっと片足を引きずって歩くこととなり、受けた傷の痛みはついに癒えることがなかった。その顔には、ソロンドールにつけられた傷が痕になって残った。

フィンゴルフィンの死が伝わった時、ヒスルムの民たちは深い悲しみに鎖された。フィンゴンは、悲しみのうちにフィンゴルフィン王家と全ノルドール王国の王位を継承した。しかしかれは、若い息子エレイニオン（後にギル＝ガラドと呼ばれる）をブリソンバールとエグラレストの港に送った。

今やモルゴスの勢威は影の如く北方の地を覆っていたが、バラヒルは、ドルソニオンから逃げようとはせず、寸土をも敵に奪われまいと踏みとどまっていた。そこでモルゴスは、バラヒルの民を追いつめてこれを死なしめ、ほとんど残る者がないまでになった。そして、この国の北の斜面の森はすべて恐怖と薄気味悪い魔力のひそむ地と化していったから、オークさえ、よほど必要に駆られぬ限り足を踏み入れようとはしなかった。人呼んでこの森を、デルドゥーワス、またはタウル＝ヌ＝フイン、即ち〈夜闇の森〉と言った。モルゴスの火に焼かれたあと、この地に育った樹々は、黒々として見るからに物凄く、根は絡まり合って、暗闇を鉤爪もて手探るように這っていた。この森の中にさまよいこんだ者は、いつか出口を見失い、目は盲い、恐ろしい幻影に息の根を止められるか、気が狂うまで追いまわされるのである。

こうしてついに、バラヒルの状況は非常に絶望的なものとなり、かれの妻である男勝りのエメルディルは（かの女の気持としては、逃げるよりも息子や夫の傍らにあって戦いたいと思ったのであるが）残った婦女子をかき集め、武器を携帯しようとする者には武器を与え、かれらを引き連れて、背後に横たわる山の中に入った。

危険の多い道であったので、やっとブレシルに辿り着くまでには、多くの者を失い、辛酸をつぶさに舐めつくしたのである。

そこでハラディンの族の中に迎え入れられた者もあったが、あとの者はなおも先に進み、山脈を越えて、ドル＝ローミン、即ちハドルの息子ガルドールの族のもとに辿り着いた者もいた。この者たちの中に、ベレグンドの娘リーアンと、バラグンドの娘エレズウェン、即ち〈エルフの輝き〉と名づけられたモルウェンがいた。しかし、かれらのうちの一人として、あとに残してきた男たちに再び逢うことはなかった。というのも、男たちは一人、また一人と殺され、バラヒルのもとに残されたのは、ついに十二人の男たちのみになったからである。即ち息子のベレンと、ブレゴラスの息子でありバラヒルには甥になるバラグンドとベレグンド、そして忠実なる九人の召使いたちである。かれらの名前は、ノルドールの歌の中に長く記憶された。即ちラズルインとダイルイン、ダグニルとラグノル、ギルドールと不幸をもたらしたるゴルリム、そしてアルサドとウルセルと年若きハサルディルである。

かれらは、望みなき無宿者となった。逃げるあてもなく、降参する気持もない絶望的な一団である。住居は破壊され、妻や子供たちは捕えられるか殺されるか、あるいはすでに逃げていたからである。ヒスルムからは消息も援助ももたらされず、バラヒルとその配下たちは野の獣のように狩り立てられて、森林の上に位置する不毛の高地に退き、モルゴスの間者(かんじゃ)や、かれの魔力からは最も遠いこの地の小湖のほとりや岩がちの荒野を、ヒースを塒(ねぐら)に、曇り空を屋根に放浪したのである。

ダゴール・ブラゴッラハからほぼ二年近く経過したが、ノルドール族は、依然としてシリオンの水源に近い西の山道を防備していた。ウルモの力がこの水の中にあり、ミナス・ティリスはよくオークに抗し得たからである。しかし、フィンゴルフィンの討ち死に後、ついに、モルゴスの召使いのうちで最も枢要な地位にあり、最も恐るべき存在である、シンダールの言葉でゴルサウルと呼ばれるサウロンが、トル・シリオンの塔の守護であるオロドレスを攻撃してきた。サウロンは、今や恐るべき力を持つ呪術師、亡霊と妖怪の支配者となっていた。狡智に長(た)け、残酷な力を持ち、手に触れるものすべてを醜く変え、支配するものをねじまげ、巨狼(きょろう)の主であった。かれによる統治は責め苦に等しかった。

かれは、強襲によってミナス・ティリスを奪った。恐怖の暗雲が、これを守備する者たちを襲ったからである。オロドレスは追われて、ナルゴスロンドに遁れた。サウロンは、ミナス・ティリスをモルゴスのための物見の塔、悪の拠点、脅威の砦に変えた。麗しき島トル・シリオンは呪わしき地となり、トル＝イン＝ガウルホス、即ち〈巨狼の島〉と呼ばれた。生けるものはすべて、いかなるものであれ、サウロンの坐すかの塔から、かれに見られることなくこの谷間を通ることはできなかった。

今や、モルゴスはその西の山道を押さえ、かれのもたらす恐怖がベレリアンドの野や森を覆っていた。ヒスルムの先までかれは容赦なく敵を追いつめ、かれらが隠れひそむ場所を探し出し、敵の拠点を一つずつ奪い取っていった。オーク共は次第に大胆になり、ところ構わず跳梁（ちょうりょう）し、西はシリオン、東はケロンを下って、ドリアスを封じ込めた。そして、かれらは各地を劫掠（ごうりゃく）してまわったので、獣や鳥もかれらを前にして逃げ、北方から始まった沈黙と荒廃はじりじりと広がっていったのである。

ノルドール族、シンダール族の多くが捕われて、アングバンドに連れゆかれ、奴隷として無理やり、その技と知識をモルゴスの用に供せしめられた。また、モルゴスによって放たれた間者たちがいた。かれらは仮の姿をとり、その言辞は偽りの言葉で固められていた。心にもない報酬を約束し、巧みな言葉で、諸国民の間に恐れと妬（ねた）みをかきたてようとつとめ、かれらの王たち、首長たちが貪欲であり、裏切りを働いていると言って非難してみせた。アルクウァロンデにおける同族殺害の呪いの故に、これらの虚言はしばしば鵜呑みにされた。事実、時代が暗くなるにつれ、これらの嘘も幾分の真実を持つに至った。なぜなら、ベレリアンドのエルフの心も理性も、絶望と恐怖に曇らされてきたからである。

しかし、ノルドールが最も恐れたのは、アングバンドに奴隷となっている同族の裏切り行為であった。なぜなら、モルゴスは、かれらのうちのある者を己の邪悪な目的に用い、かれらに自由を与えると見せて外に送り出すのであるが、かれらの意志は常にかれの意志につなぎとめられ、かれらは放浪のあげく、結局かれのところに戻ってくるのである。それ故、かれの捕虜になっていた者が、たまたま自力で脱走を遂げ、一族のもとに戻ってきたとしても、喜び迎えられることはなかった。その結果、かれらは独り山野をさまよう命知らずの無法者となるほかはなかったのである。

モルゴスは、人間に対して、かれの言葉に耳を傾けようとする者があれば、同情を装って見せ、かれらの憂き目も元はといえば叛逆者たるノルドールに仕えたからであり、もしかれらが謀反（むほん）から手を引けば、中つ国の正当な王の手から、名誉と、勇気に対する相応の褒賞を得られるであろう、と言った。しかし、エダインの三家の者たちは、ほとんど誰もかれの言葉に耳をかそうとはしなかった。たとえアングバンドに連れてこられ、いかなる拷問にかけられようと、その言うことを聞こうとはしなかったのである。それ故、モルゴスは憎んでも憎み足りない気持でかれらを追跡し、同時に山脈（エレド・ルイン）を越えて使者を送った。

　浅黒肌の東夷（とうい）たちが初めてベレリアンドに現われたのは、この頃であると言われている。かれらの中には、もうすでに密かにモルゴスの傘下に入っていて、かれの召し出しに応じて来る者もいたが、全部がそうではなかった。というのも、ベレリアンドの噂、その土地と河川の、その戦乱と富の噂は今では東方にもあまねく広がっていたからである。そして、放浪を好む人間の足は、当時、常に西へ向かっていたのである。この人間たちは背が低く、身幅があり、力のある長い腕を持っていた。肌の色は日に焼けた褐色で、髪の色は目と同じように黒っぽかった。部族の数は多く、その中には、エルフよりも山のドワーフの方にずっと親近感を持つ者もいた。

　ところで、マエズロスは、ノルドールとエダインの弱点を承知しており、他方、アングバンドの地下要塞は、絶えず更新される無尽蔵の予備軍を待機させているように思えたから、これらの新来の人間と同盟を結び、かれらの族長たちの中で最も有力なボールとウルファングに好意を示した。モルゴスは、これに大いに満足した。かれの目論見（もくろみ）通りだったからである。

ボールの息子には、ボルラドとボルラハとボルサンドがいた。かれらはマエズロスとマグロールに付き従い、モルゴスの望みをよそに忠誠を尽くした。腹黒きウルファングの息子たちは、ウルファストとウルワルスと呪われたるウルドールであり、かれらはカランシルに扈従し、かれに忠誠を誓ったのであるが、結局それを破ったのである。

エダインと東夷たちの間にはほとんど親愛感は存在せず、互いに出会うことも滅多になかった。新来者たちはずっと東ベレリアンドに住み、ハドルの族はヒスルムに閉じ込められ、ベオル家は滅亡に瀕していたからである。ハレスの族は、最初のうちは北方の戦いによる影響を受けずにいた。南の方ブレシルの森に住まっていたからである。しかし、今度は侵入軍たるオークとの間に戦闘が行われた。かれらは勇敢な人間たちで、自分たちの愛する森をおいそれと見捨てようとはしなかったのである。

この時代の敗北に次ぐ敗北の物語の中にあって、ハラディンの人間たちの勲は敬意をもって今も記憶されている。ミナス・ティリスを奪ったあと、その西の山道を通って南下してきたオークらは、恐らくシリオンの河口までもその破壊の猛威を揮うところであっただろうが、ハラディンの族長ハルミルが、急使をシンゴルに送って事の次第を知らせた。かれは、ドリアスの境界を守備しているエルフと親交を保っていたからである。やがて、強弓（ごうきゅう）のベレグというシンゴル王の国境守備の長が、戦斧（せんぷ）で武装したシンダールの一大兵力を率いてブレシルに到着した。そして、ハルミルとベレグは森の奥から出撃して、オークの軍団に不意討ちを仕掛け、これを潰滅せしめた。爾後（じご）、北方からの黒い潮はこの地域で喰い止められ、オークは、それから長年にわたって、敢えてテイグリンの川を渡ろうとはしなかった。

それでも、ハレスの族（やから）は一応の平和の中にあって夢寐（むび）にも警戒を忘れず、ブレシルの森に住み続けた。かれらの見張りのおかげで、ナルゴスロンドの王国は一時の猶予期間を持ち、その兵力を強化することができた。

この頃、ドル＝ローミンのガルドールの息子たち、フーリンとフオルは、血のつながるハラディンの族（やから）のところに住んでいた。ダゴール・ブラゴッラハの勃発前のこと、このエダインの両家が相集うて大祝宴を催した。金髪のハドルの子、ガルドールにグロールエゼルが、ハラディンの族（やから）の長ハルミルの子、ハレス及びハルディルとそれぞれ婚礼の式を挙げたのである。こういうわけで、ガルドールの息子たちは、当時の人間の慣習に従い、ブレシルで、叔父のハルディルに養育された。そしてかれらは、二人とも前述のオークとの戦いに出陣した。わずか十三歳のフオルでさえ、いかなる制止も聞こうとはしなかったのである。

しかし、かれらが行を共にしていた部隊が本隊から切り離されたため、両人はブリシアハの浅瀬まで追いつめられ、ここで捕えられるか殺されるところだったのであるが、依然としてシリオンの流れに強く働いていたウルモの力に助けられた。川から霧が立ち昇り、二人の姿を敵から隠してしまったのである。二人は、ブリシアハの浅瀬を渡ってディンバールに遁れ、峻険なクリッサエグリムの長城の如き山脈の下の丘陵地帯をさまよったあげく、地形の複雑さに途方に暮れ、進むことも戻ることもかなわずにいた。その二人をソロンドールの目が捕え、かれは配下の二羽の大鷲を救助に向かわせた。大鷲は二人を運んで、環状山脈を越え、その中の秘密の谷トゥムラデンと隠れた都ゴンドリンに二人を伴った。いずれも、人間の目がかつて見たことのない場所である。

そこでは、王トゥルゴンがかれらを親切に迎え入れた。二人の一族のことを聞き知っていたからである。というのは、水の王ウルモからのお告げと夢が、海からシリオンの水を遡ってかれのもとに伝えられていたのである。ウルモは、来るべき禍をかれに警告し、ハドル家の息子たちを親切にもてなすように忠告した。いざという時に、かれらから助けが得られるだろうと言うのである。

フーリンとフオルは、一年近くもの間、王家に客人として暮らした。この間に、フーリンは、エルフの伝承の学問を大いに学び、王の考えと意向を幾分なりと理解したと言われている。なぜなら、トゥルゴンはガルドールの息子たちを非常に気に入り、二人といろいろ話をしたからである。そして、かれがこの二人をゴンドリンに留めておきたいと真実願ったのは、愛情から出たことであり、この秘密の王国に入る道を見出し、この都をその目で見たよそ者は、エルフたると人間たるとを問わず、王が囲みを開き、隠れた民が外に現われる日まで、二度とこの王国から出ることはならないというかれ自らの掟のためばかりではなかった。

しかし、フーリンとフオルは一刻も早く同族のもとに戻り、今やかれらを苦しめている戦いや不幸を共に分かち合いたいと思っていた。そこでフーリンは、トゥルゴンに言った。「王様、わたくし共は限りある命の人間でしかなく、エルダールのようにはまいりません。エルダールでしたら、遠い将来の敵との戦いを待って長い年月を耐えることもできるかもしれませんが、われらにとって時は短く、われらの望みも力もたちまちしぼんでしまいます。それにわたくし共両人は、ゴンドリンに入る道を見出したわけではございません。事実、この都がどこにあるのかすらはっきりとは分からないのでございます。と申しますのも、わたくし共は、驚き恐れるうちに空中高く運ばれ、可哀想に思われてか、目隠しをされていたからでございます」

そこでトゥルゴンは、かれの願いを聞き届けて言った。「ソロンドールが喜んで運んでくれるならば、来た時と同じやり方でここを出てゆく許可を与えよう。予はこの別れを深く悲しむ者だが、遠からず、というのはエルダールにとってだが、われらは再び相会うこともあろう」

しかし、王の妹の息子で、ゴンドリンで権勢を揮うマエグリンは、二人が王の寵愛を受けていることを妬み、かれらがいなくなることを全然悲しまなかった。かれは、人間には、いかなる種族であれ全く愛情を持たなかったからである。かれはフーリンに言った。「王の御慈悲は、そなたには分からぬぐらい広大なのだ。それに掟も以前ほど厳しくはなくなっている。そうでなければ、命が終わるまでここに留まる以外、そなたたちにはいかなる選択も与えられなかっただろう」

そこでフーリンは、かれに答えて言った。「王の御慈悲は確かに広大でございます。しかし、われらの口約束だけでは足りぬと仰せられるのなら、わたくし共はあなたにお誓いしましょう」そして兄弟は、トゥルゴンの意図を決して口外しないこと、かれの王国で目にしたことは一切秘密にすることを誓った。

それから二人は、暇乞いをし、夜になると大鷲が来てかれらを運び、夜明け前に二人をドル＝ローミンに降ろした。一族の者たちは、無事な兄弟の姿を見て喜んだ。ブレシルからの使者が、二人の行方不明を伝えていたからである。しかし二人は、父親にさえ、自分たちのいた場所を言おうとはしなかった。ただ、荒野にいたところを大鷲に救い出されて、家に連れて帰ってもらったと言っただけである。

しかし、ガルドールは言った。「それでは、お前たちは荒野に一年も住んでいたのかね。それとも、鷲たちがその高巣にお前たちを住まわせてくれたとでも言うのかね。それにしても、食べものも立派な衣裳も手に入れて、まるで若い公子のような身なりで戻ってきたではないか。森の放浪者にはとても見えない」

フーリンは、答えて言った。「わたくしたちが帰ってきたことで満足して下さい。沈黙を守るという誓言を立てたればこそ、こうして帰ることを許されたのですから」

そこでガルドールは、もう何も尋ねず、ほかの多くの者と共に本当のことを考え当てた。やがて、フーリンとフオルの不思議な運命は、モルゴスの召使いたちの耳にまで達した。

さて、トゥルゴンは、アングバンドの包囲が破られたことを聞き知ったが、自分の国民(くにたみ)には誰一人、戦いに出陣することを許そうとしなかった。というのは、かれは、ゴンドリンが充分堅固であると信じていたが、その存在を明らかにすべき時はまだ熟していないと考えたからである。しかし、かれはまた、包囲の終わりは、助けがもたらされぬ限り、ノルドール族の没落の始まりであるとも信じていた。そしてかれは、ゴンドリンの民の一部を、密かにシリオンの河口とバラル島に送った。かれらはそこで船を建造し、トゥルゴンの命(めい)を奉じて、最果ての西の地へと出航したのである。ヴァリノールを探し、ヴァラールの赦(ゆる)しと援助を求めるためである。かれらは、海鳥に案内を乞うた。しかし、海は荒れて、どこまでも広く、影に蔽(おお)われ、魔法がかけられていて、ヴァリノールは隠されていた。それ故、トゥルゴンの使者のうち一人として最果ての西の地に入り得た者はなく、多くは途中で命を落とし、戻ってきた者はほとんどなかった。こうして、ゴンドリンの滅びの日は次第に近づいてきたのである。

こうした噂はモルゴスの耳にも届き、かれは、打ち続く勝利の中にあって一抹の不安を感じていた。かれは、フェラグンドとトゥルゴンの消息を知りたいと切望した。この二人は杳(よう)として消息を絶っていたが、死んではいないのである。それ故、この二人がこれからどのようなことを惹(ひ)き起こしてかれを危(あや)くすることになるかしれぬ、とモルゴスは恐れたのである。かれは、ナルゴスロンドのことは、もちろん名前を承知していたが、その場所もその戦力のほども一切知らず、ゴンドリンのことは何一つ知ることなく、それ故トゥルゴンのことを考えると、不安が一層募るのであった。

そこでかれは、従来にも増して多くの間者をベレリアンドに放ち、その一方、オークの主力部隊をアングバンドに呼び戻した。新たに戦力を結集するまでは、決定的な勝ち戦をかちとることはできないと気づいたからであり、また、ノルドール族の武勇についても、ノルドールに味方して戦う人間の武力についても、自分が正しく判断していなかったことに気づいたからである。

ブラゴッラハと、それに続く時代のかれの勝利は大きく、かれが敵に与えた痛手は悲惨この上ないものであったが、かれ自身の損害も決してそれに劣らなかった。ドルソニオンとシリオンの山道はかれがその手中に収めていたとはいえ、最初の恐慌から徐々に立ち直ってきたエルダールは、失ったものをここで再び取り戻そうとしていた。こうして、南のベレリアンドは、束の間の数年、見せかけの平和を享受しているかに見えたが、その間、アングバンドの鍛冶工場は労働に次ぐ労働で動かされていたのである。

第四の合戦から七年経った時、モルゴスは新たな攻勢に出て、大部隊をヒスルムに向かわせた。影の山脈の山道に加えられた攻撃は熾烈(しれつ)極まりなく、エイセル・シリオンの包囲戦では、ドル＝ローミンの領主、丈高きガルドールが征矢(そや)を受けて討ち死にした。かれは、上級王フィンゴンのためにこの城砦を守っていたのである。この同じ場所で、かれの父ハドル・ローリンドルもかれにわずかに先立って死んだ。ガルドールの息子フーリンは、この時成人に達してまだ間もない頃であったが、知力も体力も衆にすぐれ、オーク共を散々に薙(な)ぎ倒してエレド・ウェスリンから追い払い、アンファウグリスの灰土を遥か遠くまで追って行った。

しかし、フィンゴン王は、北から攻めてきたアングバンドの軍勢を押し戻すのに非常に難渋し、戦いはほかでもないヒスルムの平原で始められた。フィンゴンの方は衆寡(しゅうか)敵せぬ劣勢であったが、キールダンの全船隊が船腹を連ねてドレンギストの長い入江を遡ってきた。そして、あわやという時に、ファラスのエルフたちが西からモルゴス軍を襲ったのである。そこで、オークたちは算を乱して逃げ、エルダールは勝利を収めた。エルダールの馬上の射手たちは、鉄(くろがね)山脈までもオークを追いかけていったのである。

その後、ガルドールの息子フーリンは、ドル＝ローミンにおけるハドル家を継承し、フィンゴンに仕えた。フーリンは父やその父祖たちに比べ、あるいは息子にくらべても背はそれほど高くはなかったが、疲れを知らず、耐久力があり、母方即ちハラディンの族のハレスの血を享けて、身のこなしがしなやかで敏捷であった。かれの妻は、ベオル家のバラグンドの娘モルウェン・エレズウェンであった。ベレグンドの娘リーアンと、ベレンの母エメルディルと共にドルソニオンから逃げたのが、このモルウェンである。

後に述べるが、やはりこの頃、ドルソニオンの無宿者たちも滅ぼされた。そして、バラヒルの息子ベレンだけが、ようやくドリアスに遁れた。

本作品には、現在の視点からは差別的とみなされる表現が含まれておりますが、訳者の作品が「国際アンデルセン賞優秀翻訳者賞」を始めとする数々の名誉ある賞を受賞し、その芸術性が高く評価されていること、また訳者がすでに逝去されていることに鑑みまして、訳語を変更せずに刊行いたしました。(評論社編集部)

最新版
シルマリルの物語 上

2023年11月20日　初版発行　評論社文庫
2024年 8 月30日　2刷発行

著　者　J.R.R.トールキン
編　者　クリストファー・トールキン
訳　者　田中 明子
編集協力　伊藤 尽／沼田 香穂里
発行者　竹下 晴信
発行所　株式会社評論社
〒162-0815　東京都新宿区筑土八幡町 2-21
電話　営業　03-3260-9409
　　　編集　03-3260-9403
https://www.hyoronsha.co.jp
印刷所　中央精版印刷株式会社
製本所　中央精版印刷株式会社

ISBN978-4-566-02396-3　NDC933　432 p　148 mm× 105 mm